건축무한육면각체

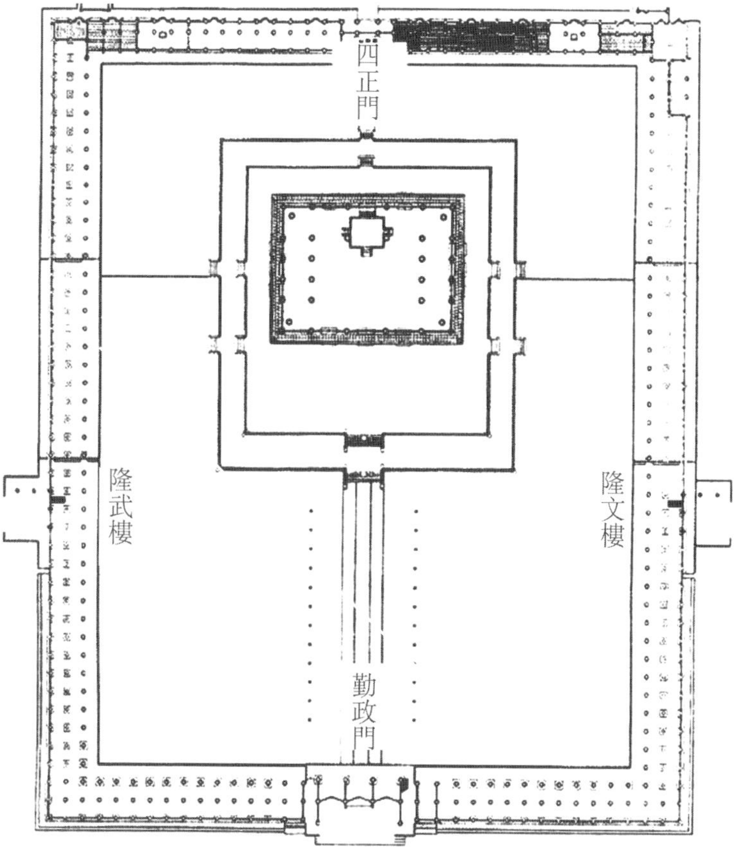

건축무한 육면각체

2

장용민 장편소설

엘릭시르

차례

비누가 통과하는 혈관의 비눗내를 투시하는 사람

문 형사는 금연 담배를 입에 물고 양말을 갈아 신었다. 무심한 남편을 위해 아내가 갈아입을 옷가지와 금연 담배를 사가지고 온 것이다. 문 형사는 그간 집에 못 들어간 이유를 설명하려 했지만 아내는 대꾸하기도 귀찮다는 듯 물건만 건네곤 돌아가버렸다. 결혼한 지 십 년이 넘으면 친구가 된다던데 문 형사에게 아내는 점점 어머니 같은 존재가 되어갔다.

"거, 다 소용없는 짓이라니까요. 선배. 제 장담하는데 선배님은 절대 못 끊어요."

옆에서 진술서를 정리하고 있던 후배 형사가 비아냥거렸다.

"너 내가 끊으면 어쩔래?"

"선배가 담배를 끊으면 제 손에 장을 지져요. 말두 안 되는 소리하구 있어. 안 그러냐, 김 형사?"

문 형사가 요청한 자료를 한아름 들고 들어오는 신참에게 후배가 물었다.

"못 끊으셔도 줄일 수만 있으면 성공 아닌가요."

문 형사 책상에 자료를 올려놓으며 신참 형사가 말했다.

"이것들이 작당을 해가지구 선배를 놀려? 그러는 너는 이런 거 사다 줄 마누라나 있냐? 까마득한 게 지 주제도 모르고. 근데 뭐 이렇게 많아? 이게 전부 십일 년 전 자료야?"

문 형사가 한 뭉텅이 쌓여 있는 파일을 뒤적거리며 물었다.

"예. 검찰 자료실에 있던 것까지 모조리 가져왔습니다."

칭찬이라도 기대하듯 만면에 미소를 띠며 신참이 대답했다.

"또 꼴딱 새우게 생겼구먼. 수고했다."

밤샘 작업이라면 이골이 난 문 형사가 말했다.

"말씀하신 대로 사건 현장 주변 CCTV 녹화 테이프는 모조리 수거했습니다. 지금 내용을 확인중입니다."

신참이 선배 대우를 하듯 깍듯하게 서서 대답했다.

"사건 발생 시간 근처를 어슬렁댄 인간들 잘 봐. 그중에 구린 쌍판떼기는 죄다 골라놓고. 특히 자주 얼쩡대는 놈은 따로 떠놔."

"네, 알겠습니다."

신참은 첫인상과는 달리 의외로 문 형사와 잘 통하는 데가 있었다. 경찰대학을 수석으로 졸업한 녀석이 밑으로 들어온다고 했을 때 문 형사는 탐탁지 않았다. 똑똑한 놈이니 잘 가르치면 인물이 될 거라며 억지로 떠맡긴 반장의 태도도 맘에 안 들었지만 얼마 전 전출 간 신참 녀석에게 호되게 당한 기억이 아직도 생생했기 때문이었다. 지난번 신참은 근무중에도 항상 이어폰을 꼽고 다녔을 뿐만 아니라 지시를 내릴 때면 일일이 이유를 설명해야 했다. 예전엔 상상도 못 할 일이었다. 선배가 기라면 기는 게 이 바닥 불문율이었다. 하지만 이제 그런 불문율은 구닥다리 유물이 되어버렸다. 결국 참다못한 문 형사가 반장과 담판을 벌여 이런저런 이유를 대서 간신히 다른 경찰서로 보냈던 것이다. 그런데 다음날 또 다른 신참이 문 형사 앞에 버티고 서 있었다. 그게 이 녀석이다.

"자식. 아직까진 쓸 만해."

문 형사는 장비실에서 메모를 해가며 녹화 테이프를 보고 있는 신참을 흘깃 보며 중얼댔다.

"슬슬 나도 노가다를 시작해볼까."

문 형사는 맨 위에 놓여 있던 자료부터 집어 들었다. 사실 문 형사의 기분은 말이 아니었다. 방금 전 반장에게 한소리 들은 터였다. 반장은 아무런 진전도 없이 헤매고 있는 상황을 들어 문 형사를 호되게 나무랐고 핑곗거리를 찾지 못한 문 형사는 고스란히 잔소리를 들어야만 했다. 뭐라 대꾸할 말이 없었다. 사건이 터진 지 일주일이 지나도록 문 형사는 이렇다 할 단서 하나 잡지 못하고 있는 형편이었다.

범인은 살인에 일가견이 있는 프로였다. 놈은 경찰이 사건을 해결하는 데 필요한 요소들을 정확하게 파악하고 컴퓨터로 게임을 하듯 사전에 요소들을 제거하면서 살인을 저질렀다. 태어날 때부터 지문을 갖고 있지 않은 것처럼 사건 현장은 깨끗했고 유전자 감식에 쓰일 혈액은 물론 머리카락 하나 남기질 않았다. 당연히 목격자도 없었다. 보다 큰 문제는 놈에게서 특별한 살인 동기를 찾을 수 없다는 것이었다.

경험에 비추어보면 살인은 세 가지 이유 때문에 발생했다. 하나는 감정에 의한 것, 두 번째는 금전에 관한 것, 세 번째는 우발적인 것이었다. 우발적인 살인 역시 이전의 둘과 연관된 경우가 많았다. 제아무리 얽히고설킨 사건이라도 이 세 가지 유형에서 벗어난 적이 없었다. 그만큼 인간사는 단순하다고 문 형사는 생각했다. 하지만 이번 사건은 어디에도 해당하지 않았다.

피해자도 마찬가지였다. 피해자들의 공통점이라고는 중앙정보부에서 일했다는 것뿐이었다. 물론 이것은 동기를 찾는데 중요한 단서였다. 하지만 국정원의 도움을 얻어 이들의 근무 내역과 연관성을 조사했지만 이렇다 할 자료가 남아 있질 않았다. 이들은 박 대통령의 정치 자문으로만 기록되어 있을 뿐 구체적인 내용은 하나도 없었다. 누군가 고의적으로 이들의 자료를 삭제한 게 분명했지만 그 이상 알아낼 방법이 전무했다. 사건은 다시 원점으로 돌아와 있었다.

지금 문 형사가 검토하려는 자료들은 십일 년 전 살해된 세 명의 요원들 조사 기록이었다. 첫 번째 파일을 펼치자 증거 보관용 비닐봉투 안에 당시 범인이 사용했던 38식 소총의 6.5밀리미터 탄환 세 발이 나타났다. 국과수 기록에는 탄환에 남은 탄흔이 세 발 모두 정확히 일치한다고 나와 있었다. 문 형사는 탄환을 꺼내 이리저리 살피며 고개를 갸웃거렸다. 도대체 이해가 되질 않았다.

범인은 왜 하필이면 2차대전 때 사용했던 일본군 소총을 사용한 것일까. 얼마 전 육군 박물관에서 보았던 38식 소총을 떠올렸다. 현재 군에서 사용하는 K-1보다 십이 센티미터나 더 길고 무거운 단발식 소총이었다. 그런 물건을 들고 다니는 것만으로도 주변의 이목을 피하기 힘들었을 텐데 범인은 굳이 그것을 사용하여 살해한 것이다. 게다가 38식 소총은 구하기도 힘든 물건이었다. 우리나라는 물론이고 일본에서도 개인이 소장하고 있는 경우는 거의 없었다. 박물관에나 가야 구경할 수 있는 총이었다. 문 형사는 혹시나 해서 백방으로 38식 소총의 출처를 조사해보았지만 국내에선 육군 박물관이 유일했다. 심지어 진열된 소총은 노리쇠 부분이 고장나 사용조차 불가능한 상태였다.

"재주도 좋은 놈일세. 대체 어서 구한 거야?"

문 형사는 탄환을 내려놓고 담당 형사가 작성한 조사 기록을 펼쳤다. 첫 번째 피해자는 남인기였다.

남인기는 1995년 5월 8일 오전 6시 서해안 을왕리 해수욕장으로부터 삼 킬로미터 떨어진 해안에서 숨골이 관통된 채 시체로 발견되었다. 그의 시체는 살해당한 후 열흘 넘게 바다를 표류했기 때문에 지문조차 확인할 수 없을 정도로 심하게 훼손되어 있었다. 신원을 확인할 수 있었던 것은 주머니에서 발견된 신분증 때문이었다. 가족들조차 얼굴을 알아보지 못했다. 진술서에 의하면 남인기는 사건 발생 이틀 전 차를 몰고 집을 나간 후 연락이 끊어졌는데 살해당한 날 집으로 한 통의 편지를 보냈다고 나와 있었다. 문 형사는 증거 목록에서 남인기의 편지를 찾았다. 증거 보관용 비닐봉투 안에 밀봉되어 있던 편지는 남인기의 유서였다. 편지지 한 장에 빼곡히 적힌 유서에는 죽음을 예상하고 있는 듯한 구절들이 드문드문 보였으며 가족에게 그동안 잘해주지 못해서 미안하다는 회한이 적혀 있었다.

"죽음을 예상하고 있었다……. 죽음을 기다리고 있었다……. 죽음을 피하려 하지 않았다……. 그렇다면 피해자는 뭔가 큰 잘못을 저질렀다는 얘긴데. 범인은 이들에게 복수를 하는 건가?"

하지만 직감적으로 문 형사는 이 범행에 감정이 실려 있지 않다는 걸 알 수 있었다. 범인은 이들이 고통을 느끼지 않도록 일부러 숨골을 겨냥했다.

"복수도 아니면 뭐지? 제거?"

문 형사는 담뱃갑을 집으려다가 이내 정신을 차리고 금연담배를 물었다.

다음 피해자는 국태환이었다. 그는 남인기가 살해당한 날로부터 닷새 후 강의를 나가던 대학 지하 주차장에서 시체로 발견되었는데 역시 숨골을 관통당하여 즉사했다. 총소리를 듣고 경비원이 달려갔을 땐 범인은 사라지고 없었다. 현장검증에 의하면 범인이 강제로 국태환을 사건 현장으로 끌고 간 정황은 발견되지 않았고 피해자가 죽기 전 반항한 흔적도 없었다. 부검 결과도 이를 방증하고 있었다. 탄환은 꽤 가까운 거리에서 발사되어 미간을 관통해 숨골을 뚫고 나온 것으로 기록되어 있었다. 범인과 피해자는 대화를 나누듯 가까이 있었다는 얘기다.

"범인과 피해자는 면식이 있는 사이가 분명한데."

금연 담배를 손가락으로 돌리며 문 형사가 중얼댔다.

자료가 제시하는 정황들은 문 형사의 경험과 많은 부분 어긋나 있었다. 지금까지 문 형사가 맡았던 살인 사건들은 인과관계가 분명했다. 인간은 극한 상황에서 본능적으로 스스로를 방어하려 한다. 범인이 살의를 품는 데는 합당한 이유가 있다. 신경쇠약에 걸려 무차별 살인을 저지른 연쇄살인범조차 행적을 거슬러 올라가보면 응어리진 동기가 있다. 갖가지 이유와 동기 들이 임계점에 다다라 살인이라는 행위로 폭발한다. 숨기려 해도 그 흔적은 현장에 남을 수밖에 없다. 하지만 이번 사건은 모든 인과관계를 부정하고 있는 듯 보였다.

세 번째 피해자인 장경식 역시 마찬가지였다. 서울 인근 공사장에서 살해당한 그 역시 같은 부위를 관통당했고 반항한 흔적은 없었다. 모두 이렇다 할 단서 없이 사건 발생 십일 년이 지나도록 미결 상태로 남았다.

문 형사는 머리를 움켜쥐었다. 나침반도 없이 깊은 숲속을 헤매는 기분이었다. 하지만 이대로 사건을 미결로 덮을 수는 없었다. 문득 은표의 진술이 떠올랐다. 처음 은표의 가설을 들었을 때는 말도 안 되는 공상이라고 생각했다. 상식적인 사람이라면 은표의 가설을 믿을 수 없는 것은 당연했다. 게다가 자신은 과학수사의 첨병임을 자부하는 종로경찰서 고참 형사 아니던가. 하지만 지푸라기라도 잡아야 하는 상황까지 몰리니 은표의 진술은 그럴싸해 보였다.

"내가 지금 무슨 생각을 하는 거야. 이상의 시라고? 말도 안 되는 소리."

문 형사는 머리를 잡아 뜯으며 다시 자료에 눈을 돌렸다. 그때 장비실에서 신참의 다급한 목소리가 들렸다.

"선배님! 잠깐 이것 좀 보세요."

신참은 잔뜩 들떠 있었다. 문 형사는 엉기적 일어나 장비실로 향했다.

"뭔데? 여자 목욕탕이라도 찍혔냐?"

문 형사가 시큰둥하게 들어서자 신참은 모니터를 가리켰다. 모니터에는 일시 정지된 화면에 24시간 편의점 내부 모습이 찍혀 있었다. 술 취한 젊은이들이 음료수를 고르는 것 외에 특별한 건 없어 보였다.

"이게 어쨌다는 거야?"

"이건 강길준이 살해당한 모텔에서 조금 떨어진 편의점에서 가져온 거예요. 시간은 강길준이 살해당한 지 사 분 후고요. 이 사람을 잘 보세요."

신참이 편의점 창밖을 지나가는 행인을 가리켰다. 검은 야구모자에 군용 야상을 입고 있었다.

"그런데?"

문 형사가 금연 담배를 물며 말했다.

"이걸 보세요."

신참이 옆에 있던 다른 모니터를 가리켰다. 두 번째 모니터에 찍힌 것은 외진 골목에 방범용으로 설치된 CCTV 화면이었다. 한 남자가 한옥 기와 담벼락이 이어진 어두운 골목을 지나는 모습이었다. 그런데 그 남자의 복장이 방금 전 편의점 남자와 똑같았다. 문 형사는 물고 있던 금연 담배를 떨어뜨릴 뻔했다.

"찍힌 시간은 오후 10시 42분. 김도훈이 살해당하고 칠 분 후입니다."

신참이 의기양양하게 대답했다.

"야, 이거 확대해봐!"

문 형사가 흥분해서 소리쳤다. 신참이 능숙하게 장비를 다

뤄 화면의 남자를 줌인했다. 검은 모자와 군용 야상. 틀림없이 동일 인물이었다. 얼굴은 알아볼 수 없었다. 워낙 길이 어두웠고 특히 편의점 CCTV 화면은 창에 비친 그림자 때문에 식별이 어려웠다. 하지만 문 형사는 이자가 범인이라는 걸 확신할 수 있었다. 그것은 오래된 경험에서 오는 직감도 있었지만 그가 입고 있는 군용 야상 때문이었다. 언뜻 보아도 알 수 있을 만큼 제대로 각이 잡혀 있었다. 분명 직업군인의 솜씨였다.

"하나 더 보여드릴 게 있습니다."

신참이 뚫어져라 모니터의 남자를 응시하던 문 형사를 떼어놓으며 말했다.

"빨리 보여봐."

문 형사가 보채듯 소리쳤다. 신참은 장비를 이용해 남자의 목덜미 부분을 더욱 클로즈업했다.

"여길 잘 보십시오. 자세히 보셔야 합니다."

신참이 확대된 남자의 목덜미 중 밝게 빛나는 부분을 가리키며 말했다. 문 형사는 화면에 코가 닿을 정도로 바짝 다가서서 살폈다. 그것은 남자가 야상 안에 입은 옷깃에 달려 있던 은빛 배지였다. 배지를 보는 순간 문 형사는 눈을 의심하지 않을 수 없었다.

"이런 빌어먹을!"

열여섯 개의 잎이 달린 국화 문양 배지였다.

*

발신자 칸에 "거세된양"이라는 글자가 선명했다. 은표는 돌이라도 던질 기세로 노려보다가 메일을 클릭했다.

칭찬을 하고 싶어서 참지 못하고 메일을 보낸다. 자네는 훌륭하게 일을 해나가고 있다. 상상했던 것 이상이지.

이제 내가 누군지는 대충 짐작하고 있으리라 생각한다.

모든 일이 나 때문에 벌어졌다고 생각하겠지. 하지만 그건 틀렸어. 모든 건 그들이 자초한 일이야. 운명을 믿는지는 모르지만 이렇게 될 수밖에 없었던 거야. 늪에 빠진 인간들은 늪을 원망하지만 늪은 그 자리에 있었을 뿐이지. 자네도 마찬가지야. 자네의 과거와 몸에 흐르는 피가 여기까지 인도한 거지. 한 가지 더 말해주자면 나는 자네를 정식으로 내 게임 상대로 선택했다. 자네 의견을 묻지 않고 일방적으로 결정해서 미안하지만 지금까지 자네 같은 친구는 본 적 없어서 말이야. 어떤 종류의 게임인지는 설명 안 해도 잘 알 거야.

비밀을 먼저 푸는 자가 승리한다. 이제 자네와 나는 동등한 조건에 있다. 정확히 단서를 나눠 가졌어.

중요한 건 이제부터야. 드디어 본 게임이니까. 지금까지보다 훨씬 흥미로운 일들이 벌어질 거다. 사람들이 죽는 모습을 보며 자책하고 있겠지. 하지만 그건 자신을 위로하기 위한 핑계에 지나지 않아. 마음속 깊은 곳에선 자네도 궁극의 쾌락을 느끼고 있었다는 걸 잘 알고 있다. 자네나 나나 욕망을 추구하는 인간일 뿐이야. 오십보백보지. 자네는 잘할 수 있을 거야. 우리 둘이라면 재미있게 게임을 이끌어갈 수 있을 거야.

게임에만 몰두해라. 게임의 마지막 승자는 비밀을 해석하고 차지하는 사람이다. 행운을 빈다.

– 거세된양으로부터 –

은표는 분를 참지 못하고 책상을 내리쳤다. 뻔뻔스러운 놈이었다. 지금까지 게임을 하고 있었다니. 사람들이 목숨을 잃었다. 놈은 팝콘을 먹으며 즐기고 있었던 것이다. 조롱하듯 우리를 갖고 놀았다.

"이가령!"

의심의 여지가 없었다. 이연의 글 속에 묘사된 이가령의 모습과 메일 속의 거세된양은 쌍둥이처럼 똑같았다. 자신의 의도대로 치밀하게 계획을 진행시켰다.

"이가령은 왜 우리를 이 사건에 개입시키려 했을까?"

최근에 일어난 요원들의 살인 사건을 더듬어보면 누가 은표 일행을 쫓아다니며 저지르고 있다는 느낌을 지울 수 없었다. 만약 그렇다면 이해가 안 되는 부분이 있었다. 놈이 요원들의 행방을 찾지 못해서 우리를 이용했다는 것은 설득력이 없다. 사건을 배후에서 조종할 정도로 치밀한 녀석이 요원들의 행방을 못 알아냈으리라고는 생각하기 힘들다.

"그렇다면 왜?"

다른 이유가 있다. 아직까지 밝혀내지 못한 사건의 이면이 있다. 이제 은표는 녀석과 게임을 해야 하는 입장에 놓여 있었다. 선택의 여지는 없었다. 게임의 담보는 목숨이었다.

은표는 놈의 메일을 다시 살펴보았다. 이제 공평하게 단서를 나눠가졌다고 했다. 이제부터 본 게임이라고 말했다.

"놈은 나를 이용해 단서를 찾으려는 거야."

그렇다. 녀석은 아직까지 비밀을 완전하게 해석하지 못했기 때문에 은표에게 게임을 제안한 것이다. 요원들도 비밀에 근접했을 뿐 「건축무한육면각체」를 완벽하게 해석한 것은 아니었다. 그렇다면 기회는 있다. 놈보다 먼저 사건을 해결하고 세상에 알리는 것이다.

그런데 메일을 읽고 나자 또 다른 의문점이 떠올랐다. 요원들은 이가령의 협박에도 불구하고 계속 연구를 진행했고, 그것은 분명 보물을 독차지하려는 이가령에게 위협이 됐을 것이다. 제아무리 여섯 명의 요원들이 우편으로만 연락을 주고받았다고는 해도 그 사실을 모를 이가령도 아니고 손놓고 그걸 바라보고만 있지도 않았을 것이다. 그렇다면 역시 이들을 살해한 범인은 이가령이란 말인가. 조금 전 은표를 습격한 괴한은 이가령에게 사주받은 청부업자란 말인가. 은표가 범인으로부터 느꼈던 인상은 분명 이들과는 전혀 다른 목적이 있는 것처럼 보였다. 하지만 메일을 읽고 나자 이가령의 살해동기가 분명해졌다. 아직 풀어야 할 문제가 산적해 있었다. 그리고 그 해답은 놈이 제안한 게임 속에 있었다. 은표는 시간을 확인했다. 시계는 오전 7시를 가리키고 있었다. 은표는 다시 컴퓨터로 다가가 거세된양에게 보낼 메일을 작성했다.

당신이 누군지는 이미 알고 있다. 거세된 양반.

삼십 년이 지나도록 비밀을 못 풀고 내게 의지하려는 불쌍한 트레저 헌터지. 메일은 재미있게 읽었다. 선택의 여지는 없으니 제안은 받아들이기로 하겠다. 그런데 한 가지 조건이 있다. 이 메일을 읽는다면 오늘밤 12시 정각 대화방에서 만나기를 요청한다. 중요한 얘기가 있다. 대화방은 어딘지 말 안 해도 잘 알 것이다. 내 허락도 없이 뻔질나게 드나들었을 테니. 거절한다 해도 실망하진 않겠다. 당신 인격이야 금이 갈대로 간 상태라는 걸 알고 있으니까. 하지만 만약 게임 파트너로 선택했다면 최소한의 예의는 보여줘야 되지 않을까? 앞으로의 공정한 게임을 위해서 기다리겠다.

— MAD —

메일을 보내고 은표는 가방과 다이어리를 챙겼다. 녀석은 틀림없이 대화방에 나타날 거라는 걸 은표는 알았다. 일거수일투족을 주시하던 녀석이 메일을 확인하지 못할 리는 없고 호기심을 끌 만한 미끼를 던졌으니 피해갈 수 없을 것이다. 은표는 처음으로 놈과 대면하게 될 12시를 기대하며 집을 나섰다. 잠은 달아난 지 오래였다. 해는 중천에 떠 있었다.

세상은 아직 덜 깬 정신을 부여잡고 출근하는 샐러리맨들을 맞이하고 있었다. 은표는 그들 틈에 섞여 평범한 샐러리맨처럼 지하철로 향했다.

*

이런 일의 성과는 대부분 순전히 발품을 팔아야만 얻을 수 있다. 하지만 발품의 대부분은 헛수고라는 걸 문 형사는 익히 잘 알고 있었다. 하지만 이번 일은 사막에서 바늘 찾기보다도 더 막막했다. 문 형사가 지금까지 찾아간 배지 제작업체만도 수십 곳이 넘었다. 하지만 여태 얻은 거라고는 발바닥에 생긴 물집과 팔월 무더위에 피어오른 땀띠가 전부였다. 들고 있는 업체 리스트 외에 인터넷을 통해 판매하는 곳까지 합친다면 그 수는 기하급수적으로 늘어난다. 이번엔 결과도 장담할 수 없었다. 그렇다고 간신히 얻은 단서를 포기할 수도 없는 노릇이었다.

"칼 든 놈을 상대하는 게 낫지, 이거야 원……."

좋아하지도 않는 햄버거를 허기진 뱃속에 밀어넣으며 문 형사가 투덜댔다. 문 형사는 초등학교 사생 대회 가작 수상 실력을 발휘해 그린 범인의 배지 그림을 바라봤다. 삼종신기. 얼마 전 은표가 두 눈을 똑바로 뜨고 다부지게 말했던 문양의 이름이었다. 의심 많은 문 형사는 범인의 배지를 보자 삼종신기 문양을 직접 찾아봤다. 은표의 말대로였다. 그것은 일본 왕실을 대표하는 문양이었던 것이다.

"고타니의 보물이라니 말도 안 되는 소리."

문 형사는 고개를 설레설레 저었다. 아무리 생각해도 허무맹랑한 진술이었다. 그러나 범인이 살인 현장에까지 착용하고 다니는 걸 보면 분명 조사할 가치가 있었다. 문 형사는 똑똑한 신참에게 고타니의 보물에 관한 자료 조사를 맡기고 자신은 익숙한 육체노동을 택했다. 문 형사는 남은 햄버거를 해치우고는 자리에서 일어났다. 이대로 앉아서 푸념을 늘어놓는다고 얻어지는 건 없었다. 다음 배지 제작업체는 충무로에 있었다.

문 형사가 찾아간 곳은 배지와 트로피 등을 삼십 년 넘게 제작한 공장이었다. 공장이라고는 해도 변변한 작업장 하나 없는 허름한 가게에 불과했지만 지금까지 돌아본 업체에 문양을 설명하자 다들 이곳을 추천했다. 그만큼 이 분야에서 잔뼈가 굵은 터줏대감이었다.

충무로 트로피 가게들을 지나 작은 샛길로 들어서자 "홍기금속"이라는 낡은 간판이 빼꼼히 고개를 내밀고 있었다.

문 형사는 손잡이도 제대로 안 달린 미닫이문을 열고 안으로 들어섰다. 공장 안은 그야말로 배지와 트로피 박물관을 방불케 했다. 열 평 남짓한 가게 벽면은 온통 트로피와 배지로 도배되어 있었다. 문 형사는 신기한 듯 진열된 물건들을 살폈다. 비록 페인트칠이 드문드문 벗겨져 세월의 흔적이 고스란히 보이는 벽이었지만 붙어 있는 것들은 실로 장관이었다.

박정희 대통령 시절 당대 최고의 축구 선수였던 차범근이 해트트릭을 기록하며 우승을 차지했던 박스컵 우승 트로피부터, 한대화 선수의 스리런 홈런이 작렬하며 한일전을 승리로 장식했던 1982년 세계야구선수권대회 우승 트로피까지 실로 우리나라 스포츠의 산역사가 빼곡히 늘어서 있었다.

"이걸 여기서 다 만들었다는 거야? 주인장이 누군지 체육부 장관이랑 사돈이라도 맺은 모양이네."

문 형사는 잠시 본분을 잊고 즐거운 추억에 잠겨 트로피를 감상했다. 그때였다.

"사돈은 아니고 엉덩짝 좀 만져줬지."

지긋하게 나이든 목소리가 문 형사의 백일몽을 깨웠다. 그제야 현실로 돌아온 문 형사가 헛기침을 하며 돌아봤다. 손때가 묻은 작업복을 입은 노인이 목장갑을 털며 가게로 들어섰다.

"뭔 일이슈? 주인도 없는 가게를 기웃거리고."

"주인 되십니까?"

"그렇소만?"

주인이 못마땅한 표정으로 대답했다.

"경찰입니다. 뭣 좀 물어볼 게 있어서 왔습니다."

문 형사가 신분증을 보여주며 말했다.

"경찰이 여긴 뭔 일로 왔소?"

주인은 켕길 거 없다는 듯 기계 전원을 켜며 말했다.

"얼마 전 발생한 살인 사건을 수사중입니다. 혹시 이런 배지 만드신 적 있습니까?"

문 형사가 삼종신기 문양을 보여주며 물었다. 주인은 잠시 일손을 놓고 돋보기안경을 꼈다. 문양을 이리저리 돌려보던 주인은 대뜸 문 형사를 밀쳐내더니 벽에 붙어 있는 배지들 중에서 뭔가를 찾기 시작했다. 그러더니 저만치 위에 붙어 있는 샘플 중 하나를 꺼내 문 형사에게 건네줬다.

"이거 말하는 건가?"

문 형사는 숨이 멎을 뻔했다. 범인의 것과 정확히 일치했다.

"누가 언제 부탁한 건지 기억하십니까?"

문 형사가 흥분해서 물었다.

"글쎄. 언젠지는 모르겠지만 누가 의뢰한 건지는 정확히 기억하지."

주인이 작업을 하며 시큰둥하게 대답했다.

"누굽니까? 인상착의도 기억하십니까?"

문 형사가 다급하게 물었다.

"일본 대사였어."

주인의 대답은 뜻밖이었다.

"대사요?"

"그래. 맡긴 사람이 대사인지는 모르겠지만 일본 대사관에서 부탁한 건 확실하지. 한국말이 서툴렀어. 이거랑 대사관 입구에 매달 문패도 같이 주문했지."

공장 안은 주인이 돌리는 기계 소리로 시끄러워졌다.

문 형사는 소음 속에서 멍하니 배지를 바라보았다. 배지의 의뢰인이 일본 대사관이라니. 사건은 문 형사가 상상도 못 한 방향으로 흘러가고 있었다.

*

광화문에 위치한 대사관 건물 앞은 위안부 할머니들과 시위대, 그리고 그들을 저지하기 위해 상주하고 있는 전경들로 붐볐다. 문 형사가 대사관을 찾은 건 처음이었다. 비행기를 타본 것도 신혼여행으로 다녀온 제주도 때가 유일했던 터라 남의 나라 대사관을 드나들 일이 없었다. 배지의 의뢰인이 일본 대사관이었다는 얘기를 듣고 문 형사는 적잖게 당황했다. 그곳이 치외법권이 적용되는 외국 공관이라는 점도 있었지만 외국인을 상대로 사건 조사를 했던 경험이 전무한 문 형사로선 모든 게 막막했다.

게다가 문 형사는 외국어에 젬병이었다. 얼마 전부터 영어 학원을 다니기 시작한 일곱 살배기 아들이 질문하는 것도 간신히 대답하는 수준이었다. 일본 대사관에 협조 공문을 요청하는 것도 보통 일이 아니었다. 우리나라 공기관장을 상대로 취조를 벌이는 것과는 업무 자체가 달랐다. 대사관에 들어가 단순한 질문을 하는 데도 담당 검사뿐만 아니라 경찰청장의 허가를 받아야 하는 것은 물론 외무부 장관 직인이 있어야 협조 공문을 보낼 수 있었다. 그것도 대사관에서 거부하면 모든 일이 수포로 돌아간다. 문 형사는 고민 끝에 자존심을 접고 경찰대학을 수석으로 졸업한 신참에게 도움을 청하기로 했다. 신참은 이름값이라도 하듯 능숙하게 일을 처리했다.

만 이틀이 지난 후 대사관으로부터 공문이 날아왔다. 일본 대사의 직인이 찍힌 공문에는 다행히도 수사에 협조하겠다는 말이 씌어 있었다.

문 형사는 대사관 직원이 잡아준 약속 시간에 맞춰 도착했다.

"할머니들이 더운데 고생하시네요."

따라온 신참이 시위를 벌이고 있는 위안부 할머니들을 바라보며 말했다.

"그러게나 말이다. 연로하신 분들이 땡볕 아래서……."

문 형사는 말꼬리를 흐렸다. 시위는 시작한 지 꽤 된 모양이었다. 한복을 입은 위안부 할머니들과 재향군인회를 비롯해 수많은 단체 사람들이 일본의 만행을 규탄하는 플래카드를 들고 목소리 높여 사죄를 요구했다. 입구에는 여학생들이 위안부들의 고통을 극화한 퍼포먼스를 벌이고 있었다. 문 형사와 신참은 출입 허가증을 발급받는 동안 잠시 그 모습을 지켜봤다.

학생들은 흰 한복을 입고 망사천을 쓴 채 온몸으로 연기를 펼쳤다. 한 학생이 임신한 채 일본군의 칼에 찔려 죽음을 당하는 위안부의 연기를 실감나게 연출했다. 그 모습을 위안부 할머니들이 망연하게 보고 계셨다.

언론을 통해 수도 없이 보았지만 막상 실제로 할머니들을 보자 문 형사는 알 수 없는 감정이 북받쳐 올랐다. 신참도 같은 심정인 듯했다. 퍼포먼스를 보는 그의 얼굴도 상기되어 있었다. 묘한 경험이었다. 평소 한 번도 꺼내보지 않았던 부모의 유언장을 처음으로 읽는 듯한 숙연함이 낯선 할머니들에게서 느껴졌다. 문 형사와 신참은 넋을 잃고 퍼포먼스를 바라보았다.

그때 육중한 철문이 열리며 말쑥하게 정장을 차려입은 대사관 직원이 나타났다. 직원은 한눈에 문 형사를 알아봤다.

"문기철 경장님이십니까? 이쪽으로 오시죠."

우리말이 유창했다. 문 형사와 신참은 직원을 따라 대사관 안으로 들어갔다. 직원이 나타나자 위안부 할머니들이 일제히 바라봤다. 대사관을 응시하는 할머니들의 시선은 오랜 세월이 흘렀지만 빛을 잃지 않고 있었다. 눈빛에서 분노와 함께 잃어버린 삶에 대한 애착이 강하게 느껴졌다. 직원은 할머니들의 시선을 물리치며 대사관 입구를 닫았다. 안으로 들어서면서 문 형사와 신참은 어쩐지 할머니들에게 큰 죄를 짓는 것만 같은 기분에 사로잡혔다.

"처음 보시나 봅니다."

직원이 대사관 안으로 안내하며 물었다.

"네."

문 형사와 신참이 동시에 대답했다.

"매주 수요일이면 저렇게 모이신답니다. 볼 때마다 안됐다는 마음이 들어요."

직원이 사무적인 말투로 말했다.

"한국말을 참 잘하시네."

문 형사가 신기한 듯 물었다.

"저는 한국 사람입니다."

직원이 겸연쩍게 웃으며 대답했다.

"그럼 그렇지. 어쩐지 너무 잘한다 했어."

남에 땅에 발을 디딘 게 처음이라 그런지 어색하게 뒤를 따르던 문 형사가 지나치게 반기며 말했다.

"저보다 우리말을 잘하는 일본인 직원도 있습니다."

직원이 대사관 입구에서 둘에게 방문객 출입증을 달아주며 말했다. 입구에는 일본군으로 보이는 정복 헌병이 서 있었다.

두 사람은 입구에 신분증을 맡기고 건물 안으로 들어갔다. 대사관은 시위가 벌어지던 입구와는 대조적으로 한산했다. 마치 입구에 감정의 바리케이드를 쳐놓은 듯 냉정하고 차분한 분위기였다. 지나다니는 직원들은 마치 성가신 이동장이 선 것쯤으로 여기는 듯했다. 로비로 들어서자 후지산을 그려놓은 커다란 벽화가 보였다. 그 옆에 "2006 한일 축제 한마당"이라고 적은 행사 안내문들이 일렬로 늘어서 있었다. 안내문 위에는 "축제를 통한 한일 시민 교류를 위하여"라는 행사 카피가 커다랗게 걸려 있었다.

"사과는 안 하면서 화해를 하자. 재밌는 사람들이야."

신참이 홍보 문구를 보며 웅얼댔다. 직원은 두 사람을 엘리베이터로 안내했다. 문 형사는 무언가를 유심히 살폈다. 직원들이 차고 있던 배지였다. 대사관 직원들은 모두 삼종신기 문양 배지를 달고 있었다. 문 형사는 안내원의 옷깃도 살펴보았다. 그는 배지를 달고 있지 않았다.

"저 배지 말입니다. 왜 당신은 안 차고 있죠?"

엘리베이터에 오르며 문 형사가 물었다.

"저건 일본인 직원에게만 지급되는 배지입니다. 저는 한국인 직원이라 가지고 있지 않습니다."

4층을 누르며 직원이 대답했다.

"한국인 직원에게는 안 주는 이유가 있나요?"

"자세한 건 모릅니다."

직원이 말꼬리를 흐리며 대답했다. 안 좋은 징조였다. 범인은 점점 이 땅에서 멀어져 국외로 달아나고 있었다.

4층에 도착하자 직원은 두 사람을 복도 쪽으로 안내했다. 로비와는 달리 4층은 조용한데다 지나다니는 사람도 없었다. 굳게 닫혀 있던 방들은 문마다 일본어와 한자로 적힌 문패가 걸려 있었는데 직위와 이름 같았다. 문패까지 붙어 있는 걸 보면 꽤 높은 직위의 사람들이 근무하는 곳인 듯했다. 직원은 복도 끝에서 두 번째 방으로 두 사람을 안내했다. 문에 "參事官室"(참사관실)이라는 문패가 붙어 있었다. 문 형사는 참사관이 뭘 하는 직급인지 전혀 알지 못했다. 신참이 긴장하는 걸 보면 상당히 높은 직위인 게 분명했다. 직원이 정중히 노크를 했다. 안에서는 아무런 반응이 없었다. 직원은 문을 열고 참사관이 없는 걸 확인한 후 두 사람을 안내했다.

"잠시 기다리시면 오실 겁니다. 저는 말씀을 마치시면 다시 오겠습니다."

직원은 일본인과 생활을 해서인지 지나치게 정중했다. 말을 마친 직원은 깍듯이 인사를 하고는 방을 나서려 했다.

"잠깐만. 우리 일본어 못 하는데."

문 형사가 직원을 잡자 직원이 미소를 지으며 대답했다.

"아까 저보다 우리말을 잘하는 일본인이 있다고 말씀드렸을 텐데요."

이 말을 남기고 직원은 사라졌다. 안심한 문 형사는 버릇처럼 방안을 살피기 시작했다. 호화롭지는 않았지만 상당히 고급스럽고 쾌적한 방이었다. 벽에는 일장기와 함께 일왕과 일본 총리의 사진이 순서대로 붙어 있었고 무사 갑옷을 비롯한 고양이 인형 등이 일본풍 문갑 위에 가지런히 진열되어 있었다. 참사관이 모은 것으로 보이는 우리나라 도자기들이 진열장 한편을 채우고 있었다. 그 옆에 일왕으로부터 직위를 하사받았을 때 찍은 듯한 기념사진이 은색 액자 안에 걸려 있었다.

"참사관이면 높은 거냐?"

문 형사가 방안을 기웃거리며 물었다.

"그럼요. 대사 바로 아랜데. 그나저나 자리에 좀 앉으세요.

주인 없는 방에서 맘대로 이것저것 살피는 건 예의에 어긋나는 행동이에요."

신참이 불안해하며 문 형사에게 말했다.

"자식, 형사는 그래도 돼. 간은 쥐만 해가지고."

문 형사가 자리에 앉으려는 순간 문이 열리며 참사관이 들어왔다. 금테 안경에 잘 다린 흰 와이셔츠를 입은 사십 대 남자였다. 태어날 때부터 양복을 입은 것처럼 자연스러운 차림이었다. 엘리트 분위기였지만 공무원 특유의 고지식함은 보이지 않았다. 문 형사는 일본인을 처음 만나는 터라 잔뜩 긴장했지만 얼핏 봐서는 구분이 안 갈 정도로 한국 사람과 인상이 비슷했다. 옅게 색이 들어간 안경 너머로 보이는 서글서글한 눈매가 문 형사와 신참을 향해 미소를 보냈다.

"기다리게 해서 죄송합니다. 한일 축제 한마당 때문에 문공부에 다녀오느라 늦었습니다. 안녕하십니까. 구로다 신이치입니다."

참사관이 악수를 청하며 소개를 했다. 문 형사와 신참은 얼떨결에 손을 잡았다. 참사관은 직원이 말한 것처럼 우리말을 상당히 잘했다. 그리고 고위 공직자답지 않게 서글서글해 보였다. 이미 들었지만 실제로 유창한 한국말을 듣자 신참과 문 형사는 당황스러울 정도로 신기했다.

"아, 안녕하세요. 문기철입니다. 이쪽은 제 동료 이강열입니다. 조사에 협조해주셔서 대한민국 경찰을 대표해 감사드립니다."

문 형사는 대한민국 대표 경찰이라도 되는 양 거창하게 인사말을 건넸다.

"별말씀을요. 한국의 팔월은 정말 숨이 막힐 정도로 덥습니다. 실례가 안 된다면 넥타이 좀 풀겠습니다."

문 형사와 신참은 동시에 편하실 대로 하라는 제스처를 취했다. 그런 두 사람의 어수룩함이 맘에 들었는지 참사관의 얼굴이 한층 편안해 보였다.

"차 좋아하십니까? 좋은 차가 얼마 전에 들어왔는데."

참사관이 넥타이를 풀며 말했다.

"주시면 먹겠습니다."

문 형사가 말했다. 참사관은 인터폰으로 비서에게 차를 준비하라고 지시했다. 잠시 후 비서가 다기를 들고 들어왔다. 비서가 나가자 참사관은 소중하게 찻봉지를 개봉하더니 차를 만들기 시작했다. 준비된 뜨거운 물을 숙우에 부어 데우고 퇴수기에 버린 다음 찻잎을 다관에 적당량 넣어 우려냈다. 다도에 대해 문외한인 문 형사도 숙달된 솜씨인 것만큼은 알 수 있었다.

"이건 시즈오카 현에서 재배된 교쿠로 차입니다. 녹차 중에도 최상품이죠. 새순이 두 잎 정도 나왔을 때 햇빛을 가려가며 딴 귀한 차랍니다. 드셔보세요."

차가 적당히 우러나자 찻잔에 따라주었다.

"잘 마시겠습니다."

신참은 들은 풍월이 있는지 두 손으로 찻잔을 받쳐가며 조심스럽게 마셨다. 문 형사도 어쩔 수 없이 흉내를 내는 수밖에 없었다. 잠시 티타임을 가지며 숨을 돌린 참사관이 먼저 운을 띄웠다.

"보내신 공문은 읽어봤습니다. 살인 사건을 조사중이시라고요."

"예, 그것 때문에 이렇게 오게 됐습니다."

문 형사가 대답했다.

"무슨 일로 저희 대사관에 협조 요청을 하셨는지요. 저희와 연관된 부분이라도 있나요?"

문 형사는 찻잔을 내려놓았다.

"네, 있습니다. 이걸 봐주십시오."

문 형사는 주머니에서 준비한 자료들을 꺼냈다. 두 장의 폴라로이드 사진이었다. 첫 번째는 김도훈의 살해 현장에서 찍은 증거 사진으로 사체 왼손에 들려 있던 메모지였다. 메모지에는 삼종신기 문양이 볼펜으로 그려져 있었다. 두 번째 사진은 강길준이 현장 바닥에 남긴 데드 사인이었다. 참사관은 두 사진을 꼼꼼히 살펴봤다.

"이 사진들은 이번에 살해된 피해자들이 현장에서 남긴 데드 사인입니다. 피해자가 죽기 전 범인의 단서가 될 만한 그림을 남긴 거죠. 이 두 사진의 공통점을 알아보시겠습니까?"

"형사님께서 설명해보시죠."

차분한 목소리로 참사관이 말했다.

"두 개 모두 삼종신기라는 문양이 들어 있습니다. 삼종신기가 뭔지는 저보다 참사관님께서 더 잘 아시겠죠."

"네. 물론입니다. 그런데 이게 저희와 무슨 연관이 있다는 말입니까?"

그러자 문 형사가 또 다른 사진 한 장을 꺼냈다. CCTV에 잡힌 범인 화면을 캡처한 사진이었다. 문 형사는 범인의 옷깃에 달린 배지를 가리키며 말했다.

"이건 사건 현장 인근 CCTV에 잡힌 범인으로 추정되는 남자의 사진입니다. 그런데 용의자 옷에 낯익은 배지가 붙어 있더군요."

용의자의 옷깃에 붙은 배지를 보자 참사관의 얼굴이 미묘하게 일그러졌다. 문 형사는 순간을 놓치지 않고 능숙하게 대화를 이끌었다.

“삼종신기 문양이었습니다. 그래서 이 배지를 수소문했죠. 찾으려고 고생깨나 했습니다. 그런데 간신히 찾아낸 배지의 의뢰처가 바로 여기더군요.”

낯선 곳에서의 주눅 든 모습은 어느새 사라지고 여느 때의 문 형사로 돌아와 있었다.

“그리고 이곳에 와서 또 한 가지 재밌는 사실을 알았습니다. 이 배지는 일본인 직원만이 착용한다는 걸 말이죠. 맞습니까?”

문 형사는 참사관의 표정 변화를 읽으며 날카롭게 요점을 짚어나갔다.

“네, 그렇습니다. 그래서 저희에게 묻고 싶은 게 정확히 뭡니까?”

참사관은 난처한 얼굴이었다. 사건에 대해 아무것도 모르는 얼굴이었다. 문 형사는 참사관에게서는 아무런 정보도 얻을 수 없다는 걸 직감했다.

“기분 나쁘셨다면 사과드리겠습니다. 몇 가지 질문에만 답해주시면 돌아가겠습니다.”

문 형사가 정중하게 양해를 구했지만 굳었던 참사관의 표정은 풀리지 않았다. 외교에는 능숙할지 몰라도 사람을 대하는 데는 그다지 익숙하지 않은 타입 같았다.

“이 배지가 어떤 의미인지 궁금합니다. 그리고 왜 일본인 직원에게만 지급되는지도 알고 싶습니다.”

참사관은 잠시 이 질문에 대답을 해야 할지 고민하고는 입을 열었다.

“대답을 하기 전에 조건이 있습니다. 지금부터 제가 하는 모든 말은 오프 더 레코드입니다. 절대 외부에 언급돼서는 안 된다는 말입니다. 둘째, 이건 제 개인적인 답변일 뿐이지 일본을 대표하는 발언이 아니라는 걸 명심하십시오.”

참사관은 외교관답게 사전 포석을 확실히 깔았다.

“예, 알겠습니다. 오늘 있었던 대화는 절대 외부에 유출되지 않을 것을 약속드립니다.”

문 형사는 답변을 받아 적으려던 수첩을 도로 집어넣으며 말했다.

참사관은 앞으로 나올 질문을 예측이라도 하려는 듯 사진을 바라보며 찻잔을 기울였다.

“이 배지는 천황께서 나라를 대표할 사람들에게 내리는 하사품입니다. 천황의 뜻을 받들어 국가의 이익에 최선을 다하라는 뜻이 들어 있습니다. 그래서 한국인 직원에게는 지급되지 않는 겁니다.”

처음과는 사뭇 다르게 사무적인 말투로 참사관이 대답했다.

"그렇군요. 그런데 말씀을 듣다가 문뜩 떠오른 생각인데요, 그런 중요한 의미가 담긴 물건이라면 일본에서 직접 만들지 왜 이곳에서 만드신 겁니까?"

문 형사가 물었다. 이번에도 참사관은 생각을 정리한 후 대답했다.

"예전에는 그랬습니다. 심지어 일본에서도 왕실로부터 인정을 받은 곳에서만 만들었고 외무대신께서 일일이 달아주셨습니다. 하지만 대사관 수와 파견 인원이 급증하면서 조례가 바뀌었습니다. 이제는 대사께서 천황 폐하를 대신해서 수여합니다. 만드는 장인도 대사께서 고르시고요. 마지막으로 한 가지 질문만 더 받겠습니다. 잠시 후 대사님을 만나 뵈러 가야합니다."

마지막이라는 말에 문 형사는 마음속에 담고 있던 질문을 해야겠다고 생각했다.

"알겠습니다. 그럼 한 가지만 더 묻죠. 아까 들어오다 보니까 헌병으로 보이는 군인이 입구를 지키고 있던데 대사관에서 보관하는 총기 중에 38식 소총이 있나요?"

"범인이 소총으로 살인을 했습니까?"

참사관은 문 형사의 유도신문에 넘어갈 만큼 어수룩한 사람이 아니었다.

"네, 그렇습니다. 그것도 구하기도 힘든 일제 강점기 시절 사용하던 소총으로요."

"저는 총에 관해선 문외한입니다. 접할 일도 없고요. 그리고 그 질문은 답해드릴 수 없습니다. 대사관 내에 어떠한 물품을 보유하고 있는지는 대외비입니다."

"네, 알겠습니다. 질문에 답해주셔서 감사합니다."

문 형사가 자리에서 일어나며 말했다.

"범인을 잡길 바랍니다. 그리고 시간 나시면 저희 행사에 한번 오시죠. 꽤 재밌을 겁니다."

참사관이 처음의 관대한 표정으로 돌아가 말했다.

"꼭 와보도록 하겠습니다. 시간 내주셔서 감사합니다."

문 형사가 정중히 고개를 숙이며 말했다.

"도이타시마시테. 사요나라."

참사관은 정중히 인사를 받으며 처음으로 일본어를 사용했다. 문 형사와 신참은 조용히 참사관실을 빠져나왔다. 문 앞에 직원이 기다리고 있었다. 직원은 둘을 다시 엘리베이터로 안내했다. 복도를 지나며 문 형사는 방금 전 참사관과 나눴던 대화를 곱씹어보았다. 여러 정황상 대사관 직원이 연관될 가능성은 높았으나 동기가 없었다. 대체 일본인이 왜 중앙정보부 요원들을 십일 년에 걸쳐 살해한단 말인가. 힘들게 들어온 대사관이었지만 아무런 소득이 없었다. 문 형사는 원점으로 돌아가 수사할 생각을 하니 앞이 캄캄했다.

그때였다. 복도를 돌아 엘리베이터를 기다리던 문 형사 앞에 한 남자가 나타났다. 그는 다부진 체격에 스포츠머리를 한 오십 대 남자로 일본군 정복을 착용하고 있었으며 가슴 오른편에는 여러 개의 훈장을 가지런히 달고 있었다. 구릿빛으로 그을린 피부와 얇지만 굳게 다문 입술, 매서운 눈매는 그가 평생을 군에 몸을 바친 직업군인임을 말해주고 있었다. 그 역시 왼쪽 옷깃에 삼종신기 배지를 달고 있었는데 문 형사의 시선을 끈 것은 오른쪽 뺨에 난 상처였다. 남자는 날카로운 것에 심하게 긁혔는지 오른쪽 뺨에 빗살무늬처럼 깊은 흉터가 남아 있었다.

남자는 문 형사와 눈이 마주치자 흉터를 숨기려는 듯 고개를 돌리더니 복도 저편으로 사라졌다. 문 형사는 멀어지는 남자의 뒷모습을 응시하다가 직원에게 물었다.

"저 사람 뭐하는 사람입니까?"

"아, 저분요. 다카하시 이등육좌라고 대사관에 상주하시는 무관이십니다. 경비와 국방 관련 업무를 담당하시죠."

엘리베이터가 도착했다.

“우리나라에서 근무한 지 얼마나 됐습니까?”

“글쎄요. 정확히는 모르지만 제가 일하기 훨씬 전부터 이곳에 계셨습니다. 저보다 한국말을 잘하는 일본인 중 한 명입니다.”

직원이 엘리베이터에 먼저 타며 말했다. 문 형사는 무관이 사라진 복도를 응시하다가 엘리베이터에 올랐다. 밖에서 시위를 벌이고 있는 학생들의 절규가 들려왔다.

사고의 파편을 반추하라 (1)

오전의 인사동은 축제 분위기였다. '인사동, 문화의 거리'라는 슬로건으로 지방 특산품을 위한 전시와 장터가 열리고 있었다. 거리에는 갖가지 내용의 전시를 알리는 플래카드가 걸려 있었고 지방에서 직접 생산한 토산품을 들고 올라온 공예가들이 인도에 물건을 진열하고 있었다. 대부분 지방마다 전수되어 내려온 것들로 곰방대, 도자기, 부채, 벼루 등 소품들이었다. 어떤 상인은 모아온 골동품을 즉석에서 경매에 붙여 팔았다. 다른 한쪽에서는 한복 차림의 엿장수가 커다란 가위를 쩔렁이며 울릉도 호박엿과 꽃지짐을 팔고 있었다. 거리를 메운 행사를 많은 외국인 관광객들이 즐기고 있었다. 은표도 인파 속에서 골목을 전전하고 있었지만 행사에는 관심이 없었다. 은표는 낡은 명함 한 장을 들고 연화골동품이라는 가게를 찾았다.

아침 일찍 《D일보》에 도착했지만 헛걸음이었다. 하광용은 육 년 전 퇴직하고 없었다. 은표는 기자들에게 묻고 물어 간신히 하광용의 주소를 얻을 수 있었다. 후배 기자에 의하면 골동품에 관심이 많던 하광용은 전 재산을 털어 인사동에 '연화골동품'이라는 가게를 낸 모양이었다.

"대체 어디 있는 거야? 망한 건 아니겠지?"

은표는 세 바퀴째 인사동을 돌고 있었다. 화방과 골동품점이 골목마다 즐비했지만 연화골동품이라는 간판은 보이지 않았다. 이제 막 데워지기 시작한 아스팔트로부터 서서히 복사열이 올라왔다. 오늘도 무더운 하루가 될 게 분명했다. 은표는 비 오듯 흐르는 땀을 닦으며 물병을 꺼냈다. 생수병은 텅 비어 있었다. 급히 나오는 바람에 물을 채우는 걸 깜빡한 것이다. 은표는 길모퉁이에 있는 편의점으로 들어갔다. 시원한 에어컨 바람이 불어왔다.

"어서 오십시오."

은표는 점원의 상투적인 인사를 뒤로하고 음료수가 진열되어 있는 냉장고로 향했다. 냉장고에는 많은 종류의 청량음료가 진열되어 있었다. 생수 코너만 해도 열 종류 이상의 메이커가 있었다. 물이 채취된 장소도 가지가지였다. 저 멀리 알프스 산맥에서부터 제주도 광천수에 이르기까지 가지각색의 출생지를 가진 물이 투명한 플라스틱 병에 담겨 있었다. 은표는 오랜만에 물 건너온 물을 골라 카운터로 향했다. 카운터 점원은 감옥에 갇힌 죄수 표정으로 창밖을 보다가 은표가 나타나자 기계처럼 바코드를 찍었다.

"팔백 원입니다."

점원은 쳐다보지도 않고 말했다. 은표는 햇빛에 이틀간 말린 마분지를 떠올리며 셈을 치렀다. 갈증이 심했던 터라 은표는 그 자리에서 정신없이 물을 들이켰다. 반쯤 들이켜고 나자 갈증이 누그러졌다. 은표는 편의점 간이 테이블에서 잠깐 에어컨 바람을 쐬기로 했다. 아지랑이가 보일 정도로 이글거리는 아스팔트로 다시 뛰어들 엄두가 안 났다. 커다란 에어컨은 하얀 김을 내뿜으며 열심히 돌아가고 있었다.

쇼윈도 너머로 보이는 거리는 숨이 막힐 것처럼 뜨거웠다. 은표는 거리를 지나는 사람들을 보며 생각했다. 인사동이 넓진 않지만 오래전 형성된 거리라 작은 샛골목들이 거미줄처럼 뻗어 있었다. 때문에 놓친 골목이 있을 수 있었다. 잠시 땀을 식힌 후 다시 연화골동품을 찾아보리라. 길 건너편 가판대에는 엿장수가 밀짚모자에 모시 한복을 입고 가위를 쩔렁이면서 신나게 손님을 부르고 있었다. 하지만 사람들은 호박엿에는 관심이 없는지 무심히 그 앞을 지나쳤다. 땀을 뻘뻘 흘려가며 열심히 외치고 있는 엿장수와 선글라스를 낀 채 아이스크림을 빨며 지나는 사람들의 모습이 대조적이었다.

그 광경을 본 은표는 마음이 언짢았다. 철이 지나 호소력을 갖지 못하는 물건을 팔고 있는 사람을 보면 언제나 마음 한 구석이 씁쓸했다. 빠르게 돌아가는 세상의 시계를 그들의 낡은 시계는 쫓아가지 못했다. 서서히 느려지다가 결국에는 따라갈 수 없을 만큼 차이가 벌어진 것이다. 문득 칠십 년 전 사라진 이상의 비밀을 쫓고 있는 자신을 돌아봤다. 나는 세상의 시계와 맞물려 돌아가고 있는 건가. 이상의 비밀은 과연 어떤 종류의 시공간에 머물고 있는 건가. 그러자 엉뚱하게도 카리브해의 버뮤다 삼각지대가 떠올랐다. 은표는 어이없다는 듯 피식 웃었다.

"제발 사차원세계로만 데려가지 말아줘."

은표는 식기 시작한 땀을 닦으며 슬슬 몸을 일으켜야겠다고 생각했다.

蓮花骨董品 河光龍

후배 기자로부터 받은 하광용의 명함은 요즘 유행과는 거리가 멀었다. 검은색 글씨로만 찍힌 명함은 환갑을 앞둔 변호사의 명함처럼 한자투성이였다. 심지어 전화번호까지 한자로 적혀 있었다. 은표는 발품을 팔기 전 다시 한번 전화를 걸었다. 한자로 된 전화번호를 누르자 평범하게 신호가 갔다.

뚜르르르……. 뚜르르르……. 이번에도 받을 기미가 보이지 않았다. 은표는 가방을 챙기며 팔월의 땡볕 속으로 나가려고 했다. 그때였다.

"여보세요."

누군지 막 잠에서 깬 목소리였다.

"여보세요? 거기 연화골동품인가요?"

에어컨 냉기 속에 주저앉으며 반갑게 물었다.

"그런데 무슨 일이쇼?"

남자는 퉁명스럽게 물었다.

"주인 되시는 하광용 선생님을 찾는데요. 계십니까?"

"내가 하광용이오만."

"아, 그러십니까? 안녕하세요. 저는 정은표라고 합니다. 선생님을 만나 뵀으면 하는데 위치를 몰라서요."

"지금 몇 시나 됐소?"

예상대로 하광용은 방금 전 일어난 모양이었다.

"11시 반입니다."

은표가 편의점 시계를 확인하며 대답했다.

"벌써 그렇게 됐나? 일어날 때가 됐구먼. 은표라고 했나?"

"예. 정은표입니다."

"뭔 일인진 모르지만 일단 와. 점심이나 같이 먹자구."

은표는 얼굴도 모르는 사람과 먹게 될 점심 메뉴를 고민하며 편의점을 나섰다.

*

은표는 연화골동품을 발견하곤 어이가 없었다. 연화골동품을 못 찾은 데는 이유가 있었다. 가게가 워낙 외진 곳에 위치한 이유도 있었지만 그보다 간판이 없다는 게 문제였다. 가게 앞을 세 번이나 지나쳤지만 거기가 연화골동품이라는 걸 알 수 있는 어떤 표식도 찾을 수 없었다. 얼핏 봐선 골동품점으로 안 보일 정도로 작고 허름했다. 삼류 드라마 소품처럼 허술하게 만들어진 진열대와 이곳저곳 금이 간 쇼윈도가 상점 자체를 골동품으로 만들고 있었다.

"이런 곳이 장사가 될까?"

은표는 의아해하며 가게 안으로 들어갔다. 도시 저편 하늘에는 비를 잔뜩 머금은 구름이 이쪽을 향해 몰려오고 있었다. 구름의 앞길을 열기라도 하듯 습한 바람이 불어왔다. 잠시 후면 한여름 열기를 식혀줄 비가 내릴 것이다.

가게에 들어선 은표는 혼란스러웠다. 아주 작은 감정의 엉킴 같은 것이었는데 오감을 통해 들어온 정보가 기존의 데이터와 일치되지 않을 때 흔히 일어나곤 했다. 자주 있는 일은 아니었지만 이번 경우는 상당히 심했다. 일단 들어서는 순간 태어나 처음 맡아보는 묘한 향기가 상점 안에 가득했다. 그것은 밀도가 짙은 향기로 고급 향을 피웠을 때의 알싸한 향에 깊은 숲속에서 나는 푸르른 야생의 냄새가 섞여 있는 듯했다. 그 외에도 처음 맡아본 이국적인 향기들이 한데 어울려 은표의 후각을 자극했다.

걸음을 내딛자 바닥에서 예상치 못했던 쿠션감이 느껴졌다. 마치 어두운 밤에 처음 방문한 아파트 계단을 오를 때 불현듯 나타난 마지막 계단을 헛딛는 느낌이었다. 그것들과 주변을 둘러싼 수많은 고대의 유물들이 조화를 이루어 은표를 이상한 세계로 인도했다.

은표는 상점에 진열되어 있는 물건들을 둘러보았다. 조명도 없던 진열대에는 색 바랜 여러 종류의 골동품들이 벽면 전체를 빈틈없이 채우고 있었다. 크고 작은 도자기부터 산화된 청동 식기에 이르기까지 다양했는데 하나하나 작고 소중한 전설을 품고 있는 듯했다. 하지만 대부분 어딘가 깨지거나 금이 가 있어 팔기에는 적당치 않아 보였다. 가게를 둘러본 은표는 하광용이 장사할 목적으로 가게를 낸 게 아니란 걸 알 수 있었다. 개인적으로 모아놓은 물건들이었다. 은표는 그런 점이 맘에 들었다.

"장사할 생각이 없는 가게라."

은표가 진열대에 전시된 특이한 토우를 집으려는 순간이었다. 가게 저편에서 거부할 수 없는 단호한 목소리가 들렸다.

"신발 벗고 들어와."

하광용이었다. 그는 추리닝 차림으로 이를 닦고 있었다.

"모세도 신발을 벗었는데 감히 어디서."

근엄했지만 〈십계〉의 하느님과는 달리 장난기가 어린 목소리였다.

"죄송합니다. 여기가 시나이 산인 줄 몰랐습니다."

은표는 운동화를 벗어 입구 한켠에 내려놓았다. 하광용은 열심히 칫솔질을 하며 은표를 아래위로 훑었다.

"외상값 받으러 온 거 같진 않고, 난 무슨 일로 찾는 거지?"

"이연 선생님 소개로 왔습니다."

그 말에 칫솔질을 하던 하광용의 손이 멈췄다.

*

은표는 티 테이블 앞에 앉아 하광용을 기다렸다. 첫인상은 칠십이 넘은 자유인이었다. 그는 말하는 데 거침이 없었고 사람을 대하는 데 격이 없었다. 성경과 맹자를 인용했지만 랩 가수가 더 어울릴 듯했다. 그는 어제 마신 술이 덜 깼다며 기다리라고 하고는 뒷문으로 사라졌다.

은표는 이연의 다이어리를 다시 훑어보며 그가 나타나기를 기다렸다. 잠시 후 찻잔을 들고 다시 나타난 하광용은 추리닝 차림의 부스스한 모습이 아니었다. 은발을 깨끗이 뒤로 넘긴 깔끔한 용모에 지적인 눈매를 하고 있었다. 이제야 한때 《D일보》 사회부를 주름잡았던 기자였다는 게 실감이 났다.

"이제야 정신이 드네. 들어봐. 향기가 좋을 거야."

하광용이 찻잔을 권하며 말했다. 은표는 찻잔의 뚜껑을 열어 향기를 음미했다.

"무슨 차죠? 처음 맡아보는 향기인데요."

은표가 한 모금 입에 담으며 물었다.

"선혜차라는 거야. 이 세상 어디서도 맛볼 수 없는 귀한 차지."

"이 세상 어디서도 못 마신다는 말씀은?"

"그래. 내가 만든 차야. 나는 세상을 돌아다니면서 물건들을 모으는 취미가 있어. 그중에는 희귀한 식물도 포함되지. 귀한 식물을 발견하면 그걸 차로 만들기도 해. 가끔은 독이 든 식물을 끓여 마셨다가 병원 신세를 지기도 했지. 이것도 그중에 하나야. 선혜초라고 우리나라의 고산 지역에서만 서식하는 희귀한 식물이야."

은표가 독이라는 말에 머뭇거리자 하광용이 웃으며 말했다.

"걱정 마. 임상 실험은 끝냈으니까."

그제야 은표는 찻잔을 다시 들었다.

"이 가게 안에 있는 물건들도 선생님께서 직접 모으신 겁니까?"

은표가 물었다.

"당연하지. 어때, 멋지지 않아?"

"그러네요. 물건마다 전설을 머금고 있는 듯해요."

전설이라는 말에 하광용은 진지한 표정으로 은표를 바라봤다.

"자네 보기보다 예리한 구석이 있구먼. 맞아. 여기 있는 물건들은 저마다 전설을 품고 있어. 우리가 마시고 있는 이 선혜차에도 말이야."

하광용이 찻잔을 기울이며 말했다.

"그렇다면 물건들의 전설도 함께 모으셨나요?"

"당근이지. 그것 때문에 모은 건데. 아주 오래전 어떤 계기 때문에 나는 모든 사물마다 작은 전설을 지니고 있다는 사실을 알게 됐지. 그때부터 전설이 담긴 물건들을 모으기 시작했어."

하광용의 목소리는 〈전설의 고향〉에서 내레이션을 하는 성우처럼 구성졌다.

"계기가 뭐였습니까?"

호기심을 누르지 못하는 은표가 본론은 뒷전으로 하고 물었다.

"꽤 긴 얘긴데. 지루하지 않겠어?"

"재밌으면 제가 식사를 대접하겠습니다."

"오! 내 얘긴 꽤 비싼데."

"걱정 마십시오. 국가에서 내는 거니까 마음껏 드셔도 됩니다."

"국가에서 내준다?"

하광용은 은표의 말에 큰 소리로 웃었다. 덩치만큼 웃음소리도 호탕했다. 그는 오랜만에 마음이 맞는 친구를 만난 듯 흐뭇하게 바라보다가 이야기를 시작했다.

"오래전…… 그러니까 1952년 6.25전쟁이 한창일 때였지. 나는 학도의용군에 자원해서 전쟁에 참가했네. 몇 주간의 소대장 교육을 받고 밥풀 하나를 단 채 전장에 나가게 됐지. 말이 좋아 장교지 소대장이라는 게 이 칫솔 같은 거야. 제일 빨리 닳아 없어지거든. 그게 벌써 어언 오십 년 전의 일이구먼. 세월은 유수와 같아. 내가 벌써 칠십 넘은 할배가 되었으니."

하광용은 추억에 잠기듯 애수에 젖은 표정으로 잠시 창밖을 바라보다가 이야기를 계속했다.

"내가 배치받은 부대는 당시 학도의용군 중 하나였던 십자성 부대였어. 소대원은 나를 포함해 모두 스물다섯 명으로 스무 살 안팎의 어린 학생들이었지. 전쟁은 막바지로 치닫고 있었어. 삼팔선을 경계로 치열한 소모전을 펼치고 있었지.

우리 소대는 강원도 청송에 있는 무산이라는 곳에서 벌어지는 전투에 참가하게 됐어. 그곳에는 구름 고지라는 전략적 요충지가 있었는데 스무 날째 아군과 북한군이 빼앗고 빼앗기는 혈전을 여덟 번이나 반복하고 있었지. 우리 소대는 짐을 풀 여유도 없이 도착한 다음날 전투에 투입됐어. 대대장에게 신고를 하고 숙소를 제공받았지만 나를 비롯한 소대원들은 거의 잠을 이룰 수 없었지. 그곳은 육백 명이 넘는 사상자를 낸 곳이었거든. 침상 위에는 저마다 작은 상자가 하나씩 놓여 있었지. 전투에 나가기 전 만약을 대비해 자른 머리카락과 손톱 그리고 한 장의 유서를 담기 위한 것이었어. 유사시 부모님에게 송환될 유해나 마찬가지였지. 저멀리 구름 고지에서 울리는 포탄 소리를 들으며 우리는 죽은 후 부모님에게 드릴 편지를 쓰고 있었어. 몹시 피곤했지만 차마 잠을 이룰 수가 없었지.

운명처럼 다음날이 다가왔어. 기상나팔이 울리자 우리는 완전군장을 하고 연병장으로 달려갔지. 그곳에는 우리처럼 방금 전 우리 소대로 배치된 한 명의 하사관이 있었어. 여준환이라는 이름의 중사였지. 대대장의 말에 의하면 얼마 전 전투에서 부대원을 모두 잃고 자신도 부상을 당해 후송되었다가 돌아온 것이었어.

아침해가 떠오르자마자 우리는 새로 배치받은 여준환 중사의 안내에 따라 산을 오르기 시작했지. 고지는 그리 험난한 지형이 아니었어. 어찌 보면 평범한 산등성이었지. 한 시간가량 산을 타자 우리는 구름 고지에 도착할 수 있었어. 그곳은 수많은 포탄 세례로 황폐해져 있었어. 여기저기 웅덩이가 파인 땅은 붉은 흙이 고스란히 드러난 채 풀 한 포기 남지 않아 있지 않았지. 우리는 산등성이 뒤로 나 있는 보급로를 통해 벙커로 갔어.

벙커는 무서우리만치 고요했어. 어젯밤까지만 해도 서로가 뿜어대는 포탄과 기관총으로 아비규환이었던 곳이 신마저도 떠나버린 것 같은 정적에 휩싸여 있었어. 나는 직감적으로 그것이 거대한 폭풍을 앞둔 저기압 기류라는 걸 알았어. 폭풍의 눈에 다다른 거야.

우리는 엉켜 있는 시체들을 지나 벙커로 들어갔지. 그 당시 고지는 아군 수중에 있었는데 우리의 임무는 벙커에서 고지를 사수하는 것이었어. 벙커는 총 다섯 개로 우리 소대가 배치받은 곳은 두 번째 벙커였지. 지난번 이곳 사수를 맞았던 소대는 대부분의 병력을 손실하고 우리와 교대를 했어. 벙커 속은 실로 장관이었지. 오랫동안 쌓여온 시체가 썩는 냄새, 정신을 잃은 채 소총을 잡고 있던 병사, 그대로 방치된 조각난 시체들. 소대장도 사망하고 분대장이 임무를 대행하고 있었어.

나는 도착하자마자 소대장 대리의 인수인계를 받고 곧바로 임무 교대를 했지. 전임 분대장의 말에 의하면 지난 한 달 동안 밤낮으로 전투가 계속되었는데 오늘 새벽부터 적군이 공격을 멈췄다는 거야. 아마도 대대적인 공세를 준비하고 있는 것 같다고 했지.

교대한 소대원 중 살아남은 대원들은 벙커 밖으로 나가 동료 소대원들의 시체를 찾기 시작했어. 시체들은 대부분 조각난 상태였는데 그들은 아무런 감정 없이 그것들을 쓸어 모아 둘러메고는 돌아가버렸어. 그리고 또다시 죽음 같은 정적이 찾아왔지. 우리는 당장이라도 적군이 진격해 올 것만 같은 전방을 응시하며 부들부들 떨었어. 그런데 하루가 지나고 이틀이 지나도 적군이 공격해 올 기미가 보이지 않는 거야."

하광용은 미간을 좁혀가며 이야기에 몰두하고 있었다. 은표도 오랜만에 사건을 잊고 하광용의 옛날 이야기에 흠뻑 빠졌다.

"그러던 사흘째 밤이었어. 나는 불안한 정적 때문에 잠을 이룰 수 없어 벙커에 나와 있었지. 그때 우리를 벙커로 안내했던 여준환 중사가 내게로 다가왔어. 그러더니 어디서 났는지 미군의 C-레이션을 주었어. 나는 무척 배가 고팠던 터라 정신없이 먹었지. 여준환 중사는 담배를 피우며 그런 내 모습을 바라봤어.

그는 서른 살 정도로 나보다 나이가 많았지만 상당히 예의가 바른 친구였어. 우리는 초면이나 다름없었어. 서로에 대해 아는 게 거의 없었으니까. 그에 대해 알고 있는 거라곤 여러 번 전투에 참가했던 베테랑 군인이라는 게 전부였지. 경력과 걸맞게 그의 첫 인상은 강했어. 지옥에서도 살아남을 수 있을 만큼 강인한 인상을 지니고 있었지. 그리고 나를 만난 이후 한 번도 입을 연 적이 없을 정도로 과묵했어. 그런데 그 친구가 처음으로 내게 말을 한 거야. 그 말이 가관이었지.

'우리 중에 살아서 이곳을 떠날 사람은 소대장님밖에 없습니다.'

나는 먹던 C-레이션을 내뱉을 뻔했어. 나는 놀라서 그를 쳐다봤지.

'그걸 자네가 어떻게 알지?'

그러자 그는 당연한 걸 말했을 뿐이라는 얼굴로 다시 입을 열었지.

'우리 중에서 살아서 돌아갈 수 있는 사람은 소대장님뿐입니다.'

나는 그런 말 하지 말라고 하며 먹던 C-레이션을 돌려줬어. 그러자 그가 내게 다가와 담배를 한 대 권하며 말했지.

'혹시 저에 관한 소문 들으신 적 없습니까?'

나는 모른다고 했어. 그러자 그는 담배에 불을 붙여주며 말했어.

'저는 수많은 전투에 참가했었습니다. 전쟁 발발 당시 양평에서 근무하고 있었고 낙동강 전투에도 참가했었죠. 두만강 물을 수통에 담기도 했고 1.4후퇴 때는 중공군과 백병전을 펼치기도 했습니다. 지난 삼 년 동안 거의 대부분의 시간을 적군과 살았다고 해도 과언이 아니죠. 그러면서 수많은 군상들이 죽어가는 모습을 지켜봤습니다. 제 무릎을 베고 유언을 남기며 죽어간 사람들의 머리 수가 여기 있습니다.'

이렇게 말하며 그는 자신의 대검을 보여줬어. 대검 전체가 십자 무늬로 덮여 있었지.

'대부분의 사람들이 그런 상황에 처하면 감상적이 되는데 저는 아니었습니다. 그저 고개만 끄덕일 뿐이었죠. 저한테는 괴상한 징크스가 있습니다.'

그는 잠시 망설이다가 입을 열었어.

'제가 근무했던 부대는 모두 전멸했습니다. 하나도 빠짐없이 전부요. 하지만 저는 상처 하나 없이 죽은 자들 가운데서 살아남았죠. 처음에는 다들 제게 운 좋은 놈이라고 말했지만 시간이 지나면서 저를 피하기 시작했어요. 배치를 받을 때면 서로 저를 피하려고 갖은 수단을 다 동원했죠. 심지어 저를 찾아와서 제발 다른 부대로 가달라고 부탁하는 중대장도 몇 있었습니다. 그때부터 제게 별명이 붙었죠. 검은 부적. 그게

제 별명입니다.'

그는 말을 멈추고 잠시 먼 하늘을 바라보며 담배를 피웠어. 그리고 이윽고 입을 열었지.

'그런데 이번에는 다릅니다. 저는 이곳에서 죽게 될 겁니다. 우리 소대원들과 함께. 소대장님만이 살아서 이곳을 빠져나가실 겁니다.'

나는 왜 그런 생각을 하느냐고 물었지만 그는 대답하지 않았어. 단지 이렇게 말할 뿐이었지.

'그냥 그렇게 될 겁니다. 태어날 때 묘비명을 가지고 태어나듯.'

그러고는 나에게 끼고 있던 반지를 빼주더군. 특이한 모양의 새가 그려져 있는 반지였지.

'소장님께 부탁이 있습니다. 제가 죽으면 이 반지를 고향에 계신 제 어머니께 전해주세요. 절대 소포나 다른 사람을 시키지 말고 직접 전해주셔야 합니다. 만약 저희 어머니가 돌아가셨으면 이 반지를 날 수 있는 새의 발에 매달아 구름이 끼지 않은 보름에 날려 보내주세요.'

이상한 부탁이었어. 나는 잠시 망설이다가 그에게 반지를 돌려주며 말했지. 자네는 이번 전투에서도 살아남을 거고 이 반지도 자네가 계속 갖고 있게 될 거라고. 만약 자네 말이 맞는다면 그때는 부탁대로 반지를 전해주겠노라고 했어. 하지만 그는 막무가내였어.

'아닙니다. 그때는 소대장님이 저를 잊으실 겁니다. 물론 제 반지도요. 지금 드려야 해요.'

나는 왠지 그의 섬뜩한 부탁을 들어주기가 싫었네. 그래서 계속해서 만류했지. 그때였어. 적의 포탄이 떨어지기 시작했어. 적군은 엄청난 화력으로 우리 고지를 향해 집중 포격을 가했지. 우리는 고개를 숙인 채 벙커에 몸을 숨겼어. 천지가 진동했어. 여기저기 사람들의 비명소리가 들리고 생지옥이 따로 없었지. 나는 겁에 질려 지시를 내릴 생각도 못 하고 벌벌 떨었어. 그때 옆에 있던 여준환 중사가 무전기에 대고 지원을 요청했지. 그는 베테랑답게 소대원들을 다독거리며 전열을 가다듬었어.

나는 소대장 임무도 잊고 넋이 나간 얼굴로 그 모습을 지켜봤어. 그때 여준환 중사가 내 뺨을 때리며 소리쳤어. 나는 그의 목소리를 전혀 들을 수가 없었어. 나중에 안 사실이지만 바로 옆에서 터졌던 포탄 소리 때문에 고막이 터졌던 거야. 그제야 정신이 든 나는 고개를 들고 벙커 밖을 바라봤지. 여기저기에서 포탄이 터지는 광경이 보였어. 마치 소리가 무성영화의 슬로모션처럼 푸른 달빛 아래 연출된 장면처럼 보였어.

그때였어. 고개를 든 나의 시선에 밝은 달빛을 배경으로 한 개의 포탄이 벙커를 향해 정면으로 날아왔어. 나는 피할 생각도 못 하고 멍하니 포탄을 바라보았지. 그때 옆에 있던 여준환 중위가 나를 덮쳐 쓰러뜨렸지. 포탄은 우리 벙커에 명중했던 거야. 나는 의식을 잃고 쓰러졌어.

얼마가 지났을까. 나는 얼굴로 흘러내리는 따뜻한 액체 때문에 정신을 차렸어. 주변은 쥐죽은 듯 고요했지. 눈을 뜨고 찐득한 액체가 흘러내리는 방향으로 고개를 들었어. 그것은 소대원의 부서진 머리에서 흘러나오는 뇌수였어. 기겁을 하고 몸을 일으키려고 했지만 움직일 수 없었다네. 내 몸을 여준환 중사가 덮고 있었기 때문이지. 그의 시체는 보기에도 참혹하게 찢겨진 채 널브러져 있었어. 여준환 중사의 말은 불행하게도 적중했던 거야. 우리 소대원은 전멸했지. 여준환 중사를 포함해서 말이야. 나는 정신을 차리고 주변을 둘러보았어. 인기척이 느껴져서 보니 중공군들이 사방에 깔려 있었어. 우리 고지는 놈들에게 점령당했던 거야. 나는 적군에 포위된 채 홀로 살아남았던 거지. 심장이 얼어붙고 다리가 후들거렸네. 이제 죽은 목숨이나 마찬가지였으니까. 그때 여준환 중사의 말이 떠올랐어.

'우리들 중 살아서 이곳을 빠져나갈 사람은 소대장님뿐입

니다.'

그 말은 묘한 힘을 가지고 있었어. 그리고 막연하게 희망을 주고 있었지. 나는 어떻게든 그곳을 빠져나갈 궁리를 했지. 그때 벙커에 뚫린 작은 구멍이 보였어. 그 구멍은 뒤로 나 있는 보급로와 연결되어 있었지. 나는 여준환 중사의 시체를 업은 채 살며시 구멍으로 다가갔어. 신기하게도 주변에 깔려 있던 중공군들은 그런 나를 전혀 신경쓰질 않는 거였어. 마치 투명인간이 된 것처럼 나는 몇 명의 중공군 사이를 뚫고 무사히 구멍에 도달할 수 있었지. 구멍을 통과한 나는 미친 듯이 뛰기 시작했어. 한 시간이 넘도록 산등성이를 달려 내려갔지.

얼마를 달렸을까. 나는 심장이 터질 듯한 고통에 잠시 멈춰 섰어. 그리고 나무에 기대어 숨을 돌렸지. 뒤를 돌아보았지만 나를 쫓아오는 중공군은 보이지 않았다네. 안심을 한 나는 목을 축이기 위해 물통을 꺼내려고 손을 허리춤으로 뻗었지. 그런데 내 손에 잡히는 것은 물통이 아니었어. 그것은 누군가의 손이었어. 나는 깜짝 놀라 뒤를 돌아보았는데 놀랍게도 그것은 반지를 낀 채 내 허리춤을 잡고 죽었던 여준환 중사의 잘린 손이었어. 그는 내가 자신의 부탁을 잊을 줄 알고 있었던 거지. 정말 소름이 끼칠 정도로 무시무시한 집념이었어. 나는 겁에 질려 그 손을 떼어내려고 했지만 좀처럼 떨어지질 않았어. 간신히 그의 손을 떼어낸 나는 다시 달리기 시작했지. 그런데 달리면서도 내 마음속 어딘가 찜찜한 구석이 남아 있었던 거야. 머릿속에 그의 마지막 모습이 떠올랐던 거지. 그는 진심으로 내게 부탁했어. 어떤 사연이 그 반지에 들어 있었던 거지. 결국 위험을 무릅쓰고 다시 그의 손을 버렸던 곳으로 돌아갔네. 그리고 그의 손을 찾아 반지를 주머니에 넣고는 주둔지로 달렸지.

그다음 해 휴전 협정이 체결되고 전쟁은 끝이 났지. 우리가 싸웠던 구름 고지는 적의 수중에 넘어갔고 나는 제대를 하자마자 반지를 들고 그의 고향을 찾아갔다네."

하광용은 잠시 말을 멈추고 찻잔을 기울였다.

"그래서 어떻게 되었습니까?"

그는 미소를 지으며 은표를 바라봤다.

"얘기가 재미있었던 모양이지?"

"밥은 제가 사겠습니다. 그래서 어떻게 되었습니까?"

은표는 이야기에 심취해 있었다.

"그의 고향은 전라남도 성전의 산골 마을이었어. 나는 물어물어 겨우 그의 집을 찾을 수 있었지. 하지만 내가 도착했을 때 그의 어머니는 돌아가시고 난 후였다네. 피난도 가지 않고 여준환 중사를 기다리다가 병에 걸렸던 거야. 그의 어머니는 무당이었는데 여준환 중사가 유일한 혈육이었다더군. 동네 어귀 산기슭에 그의 어머니 묘지가 있었어. 나는 술을 한 병 사서 예를 갖추고는 반지를 같이 묻어주려고 했어. 그런데 무덤 옆에 반지에 그려진 새와 똑같은 형태의 석상이 있는 거야. 나는 반지에 대한 사연이 궁금했던지라 동네 노인들에게 반지를 보여주며 사연을 물었지. 그 동네 사람들은 새를 신성하게 여겼는데 새들이 영혼을 볼 수 있는 눈을 가졌으며 저승으로 가는 길을 알고 있다고 믿고 있었어. 그래서 죽음을 목전에 둔 사람은 자신이 가장 아끼던 물건을 새의 발에 묶어 두었다가 죽은 직후에 하늘로 날려 보내면 영혼이 그 새를 따라 하늘나라에서 사랑했던 사람을 만날 수 있다고 믿었던 거지. 여준환 중사의 어머니는 그 조신鳥神을 모시는 무당이었고. 나는 여 중사의 유언대로 비둘기 한 마리를 잡아서 반지를 묶어 하늘로 날려 보냈지. 결국 여 중사의 바람이 이루어진 거야."

신비로운 이야기였다. 은표는 한 편의 영화를 본 듯한 기분이었다. 차는 이미 식어 있었다.

"그후로 나는 모든 사물에 깃든 전설에 관심을 갖게 되었고 모으기 시작했지. 여기 있는 물건들은 전부 각자의 전설을 품고 있어."

은표의 눈에 하찮게만 느껴졌던 골동품들이 이제는 거대한 전설을 품고 있는 귀중한 유물처럼 보였다.

"맘에 들어? 다른 전설도 얘기해줄까?"

하광용이 찻잔을 치우며 물었다.

"좋죠. 이번 것도 맘에 들면 술까지 대접하겠습니다."

은표가 어린아이처럼 기뻐하며 대답했다. 은표의 너스레에 하광용은 박장대소를 했다.

"그런데 자네 나한테 다른 볼일이 있어서 온 게 아니었나?"

은표가 그제야 생각난 듯 이마를 치며 말했다.

"아차! 깜빡 잊고 있었네. 선생님 이야기가 재미있어서 시간 가는 줄 몰랐습니다."

"자네 연이를 어떻게 알게 됐지? 그 친구 오랫동안 병원에 있었을 텐데."

하광용이 물었다. 은표는 잠시 망설이다가 입을 열었다.

"이연 선생님은 얼마 전 돌아가셨습니다."

찻잔을 치우던 하광용의 손이 멈췄다. 하광용은 이연에게 어떤 일이 생겼는지 전혀 모르고 있는 눈치였다.

"어쩌다가……."

하광용의 얼굴에서 장난기가 사라졌다. 은표는 차분히 그간 있었던 일을 설명했다. 은표는 자신이 부고를 통보하는 불길한 집배원이 된 기분이었다. 검은 부적이 따로 없었다. 이야기를 들은 하광용은 깊은 한숨을 쉬었다.

"그런 일이 있었군. 그래도 친군데 죽은 줄도 모르고 있었다니."

하광용은 진열대 밑에서 반쯤 차 있는 소줏병을 꺼냈다. 그는 아직 점심 식사 전이었다.

"그래서 자네가 묻고 싶은 게 뭔가?"

소주를 한 잔 채우더니 허공을 향해 잔을 들며 하광용이 물었다. 마치 이연의 영혼과 건배를 하는 듯했다.

"이연 선생과 나누셨던 대화 중 가우리의 봄이나 이상의 비밀에 관한 게 있으면 말씀해주셨으면 합니다. 그분 다이어리에 친구라고 언급된 분은 선생님이 유일합니다."

하광용은 이연을 생각하듯 채워진 잔을 바라보다가 단숨에 들이켰다.

"사실 나는 자네가 말하기 전까지 그 친구가 그런 일을 했는지 모르고 있었어. 그저 역사학과 교수 정도 되겠거니 생각했지."

하광용이 잔을 비우고 은표에게도 권했다.

"자네도 한잔할 텐가?"

은표는 공손히 술잔을 받았다.

"두 분은 어떻게 만나셨습니까?"

은표도 하광용을 따라 허공에 건배를 하고는 잔을 비웠다.

"충무로에 있는 어느 술집에서 만났지. 죽이 잘 맞는 술친구였어. 그 친구도 술깨나 했고 나 역시 하루가 멀다 하고 마셔댔으니까. 77년인가? 아마 그쯤 됐을 거야. 지금은 없어진 선술집이 있었지. 가끔 공짜 술을 얻어먹는 단골집이었어. 하루는 한잔 생각이 나서 대충 원고 넘겨주고 초저녁부터 그 집을 찾았어. 주인장한테 술값 대신 얘기를 해주고 술을 얻어먹고 있는데…… 그래, 방금 전 자네한테 해준 여 중사 얘기였네.

얘기가 한창 전쟁이 끝나고 여 중사 어머니 묘지로 넘어가는데 옆에 있던 누가 대뜸 이러는 거야. 그 새는 삼족오라는 거야. 돌아봤더니 그 친구가 혼자 술을 마시고 있더라구. 그래서 삼족오는 일본의 전설에 나오는 새 아니냐 그랬지. 그랬더니 그 친구가 무식한 소리 말라는 거야. 그건 원래 중국 전한시대에 있었던 까마귀 설화부터 시작됐다는 거였어. 우리는 한바탕 언쟁을 벌이게 됐고 그 덕분에 친구가 됐지."

"이연 선생 글에 보면 선생님이 가끔씩 이상 관련 자료를 전해준 걸로 나와 있는데요."

"그 친구가 부탁을 하면 가끔 찾아준 적도 있었지. 하지만 그런 일 때문인 줄은 꿈에도 몰랐네. 논문을 쓰나 보다 했지."

"이상의 비밀에 관해서는 전혀 언급이 없었나요?"

"그래, 전혀."

하광용은 이연의 사망 소식이 충격적이었는지 넋이 나간 얼굴이었다. 은표는 더이상 질문을 할 수 없었다. 예의가 아닌 것 같았다.

"나이가 들면 친구 죽음이 남의 일 같지 않다네."

하광용이 쓴웃음을 지으며 말했다.

"이런 소식을 전해드리게 돼서 죄송합니다."

은표가 말했지만 하광용은 대답이 없었다. 은표는 약속대로 식사를 대접하고 싶었지만 그럴 분위기가 아니었다. 은표는 조용히 짐을 챙겨 일어났다.

"혹시 기억나시는 게 있으면 연락 주십시오."

은표는 전화번호를 적은 메모를 테이블에 남겨놓고 가게를 나서려고 했다.

"혹시 도움이 될지는 모르겠는데……."

하광용이 문득 떠올랐는지 입을 열었다.

"네, 말씀해주십시오."

은표가 문을 나서다 말고 물었다.

"그 친구 정신병원에 들어가기 전 같이 갈 곳이 있다며 어딜 데려간 적이 있어."

"그게 어디였습니까?"

"중앙청이었어."

중앙청이라는 말에 은표는 귀가 솔깃했다. 중앙청은 바로 김해경이 근무했던 건축과가 있는 조선총독부를 가리켰다.

"그런데 재밌는 건 그곳이 철거된다는 사실이 세상에 알려지기 전이었는데도 그 친구는 벌써 알고 있었어. 이제 두 번 다시 볼 수 없을 테니 잘 봐두라고 했지."

"그 외에 다른 말은 없었나요?"

"아니, 마치 보물을 묻어놓은 나무를 보듯 흐뭇한 얼굴을 해가지고 건물 안을 산책하더라고. 그게 전부야. 도움이 됐나?"

"그럼요. 큰 도움이 됐습니다."

은표가 기쁨을 감추지 못하고 하광용의 손을 잡으며 말했다.

"도움이 됐다니 다행이군. 이제 가봐. 난 연이랑 술이나 한잔 해야겠어. 자식, 죽으면 죽는다고 말이나 할 것이지."

하광용이 술병을 들고 뒷문으로 향했다. 문을 나서는 그의 뒷모습이 쓸쓸해 보였다. 은표는 하광용이 사라지는 모습을 끝까지 지켜보다가 가게를 나섰다. 거리에는 어느 새 소낙비가 시원하게 내리고 있었다.

"중앙청이라면 가능성이 있어."

중앙청은 이연의 다이어리에 적어놓은 여러 정황들과 맞아떨어졌다. 우선은 강길준이 요원들에게 추천했을 가능성이 가장 높은 건물 중 하나였고 이상이 처음으로 건축 설계를 시작한 곳이었다. 은표는 중앙청이 있던 광화문 방향을 바라봤다. 물론 십일 년 전 철거된 중앙청이 있을 리 없었다. 하지만 하광용의 마지막 말이 은표에게 실낱같은 희망을 심어줬다. 하광용은 그곳에 도착한 이연이 철거가 될 걸 알고 있었으면서도 보물을 숨겨놓은 나무 주변을 산책하듯 즐거워했다고 했다. 분명 은표가 생각지 못한 이유가 있을 게 분명했다. 은표는 철거된 중앙청에 대해 조사를 해봐야겠다고 생각하며 빗속으로 달려갔다. 비는 거리의 열기를 식히며 시원하게 쏟아졌다. 은표는 또다시 등장한 실오라기 같은 단서를 움켜쥐고 달렸다.

사고의 파편을 반추하라 (2)

해가 뉘엿뉘엿 지고 있었다. 은표는 독립기념관 전시 공원에 한 시간 넘게 앉아 있었다. 은표가 독립기념관을 찾은 건 이번이 처음이었다. 은표가 앉아 있는 곳은 독립기념관 중에도 조선총독부 철거 부재 전시 공원이었다. 그곳에는 1995년 8월 15일 철거된 총독부 건물의 첨탑과 기둥 잔재들이 야외 공원에 전시되어 있었다. 계단식으로 이어진 원형 공간 중앙에 철거된 첨탑이 반석 위에 놓여 있었고 그 주변에 철거 당시 부서진 기둥 잔재들이 드문드문 배치되어 있었다. 은표는 원형 계단에 앉아 중앙의 첨탑을 응시했다. 첨탑은 네 귀퉁이에 장식이 달린 원형 청동 반석 위에 열두 개의 화강석 기둥이 서 있고 그 위에 또 다른 원형 반석을 올린 뒤 뾰족한 청동 첨탑을 세워놓은 형태였다. 각각의 반석에는 양식을 설명할 수 없는 정체불명의 문양이 장식되어 있었고 첨탑 끝에는 원형 돌기들이 일정한 간격으로 빽빽이 돌출되어 있었다. 전체적으로 기존의 서양 건축 양식을 모방했지만 정통적인 형태라고 말할 순 없는 기묘한 형태였다. 첨탑을 가까이서 보는 은표의 마음속에는 수많은 감정이 교차되었다.

이 첨탑이 놓여 있던 건물이 우리나라의 뼈아픈 역사를 총괄했던 오십 년 약탈의 수장이었기 때문이다. 이곳에 오기 전 은표가 조사한 조선총독부 건물의 역사는 그야말로 일제 강점기 때 우리가 치러야 했던 비참한 현실을 한데 응집해놓은 것이었다.

조선총독부는 1912년 초대 총독이었던 데라우치 마사타케에 의해 발주된 건물이다. 건물 설계는 독일인 게오르크 데 랄란데에 의해 대부분 설계되었지만 그가 사망하자 이후 일본인 노무라에 의해 마무리되었다. 랄란데는 고향인 유럽에서 인정을 받지 못하고 점령지를 전전했던 건축가로 총독부 설계 이전 서울역과 철도 호텔 설계를 담당하며 데라우치의 신임을 받기 시작했다. 하지만 불행히도 그는 일본 제국주의에 편승한 양식 없는 용병 건축가에 불과했다. 그는 이전 철도 호텔 건축 때도 임금이 제를 올리던 귀중한 장소인 원구단의 돌 축대를 가차없이 무너뜨린 한심한 건축가였다. 랄란데와 노무라가 설계를 마치자 데라우치는 1915년 경복궁 앞에서 일본식 지진제를 올리고 착공에 들어간다.

일제는 총독부를 짓는 데 당시 돈으로 무려 675만 원이라는 어마어마한 예산을 들였으며 부지도 연건평 9471평에 이르는 동양 최대 규모였다. 건물 양식은 당시 일본에서 한창 유행하던 르네상스식에 부분적으로 바로크 양식을 가미한 형태로 지하 일 층 지상 오 층 규모였다. 정면과 양옆에는 빙 둘러 베란다가 설치되어 있었고 옥상 한가운데는 일왕의 왕관을 상징하는 청동 돔이 놓여 있었다. 높이는 총 159척, 54.5미터로 당시 동양에서 가장 높은 건물이었다. 당시 이만한 규모의 건물은 일본 내에도 없었다. 자재는 모두 국내에서 조달했는데 압록강의 호두나무와 평양산 석회, 낙산의 화강석 등 최상품만을 사용했다.

훌륭한 면모를 갖춘 이 건물은 이면에 일제의 치밀하고 소름 끼치는 음모가 도사리고 있었다.

조선의 왕궁인 경복궁 터에 조선총독부를 세움으로써 이 나라 백성의 뇌리에서 옛 왕조에 대한 기억을 깨끗이 지워버리겠다는 의도가 숨어 있었다. 그리고 그 중심에 망국의 시발

점 이토 히로부미가 있었다.

을사조약이 체결되고 초대 통감으로 오게 된 이토 히로부미는 조선의 정기를 끊을 자리에 최대 규모의 총독부를 짓겠다는 데라우치의 말에 바로 조선의 왕이 정사를 보던 근정전 앞을 추천했다. 북악에서 발원하여 육조거리를 통해 한성 도읍으로 뻗는 지맥을 애초부터 끊어 없애겠다는 심산이었던 것이다.

이에 데라우치는 근정전 앞뜰 서쪽 내사복 창고 일부를 제외한 경복궁의 5분의 1을 헐고 부지를 다지기 시작한다. 이때 홍례문과 영제교를 비롯한 주변 회랑이 모조리 헐려 나갔을 뿐만 아니라 홍례문 앞을 흐르던 명당수 금천의 물줄기도 이때 광화문 쪽으로 돌려진다. 건물 역시 일본 제국을 의미하는 '日' 자로 지어진 것은 어찌 보면 당연한 일이다.

아름다운 장식으로 치장한 건물 설계에도 그들의 음흉한 속셈이 드러난다. 언젠가 벌어질지도 모르는 조선인의 항쟁에 대비해 열두 개의 화려한 구리판으로 만들어진 옥상 돔은 그 안에 1.5인치 콘크리트 벽을 채워 넣었고 창문 난간 대석에는 공격에 대비할 수 있도록 총구멍을 뚫어놓은 패러핏(parapet)을 설치했다. 그리고 대리석으로 장식된 중앙 홀 계단 지하에는 언제라도 잡아다가 고문할 수 있는 가둠방을 만들도록 했으며 물고문을 할 수 있도록 배수 홈도 설치했다.

일제는 철옹성 같은 건물을 신성한 왕궁 앞에 지어놓고 오십 년간 이루 헤아릴 수 없는 악행을 저질렀던 것이다.

그후 광복이 되자 정부는 이 건물을 중앙청이라는 이름으로 바꿔 부르며 정부 청사로 사용했는데, 이후 신청사가 완성되자 중앙박물관으로 용도를 변경했다. 이런 파란만장한 역사를 지닌 건물을 지난 1995년 광복절을 기해 철거했던 것이다.

은표는 그날을 기억하고 있었다. 실로 통쾌한 일이었다. 흉물스럽던 건물이 사라지고 근정전이 나타나자 가슴 뭉클한 감동이 밀려왔다. 하지만 이제 몸통을 상실한 채 기념관 후미진 야외 공원에 처량하게 남겨진 첨탑을 보고 있는 은표의 심정은 이루 말할 수 없이 착잡했다.

하광용의 골동품 가게를 나선 은표는 곧바로 문화재청으로 향했다.

은표가 기억하기로 중앙청은 1995년 당시 폭파 공법으로 해체했다. 그러므로 많은 잔해들이 생길 수밖에 없었고 그 처리는 문화재청에서 담당했을 게 분명했다.

문화재청은 대전 정부 청사에 위치해 있었다. 은표는 바람처럼 두 시간을 달려 정부 청사에 도착하자마자 8층에 위치한 문화재재활용과 기록 정보 담당관을 만나러 올라갔다. 하지만 미리 시간 약속을 했던 담당관은 불과 몇 분 전에 외근을 나가고 자리에 없었다. 은표는 간신히 재활용과 여직원에게 구중앙청 철거 잔해에 관한 자료를 얻을 수 있었지만 보존된 잔해는 지금 눈앞에 있는 첨탑이 유일했다. 용산에 위치한 국립중앙박물관에도 문의를 했지만 그곳에서는 첨탑의 소재조차 알지 못했다. 답답했던 은표는 혹시나 하는 마음으로 이곳 천안의 독립기념관까지 온 것이다. 그러나 첨탑에는 요원의 단서가 숨어 있을 만한 곳은 어디에도 없었다. 은표는 또다시 막다른 골목에 다다랐다.

"저 손님, 이제 문 닫을 시간인데요."

경비원이었다. 그제야 은표는 공원에 혼자 남아 있다는 걸 깨달았다. 시계를 보자 6시를 가리키고 있었다. 관람 시간이 끝나고 있었다.

"네, 알겠습니다."

은표는 자리를 털고 일어났다. 해는 이제 하늘을 붉게 물들이며 산 너머로 모습을 감추려 하고 있었다. 은표는 석양을 맞으며 기념관 정문을 향해 걸었다. 정문을 나서는 관람객은 몇 명 되지 않았다. 평일이라 워낙 관람객도 없었지만 기념관을 찾는 사람이 많지 않은 모양이었다. 은표는 정문을 지나

자신의 차가 있는 주차장으로 향하며 상황을 정리해보았다.

유력한 장소였던 중앙청은 더이상 가망이 없었다. 철거 당시 강길준과 이연, 김도훈이 살아 있었고 철거 사실을 알게 된 그들이 단서를 그냥 방치했을 리 없다.

그렇다면 어디로 옮겼을 것인가. 가장 먼저 떠오르는 사람은 역시 강길준이다. 그가 최초의 장소를 추천했다면 다른 장소 또한 그가 물색했을 가능성이 가장 컸다. 하지만 그는 이제 이 세상 사람이 아니었다.

"찾아가보는 수밖에."

은표는 강길준의 유일한 혈육인 딸을 찾아가기로 마음먹고 차에 올랐다. 국태환의 집에서 《조광》을 찾았던 것처럼 그에게도 숨겨진 단서가 있을 가능성은 충분했다.

몇 대 남아 있지 않던 차들마저 빠져나가고 주차장은 텅 비었다. 은표의 낡은 차만 넓은 주차장에 홀로 남았다. 고속도로는 이제 붐비기 시작할 시간이었다.

시동을 걸고 서울로 향하는 인터체인지로 들어서던 은표는 오늘밤 12시에 있을 중요한 약속을 떠올렸다. 거세된양, 아니 이가령과의 만남이었다. 묻고 싶은 게 한둘이 아니었다. 하지만 놈은 자신에게 유리한 대답만을 할 게 분명했다. 놈에게서 원하는 대답을 들으려면 놈이 걸려들 질문을 준비해야 했다. 은표는 고속도로로 들어서며 놈에게 던질 덫을 구상했다.

그때였다. 휴대전화가 울렸다. 은표는 발신 번호를 확인했다. 주소록에 저장된 번호가 아닌지 발신자는 찍혀 있지 않고 번호만 있었다. 은표는 사건이 해결될 때까지 지우를 비롯해 주변 사람들과 연락을 끊고 지내려고 마음먹고 있었다. 은표는 전화의 전원을 끄려고 하다가 문득 그동안 만난 사람들에게 유사시를 대비해 남겨두었던 자신의 명함을 떠올렸다. 그들 중 누군가 또 다른 단서가 떠올라 은표의 전화번호를 누르고 있을지도 몰랐다. 휴대전화를 열었다.

"여보세요?"

"정은표 씬가요?"

상대방은 사무적인 말투의 여성이었다.

"네, 맞습니다. 그런데 누구시죠?"

"여기 문화재청인데요, 다름이 아니라 문의하셨던 중앙청 잔해 때문에 전화드렸습니다."

은표는 재활용과 여직원에게도 연락처를 남기고 왔다.

"예, 말씀하세요."

"찾아보니까 잔해를 처리하는 과정에서 잔해 중 일부를 개인적인 전시 목적으로 구입하신 분이 계셨어요."

하루 종일 미끼만 날렸던 낚싯대에 대어가 걸렸다.

"그게 누굽니까?"

은표가 갓길에 차를 멈추며 물었다.

"이름이…… 잠시만요. 여기 어디 있었는데."

여직원은 서류를 뒤적였다. 은표는 초조함을 못 이기고 손톱을 물어뜯었다.

"아, 여기 있네요. 남인기라는 분이에요."

이름을 들은 은표는 놀라지 않을 수 없었다. 앞뒤가 맞질 않았다. 남인기는 중앙청이 철거되던 1995년 살해된 세 명의 요원 중 한 명이었다. 그는 중앙청이 철거된 팔월보다 석 달 앞선 오월에 사망했다. 죽은 사람이 철거된 중앙청의 잔해를 구입하겠다고 문화재청에 구입 의향서를 제출했다니. 순서대로 맞춰놨던 퍼즐 조각이 순식간에 엉클어지는 기분이었다.

"죄송합니다만 다시 말씀해주시겠어요? 누구라고요?"

은표가 자신의 귀를 의심하며 물었다.

"남인기란 분요. 서류에 그렇게 적혀 있어요."

은표는 귀신을 만난 것처럼 얼어붙었다.

"그분이 잔해의 어떤 부분을 샀습니까?"

"중앙청 상판에 있던 청동 돔을 구입했다고 나와 있네요."

"청동 돔이라고요?"

남인기는 조선총독부 건물 중에도 꽃이라 불리던 청동 돔을 골랐다. 철거 당시에도 반대자들이 문화재 보존 측면에서 잔류를 강력히 요구했던 부분 중 하나였다. 은표는 핸드폰을 든 채 끝없이 이어지는 갓길을 멍하니 바라보고 있었다. 사건은 급류를 타고 또 다른 지류로 흘러들었다.

*

위안부 할머니들은 오후 6시가 되자 시위대와 함께 돌아갔다.

지난 몇십 년간 해온 일이라 그런지 돌아가는 뒷모습에서 특별한 아쉬움은 묻어나지 않았다. 시위는 사과를 받지 못하는 한 죽는 날까지 이어질 것이다. 대사관 직원이 나와 시위대가 돌아가는 것을 확인하고는 무전기로 상부에 연락을 하고 있었다. 지나치게 은밀한 직원의 행동이 상해의 스파이를 연상케 했다. 그 모습을 저만치 나무 그늘 아래 주차된 차 속에서 문 형사가 지켜보고 있었다.

"얼굴 한번 안 비추다가 이제야 나타나시는군."

문 형사가 무전기로 연락하는 직원을 보며 웅얼댔다.

문 형사는 신참을 먼저 돌려보내고 자동차에서 대사관 업무 시간이 끝나기를 기다리고 있었다. 대사관을 나서기 직전 엘리베이터 앞에서 마주쳤던 다카하시라는 무관이 맘에 걸렸던 것이다. 오랜 형사 생활에서 비롯된 일종의 감이었다. 문 형사와 눈이 마주치자 무의식적으로 얼굴의 상처를 가리던 다카하시의 행동에서 수상쩍은 낌새를 느꼈다. 그것은 단순히 상대방에게 보이기 싫은 상처를 가린 것과는 다른 종류였다. 현장 경험을 통해 문 형사는 찰나 눈동자의 움직임과 미묘한 표정 변화를 읽을 수 있었다. 그때의 다카하시의 행동은 분명 상처가 생기게 된 이면을 숨기기 위한 것이었다.

그는 문 형사가 경찰이라는 사실을 알고 있는 듯했다. 비슷한 분야에서 오랜 시간 종사한 이들만이 가질 수 있는 동질감으로 눈을 마주치는 순간 본능적으로 서로를 읽으려 했다. 하지만 마지막 순간 다카하시는 고개를 돌렸다. 뭔가를 숨기려는 사람에게서 볼 수 있는 반응이다. 다카하시는 무관이었다. 그 점 역시 의심스러운 부분이었다. 문 형사는 범인의 직업을 군인이라고 생각하고 있었다. 그것도 고도로 훈련받은 특수부대 출신의 직업군인이라고 추측하고 있었다. 그것은 범인의 여러 행태를 통해 유추할 수 있었다. 범인은 소총을 사용했으며 특수부대원처럼 피해자의 경동맥을 단칼에 끊는 숙달된 솜씨를 갖고 있었다. CCTV에 잡힌 화면에서 범인은 잘

관리한 군용 야상을 입고 있었다. 여러 정황이 다카하시와 맞아떨어졌다. 하지만 타국 대사관 직원인 그를 취조할 수는 없는 일이다. 그래서 문 형사는 퇴근하기를 기다렸다가 뒤를 밟을 생각이었다. 개인 시간에 하는 일들을 관찰하면 그가 숨기려 했던 이면에 뭐가 있는지 짐작할 수 있을 테니까.

"밑져야 본전이지."

이렇게 생각하며 문 형사는 미지근해진 주스를 들이켰다.

주스가 들어가자 뱃속에서 요깃거리를 넣어달라는 듯 요란한 소리가 났다. 새벽에 컵라면 하나를 끓여 먹고 온종일 아무것도 못 먹었다. 하지만 지금 식사를 하겠다고 자리를 비울 수는 없는 노릇이었다. 그사이 다카하시가 가버리면 그동안 기다린 게 헛수고가 되어버린다.

"먹을 만한 게 없나?"

문 형사는 차 안을 뒤졌다. 뒷좌석 주머니에 누가 먹다 남은 감자칩이 있었다. 문 형사는 허기라도 달랠 요량으로 감자칩을 씹었다. 감자칩은 눅눅했다. 그래도 유통기한이 지난 통조림보다는 낫다고 생각하며 문 형사는 입구를 응시했다.

이윽고 정문이 열리며 업무를 마친 대사관 직원들이 하나 둘 입구에 나타나기 시작했다. 문 형사는 감자칩을 밀쳐놓고 나오는 사람과 자동차를 일일이 확인했다. 회식이라도 있는

지 우르르 몰려나오는 직원들도 있었고 입구에서 기다리던 남자친구와 저녁 식사를 하러 가는 여직원의 모습도 보였다. 다카하시의 모습은 보이지 않았다.

문 형사는 다시 감자칩을 집어 들었다. 석양이 서서히 어둠으로 바뀌자 광화문 대로를 메운 차들이 미등을 켜기 시작했다. 입구는 다시 잠잠해졌다. 노변 포장마차들이 장사를 시작하자 술 생각이 난 직장인들이 하나둘 자리를 잡고 있었다.

"고놈 참 먹음직하게 생겼다. 한잔 땡기는데."

남의 안주를 보고 군침을 삼키며 문 형사가 중얼댔다. 빈속에 마시는 소주 한 잔이면 하루의 피로가 눈 녹듯 사라질 것만 같았다.

문 형사가 꼬르륵대는 배를 움켜쥐고 입맛을 다시는데 입구에 차가 한 대 나타났다. 문 형사는 안경을 고쳐 쓰며 운전석을 살폈다. 다카하시였다. 부리나케 시동을 걸고 뒤를 쫓기 시작했다. 다카하시는 검소한 사람인 것 같았다. 그는 고위직임에도 불구하고 오래된 구식 토요타를 타고 있었다. 문 형사는 일정한 거리를 유지하며 다카하시의 토요타를 뒤쫓았다.

다카하시는 퇴근 차량으로 붐비는 도로에서도 차선과 교통법규를 철저히 지켰다. 때로는 지나치다 싶은 정도로 고지식했다. 사거리에 이르렀을 때 중간에 신호가 바뀌어 도로를 막겠다 싶으면 파란불이라도 정지선에 멈추었다. 그런 다카하시를 가만히 내버려둘 우리나라 사람들이 아니었다. 뒤차들이 경적을 울려댔지만 다카하시는 꿈쩍도 안 했다. 옆을 지나며 창문을 내리고 욕을 해대는 사람들도 있었지만 다카하시는 대꾸조차 하지 않고 묵묵히 자신의 길을 갔다.

"이 친구 한 고집 하는걸."

문 형사는 다카하시가 은근히 맘에 들었다. 다카하시는 어떤 타협이 들어와도 자신의 신념을 철저히 지키는 사람 같았다. 그런 사람들은 답답할 때도 있지만 신뢰할 수 있는 부류였다. 문 형사는 술 한잔 하면서 이야기하면 통할 구석이 있는 친구라고 생각했다. 하지만 그는 이번 사건의 용의자다. 술을 마시며 한가하게 노닥거릴 상대가 아니었다.

다카하시의 집은 한남동에 있었다. 그는 집에 가기 전 마트에서 손수 장을 보고 세탁소에 맡긴 옷을 찾았다.

문 형사는 차에서 내려 그의 일거수일투족을 관찰했다. 다카하시는 꼼꼼한 성격이었다. 그는 마트에서 살 것들을 일일이 적은 수첩을 확인하며 물건을 골랐다. 야채들은 냄새를 맡아가며 신선도를 체크했고 유제품은 유통기한을 확인했다. 혼자 살고 있는지 그가 고른 물건은 대부분 독신자들이 선호하는 즉석식품이었다. 문 형사도 마트에 온 김에 우유 한 팩과 빵 몇 개를 골랐다. 그리고 계산대에서 다카하시가 오길 기다렸다가 뒤에 섰다. 좀더 가까이에서 그의 모습을 지켜보고 싶었다. 그는 마트에 자주 올 수 없어서인지 일주일 치 분량을 한꺼번에 구입했다. 참치 회를 비롯한 해산물이 상당량 차지하고 있었고 간단히 데워 먹을 수 있는 즉석식품이 많았다. 대부분 일본 제품이었다. 그는 되도록 고향 물건을 사려고 애쓰는 것 같았다. 그 외에 몇 병의 맥주와 안줏거리도 있었다. 차례가 되자 다카하시는 지갑을 꺼냈다. 그는 카드를 사용하지 않고 현금으로 계산했다.

문 형사도 계산을 하려고 지갑을 꺼냈다. 그때 한 아주머니가 계산대를 빠져나가던 다카하시와 부딪혔다. 덕분에 다카하시는 방금 산 물건을 떨어뜨리고 말았다. 반찬거리가 바닥에 뒹굴었다.

"아이구, 이를 어쩌나. 죄송합니다."

아주머니가 호들갑을 떨며 사과를 했다.

"괜찮습니다."

점잖은 목소리였다.

"나도 주책이지. 도와드릴게요."

"아니요, 됐습니다. 신경쓰지 마세요."

아주머니가 물건을 주우려 하자 다카하시가 말했다.

"미안해서 그러죠. 도와드릴게요."

아주머니는 아랑곳 않고 물건을 주웠다.

"됐다니까요!"

그의 목소리가 마트 안에 울려 퍼졌다. 주위에 있던 사람들이 모두 그를 쳐다봤다. 문 형사도 갑작스러운 다카하시의 반응에 놀라서 바라봤다. 다카하시는 차갑게 아주머니를 노려보다가 물건을 수습하고는 마트를 빠져나갔다. 순간이었지만 문 형사는 다카하시의 눈빛에서 그가 한국인을 혐오한다는 걸 깨달았다. 겉으로는 예의 바르게 행동했지만 한국인이 자신의 물건을 만지는 것조차 거부할 정도로 싫어했다. 산전수전 다 겪은 문 형사였지만 상대방을 그런 눈빛으로 노려보는 사람은 처음이었다. 그는 마치 하등동물을 대하듯 아주머니를 노려보았다. 그것은 불쾌감을 넘어서 일종의 굴욕감을 안겨주었다. 방금 전 생기려던 일말의 호감은 사라지고 문 형사로 하여금 지금껏 갖지 못한 오기를 불러일으켰다. 문 형사는 다카하시가 떨어뜨린 소시지를 밟으며 뒤를 쫓았다.

그의 집은 한강변에 자리잡은 한가한 주택가에 있었다.

집은 요즘 보기 드물게 단층 주택이었는데 담벼락을 타고 담쟁이넝쿨이 운치 있게 덮여 있었다. 작은 마당이 있었고 마당에는 분재들이 가지런히 놓여 있었다. 문 형사는 그의 집이

내려다보이는 언덕에 차를 주차시켰다.

집에 돌아오자 다카하시는 산 물건들을 냉장고에 챙겨 넣고 샤워를 했다. 예상대로 그는 혼자 살고 있었다. 망원경을 가져오지 않아 자세히 볼 순 없었지만 탁자에 가족사진이 있는 걸로 보아 일본에 부인과 자식이 있는 모양이었다. 살림살이도 단출했다. 기본적인 가구 이외에는 아무것도 없었다. 잘 모르는 사람이 보면 빚쟁이를 피해 여차하면 달아날 심산으로 집을 마련한 걸로 오해할 만큼 텅 비어 있었다. 본국으로 돌아갈 날을 손꼽아 기다리고 있는 모양이었다.

"자식, 그렇게 싫으면 때려치우고 니네 나라로 가든가. 재수없는 놈일세."

문 형사가 마트에서 사 온 빵을 우걱우걱 씹으며 중얼댔다.

일단 다카하시의 집을 알아낸 다음 그가 집을 나서면 몰래 들어가 집안을 살펴볼 생각이었다. 그의 집에서 사건과 연관된 증거를 찾게 된다면 정식으로 수사를 벌일 셈이었다.

다카하시는 샤워를 마친 후 간단한 음식을 만들어 TV를 보며 먹었다. 오늘밤은 집을 나설 기미가 없어 보였다. 문 형사는 조금 더 지켜본 후 오랜만에 집에 가서 쉬어야겠다고 생각했다. 다카하시가 출근하고 난 후 오면 된다. 문 형사는 새 담배를 뜯어 한 대 물었다. 다카하시는 식사를 마치고 나자 맥주를 꺼냈다. 누군가와 함께 마시려는 듯 잔 두 개를 꺼내 안주와 함께 차렸다.

"애인이라도 오나?"

식후 연초를 즐기며 문 형사가 중얼댔다. 다카하시는 식탁을 차리자 창가로 오더니 문 형사가 있는 곳을 바라보더니 차가 있는 걸 확인하고는 옷을 챙겨 입고 대문을 나섰다. 다카하시는 문 형사가 미행하고 있다는 걸 알고 있었다. 방금 전 차린 술상은 문 형사를 위한 것이었다. 자신을 향해 다가오는 다카하시를 보고 문 형사는 적잖게 당황했다. 미행이 들킨 것도 자존심 상할 일이었지만 술자리까지 준비하고 당당하게 다가오는 다카하시가 위협적이었다.

핑곗거리를 이리저리 궁리하던 문 형사는 다카하시가 창문을 두드리자 모든 것을 포기하고 창문을 내렸다.

"식사도 못 하신 거 같은데 저희 집에 가셔서 간단히 요기나 하시죠, 문기철 경장님."

그는 이름까지 알고 있었다. 문 형사는 잠시 망설이다가 차에서 내렸다.

"언제부터 아셨습니까?"

다카하시의 집으로 향하며 문 형사가 물었다.

"대사관 앞에서 기다리실 때부터 알고 있었습니다. 시원한

우롱차라도 보내드리려다가 불편해하실 것 같아서 그만뒀습니다."

문 형사는 자신의 어수룩함에 고개를 저었다. 그래도 경찰생활 십 년의 베테랑이라고 자처했는데 미행하던 용의자의 식사 대접까지 받게 된 것이다. 이렇게 된 바에야 정면 돌파를 하는 게 낫겠다 싶었다. 굳이 힘들게 숨을 필요가 없어졌다. 문 형사는 다카하시의 집으로 들어갔다.

다카하시는 문 형사를 위해 요깃거리가 될 만한 안주를 손수 만들었다.

"나름대로 준비해봤는데 입맛에 맞으실지 모르겠습니다."

다카하시가 준비한 요리는 오코노미야키였다. 말로만 들어봤지 직접 먹어보는 건 이번이 처음이었다.

"초면에 실례를 해도 될지 모르겠네요."

"어차피 한잔하려던 참이었습니다. 말동무도 되고 저는 좋습니다."

다카하시는 맥주를 따서 한 잔 따라주었다. 둘은 오래된 친구처럼 잔을 부딪치고는 시원하게 들이켰다. 아까부터 술 생각이 간절했던 터라 문 형사의 입에서 감탄의 한숨이 새어 나왔다.

"일본에서 녹두부침개처럼 자주 먹는 음식입니다. 한번 드셔보십시오."

문 형사는 오코노미야키를 한입 물었다. 생소한 맛이었지만 배가 고팠던 터라 그럭저럭 먹을 만했다. 문 형사는 안주를 먹으며 집안을 훑어봤다. 밖에서 봤던 대로 살림살이가 그다지 많지 않았다. 썰렁할 정도였다. 문 형사는 혹시나 해서 가전제품을 유심히 봤다. 역시나 그는 오래된 일제 가전제품으로 집을 채우고 있었다. 안방 한 귀퉁이에 향이 피워진 작은 가구가 있었다. 얼핏 보면 장이라고 생각될 수도 있는 형태였는데 안에 위패가 모셔져 있고 앞에는 향이 피워져 있었다.

"부쓰단이라는 겁니다. 조상의 위패를 모시는 곳이죠. 도쿄에 있던 걸 얼마 전 모셔 왔습니다."

문 형사가 관심을 보이자 다카하시가 말했다.

"그렇습니까."

둘 사이에는 서먹한 정적이 흘렀다. 서로 너무나 이질적인 성격이었기 때문에 사람을 대하는 데 능숙한 문 형사도 공통의 화제를 찾기가 힘들었다.

"무관이라고 들었는데 군 생활은 얼마나 하셨습니까?"

간신히 화제를 찾은 문 형사가 질문했다.

"군 생활을 한 지는 삼십 년 정도 됐습니다. 저는 육상자위대 소속으로 후쿠오카 현 가스가시 제4사단에서 소대장으로 군 생활을 시작했죠. 아시는지 모르겠지만 자위대는 육군보다는 해군과 공군 위주로 편제가 갖춰져 있어 육상자위대는 미미한 편입니다. 거기서 중대장을 거쳐 마지막에는 사단 정보부에서 정보장교로 근무했습니다."

"계급이 이등육좌라고 들었는데 어느 정도의 계급입니까?"

문 형사가 오코노미야키에 맛이 들었는지 연신 입에 가져가며 물었다.

"한국군으로 치면 중령 정도 됩니다. 제 나이에 높은 계급은 아니죠."

다카하시가 겸손하게 대답했다.

"저도 십 년 넘게 경찰 생활을 했지만 아직도 경장이랍니다. 허허."

문 형사가 무안한 듯 웃으며 말을 이었다.

"한국에 오신 지 꽤 됐다고 들었는데요."

"제가 한국에 온 게 1989년이었으니까 벌써 십칠 년이 됐군요."

89년이면 십일 년 전 살해 사건과 연도는 맞아떨어지는군. 이렇게 생각하면서 문 형사가 다시 물었다.

"그런데 아직도 한국에 적응이 잘 안 되시나 봅니다."

문 형사의 질문에 다카하시가 머뭇거렸다.

“마트에서 있었던 일 때문에 그러시나 본데 그건 제 성격 탓입니다. 저는 다른 사람의 도움을 받는 걸 별로 좋아하지 않습니다. 군인은 어떤 상황에서도 스스로를 책임질 줄 알아야 합니다. 그래야 주어진 임무를 완수할 수 있어요. 도움을 바라는 군인은 군인이 아닙니다.”

다카하시는 지나치게 진지한 타입이었다. 그에게 농담 같은 것은 기대할 수 없었다. 임무 완수, 충성 등 그야말로 군복무 규율만이 머릿속에 들어 있는 듯했다.

“다른 뜻이 있어서 여쭤본 게 아닙니다. 기분 나쁘셨다면 죄송합니다.”

“아니요. 저도 제가 지나치게 고지식하다는 걸 알고 있어요. 그래서 제 부하 직원들로 저를 별로 좋아하지 않습니다.”

또다시 불편한 정적이 흘렀다. 시계는 벌써 9시를 향하고 있었다.

“제가 왜 중령님 뒤를 쫓아왔는지 아십니까?”

문 형사가 단도직입적으로 물었다.

“네, 알고 있습니다.”

예상대로 다카하시는 이유를 알고 있었다.

“다녀가시고 난 후 참사관께서 저를 부르더니 물으시더군요. 대사관에 38식 소총이 있냐고. 미안하지만 저희 대사관에 그런 구식 소총은 없습니다. 대신 저희 군이 사용하는 89식 소총이 있기는 합니다. 하지만 귀빈이 오셨을 때 제식용으로 사용할 목적으로 보관하는 것이기 때문에 실탄은 한 발도 없습니다."

다카하시는 문 형사의 잔이 조금이라도 비면 기다렸다는 듯 첨잔을 했다. 그럴 때마다 문 형사는 잔을 비워야 했다.

"우리나라 사람들은 잔을 비워야 채우는 게 주돈데 일본은 아닌가 봅니다."

"예. 문화의 차이죠."

"한국식으로 원샷 한번 하시죠. 제가 꽉 채워드리겠습니다."

문 형사가 잔을 들며 말했다. 다카하시도 원샷 문화에는 익숙한지 잔을 모두 비웠다. 문 형사는 한국식으로 다카하시의 잔을 가득채웠다.

"얘기를 들어보니까 범인이 삼종신기 배지를 달고 있었던 모양인데 제가 알기로 한국에는 일본을 추종하는 젊은이들이 많이 있다고 들었습니다. 정기적으로 대사관 홈페이지에 글을 올리는 친구들도 있죠. 그중에는 저희 일본인보다 일본을 더 사랑하는 듯한 친구들도 있었습니다. 천황 폐하의 생신일이면 그 친구들이 올린 축하 메시지로 홈페이지가 가득찬답니다. 그 친구들은 자위대 군복뿐만 아니라 여러 종류의 훈장까지도 스스로 만들어 소장하고 있습니다. 그러니 삼종신기 배지 정도는 틀림없이 갖고 있을 겁니다. 배지 때문에 그러신다면 그런 친구들을 찾아보시는 것도 방법이라고 생각되는데요."

"정말 그런 친구들이 있습니까? 말로만 들었지 실제로 있을 줄은 상상도 못 했습니다."

다카하시의 말에 문 형사는 기가 막혔다. 문 형사는 역사에 관해서는 일자무식이었지만 일본이 우리에게 무슨 짓을 했었고 우리는 어떻게 싸웠는지 정도는 알고 있었다. 그런데 한국의 젊은이들이 일본 왕의 생일날 축하 메시지를 보내고 있었던 것이다.

놀랄 일이로구만. 속으로 생각하며 다카하시를 바라봤다. 다카하시는 얼굴에 난 상처가 가려운지 상처에 붙여놓은 거즈를 계속 문질렀다. 문 형사가 속을 떠보듯 물었다.

"상처는 어쩌다 생겼습니까?"

"이거요? 얼마 전 북한산에 올랐다가 실족을 했습니다. 그때 바위에 긁힌 상처입니다. 군인이 산에서 실족을 하다니, 저도 나이가 든 모양입니다."

다카하시가 부끄러운 듯 상처를 가리며 말했다.

"아이구, 조심하시지. 그런데 바위에 가시라도 돋쳤나 봅니다. 꽤 심하게 긁혔네요."

"한국의 바위는 날카롭습니다. 문 형사님처럼요."

문 형사의 예리한 질문을 다카하시는 능숙하게 넘겼다. 문 형사는 상처에 관해 더 묻고 싶었지만 마땅한 미끼가 생각나지 않았다. 문 형사는 집안으로 눈을 돌렸다.

"실례가 되지 않는다면 혹시 군복을 볼 수 있을까요? 궁금해서 말입니다. 자위대 군복은 한 번도 본 적이 없어서요."

문 형사는 다카하시가 야상을 입고 있던 범인의 사진에 대해 모르길 바라며 물었다. 참사관에게 보여준 사진은 배지를 확대한 것이기 때문에 야상을 입은 모습은 드러나지 않았다. 문 형사는 그의 군복 중 범인의 그것과 동일한 것이 있기를 기대하며 유도 질문을 한 것이다.

"그러시죠."

다카하시는 흔쾌히 허락했다. 그는 문 형사를 안방으로 안내하더니 붙박이장을 열었다. 다카하시는 군인답게 군복을 깔끔하게 개어서 일렬로 보관하고 있었다. 군복을 개는 방법은 한국군과 동일했다. 흐트러짐 없이 정확히 각이 잡혀 있었다. 하지만 군복 중에 야상은 보이지 않았다.

"야상은 보이질 않네요?"

"야상이 뭐죠?"

다카하시는 야상이라는 단어를 모르는 듯했다.

"전투복 겉에 입는 점퍼 말입니다."

"하절기입니다. 야전 상의가 있을 리 없죠."

그제야 문 형사는 자신이 얼마나 바보 같은 질문을 했는지 깨달았다. 이런 더운 날 두꺼운 야상을 입는 군인이 있을 리 없었다. 직감만으로 접근했던 다카하시는 이제 용의 선상에서 벗어나고 있었다. 그에게는 요원들을 살해할 아무런 동기가 없었다. 대사관에서 근무하는 평범한 군인에 불과했다.

"맥주는 잘 마셨습니다. 초면인데 염치가 없었군요. 불쾌하게 생각지 말아주십시오. 전 그저 제 일을 한 것뿐이니까요."

문 형사는 다카하시에 대한 미련을 접기로 하고 인사말을 건넸다.

"아닙니다. 오해가 풀렸다니 다행이네요."

다카하시가 편안한 미소를 건네며 대답했다.

"피곤하실 텐데 이만 가보겠습니다. 다음번에 기회가 되면 그땐 제가 소주 한잔 대접하겠습니다. 그때는 원샷 아시죠?"

문 형사가 너스레를 떨며 자리에서 일어났다.

"기대하겠습니다. 그럼 조심히 가십시오."

다카하시가 문 앞까지 배웅하며 말했다. 문 형사도 깍듯이 고개를 숙이곤 차로 향했다. 그때 문득 문 형사의 뇌리에 엉뚱한 질문이 떠올랐다.

"저 마지막으로 하나만 여쭤봐도 될까요?"

"그러시죠."

다카하시가 들어가다 말고 대답했다.

"혹시…… 고타니 컬렉션이라고 들어보신 적 있습니까?"

밑져야 본전이라는 생각으로 무심히 꺼낸 말이었다. 그런데 고타니라는 이름을 들은 다카하시의 얼굴이 갑자기 굳었다. 느닷없이 날아온 돌에 맞은 듯 얼굴이 붉게 상기되었다.

문 형사도 예상치 못한 반응이었다. 그야말로 따분한 호수에 돌을 던지듯 아무 생각 없이 한 질문이었다. 그런데 다카하시는 방어할 틈도 없이 순식간에 정곡을 찔린 듯 얼어붙었다. 그 틈을 놓칠 문 형사가 아니었다.

"태평양전쟁 때 관동군 장교였던 고타니 게이스케의 보물 말입니다. 들어보신 적이 있군요?"

문 형사는 은표가 진술했던 내용을 되뇌며 차분히 파고들었다.

"무슨 말씀을 하시는지 모르겠군요. 제가 아무리 오랫동안 군에 몸담았다고는 해도 관동군 시절 장교를 알 턱이 없잖습니까. 안녕히 가십시오."

다카하시는 달아나듯 서둘러 집으로 들어갔다. 문 형사는 그 모습을 끝까지 응시했다. 다카하시는 집에 들어가자 창틈으로 문 형사의 동향을 살폈다. 문 형사는 능청맞게 다카하시를 향해 손을 흔들었다. 다카하시는 굳은 표정으로 커튼을 치고 모습을 감췄다.

"이거 일이 재밌게 돌아가는걸."

문 형사가 창을 바라보며 중얼거렸다.

말도 안 되는 얘기라고 생각해서 제대로 읽지도 않은 은표의 진술 중 하나가 철옹성 같던 일본군 이등육좌의 허를 찔렀다.

문 형사는 시동을 걸며 곰곰이 생각했다. 어쩌면 얼토당토않는다고 생각한 공상이 이 사건의 열쇠를 쥐고 있을지도 모를 일이었다. 문 형사는 다카하시의 집 앞을 지나 대로로 차를 몰았다. 도로는 러시아워가 지나서인지 한가했다. 문 형사는 집으로 가려던 마음을 바꿔 경찰서로 차를 돌렸다. 휴대전화를 꺼내 신참에게 전화를 걸었다.

"강력 3반 이강열입니다."

주위가 왁자지껄한 걸 보니 신참은 오랜만에 친구들과 술을 마시고 있는 듯했다.

"니가 지금 한가하게 술 처먹고 있을 때야?"

"선배님, 이 시간에 웬일이십니까?"

문 형사인 걸 알아채고 신참이 놀라서 대답했다.

"웬일은 자식아, 대충 먹고 서로 튀어와. 할 일이 생겼다."

"예, 알겠습니다. 당장 가겠습니다."

문 형사는 거칠게 휴대전화를 닫았다. 문 형사는 피가 끓어오르는 걸 느꼈다. 그것은 이 사건을 맡은 후 처음 있는 일이었다.

"고타니 컬렉션이라."

문 형사는 경찰 생활 십 년 만에 처음으로 비논리적인 수사를 벌이려 하고 있었다. 그 중심에 허무맹랑한 은표의 진술서가 놓여 있었다.

*

창을 때리는 빗소리가 요란했다. 조금씩 내리던 비는 자정을 기해 엄청난 폭우로 돌변했다. 은표는 시원하게 내리는 빗소리를 들으며 컴퓨터 앞에 앉아 대화방을 열고 거세된양이 나타나기를 기다렸다. 시계의 초침이 정확히 자정을 가리켰다. 은표는 모니터로 다가갔다. 녀석은 분명 은표의 메시지를 보고 들어올 준비를 하고 있을 게 틀림없었다.

거세된양 님이 입장하셨습니다.

예상대로 거세된양이었다. 은표는 준비한 질문 목록을 바짝 당기며 자판을 두드리기 시작했다.

MAD : 당신이 나타날 줄 알고 있었다. 생각보다 시간 매너는 좋은 편이군.

거세된양(B.bird) : 별말씀을. 그동안 진전이 있었나? 열심히 뛰어다니는 것 같던데.

MAD : 당신의 정체를 거의 파악해가고 있지. 어쩌면 며칠 후에는 형무소로 면회를 가야 할지도 몰라. 그때는 먹고 싶은 게 있으면 말하도록.

거세된양(B.bird) : 보기보단 농담을 좋아하는 친구로군. 본론으로 들어가지. 나를 부른 이유가 뭔가?

은표는 준비한 내용 중 첫 번째 질문을 컴퓨터에 입력했다.

MAD : 당신이 내 의사는 묻지도 않고 이 게임에 참가시켰으니 내게도 몇 가지 질문을 할 권리가 있다고 생각한다. 질문을 하겠다.

첫 번째. 나를 게임 상대자로 선택한 이유는 무엇인가?

거세된양(B.bird) : 이유는 간단하다. 나와 대결할 자질을 갖추고 있기 때문이다. 너는 내가 지금껏 만난 사람들이 갖고 있지 않은 능력을 가지고 있다. 그것이 어떤 능력인지는 스스로 잘 알고 있을 것이다.

거세된양은 기다리고 있었다는 듯이 즉각 답신을 날렸다. 하지만 은표 역시 그의 대답을 예상하고 있었다. 이것은 본 게임 전의 몸풀기였다.

MAD : 두 번째 질문. 당신을 이가령이라는 전제하에 이야기하겠다.

이 대사를 넘긴 후 은표는 잠시 상대방의 반응을 기다렸다. 상대가 실제 이가령이라면 무의식중에 다음 질문이 나오기를 기다릴 것이었기 때문이다. 은표의 예상은 적중했다. 그는 다음 질문을 기다리고 있었다. 은표는 두 번째 질문을 했다.

MAD : 얼마 전 당신과 나 이외에 또 다른 참가자를 발견했다. 어젯밤 허락도 없이 우리집에 들어왔지. 놀라운 건 그가 당신의 조종을 받고 있었다는 것이다. 당신이 인터넷을 통해 나를 이용했듯이 오래전에 신문이라는 미디어를 통해 당신의 동료들을 살해했던 사실을 알게 된 것이다. 당신은 미디어를 통해 동료들의 신원을 노출시킨 후 범인을 이용해 동료들을 살해하고 있다. 그런데 내가 직접 만나본 바로 그는 당신과는 전혀 다른 목적을 가지고 있었다. 그는 보물 따위에는 관심이 없었다. 오히려 그것을 지키려 하고 있었다.

여기서 질문. 세 번째 참가자의 목적을 알고 싶다. 그는 무엇 때문에 고타니의 보물을 지키려 하는가?

이것은 추측에 불과했다. 범인과 이가령 사이의 관계를 추론하다가 문득 떠오른 가정일 뿐이었다. 그런데 의외로 은표의 추론은 맞아떨어진 모양이었다. 거세된양, 아니 이가령은 허를 찔린 듯 대꾸를 못 했다. 은표는 인내심을 가지고 놈이 어떻게 대답할지 기다렸다. 이윽고…….

거세된양(B.bird) : 다른 참가자가 있다는 사실을 알아냈다니 먼저 축하한다. 하지만 그의 존재나 요원들의 죽음은 중요한 게 아니다. 게임에 열중하라. 게임의 열쇠는 비밀의 실체를 푸느냐 못 푸느냐에 달렸다.

이가령은 질문의 논점을 피하고 있었다. 그것은 은표의 고민 하나를 해결해주었다. 이가령은 범인이 아니다. 범인은 은표의 추측대로 제3의 인물이었던 것이다.

"이 자식, 너도 범인의 목적을 모르는구나."

은표는 만면에 미소를 지으며 자판을 끌어당겼다.

MAD : 마지막 질문을 하겠다. 이상의 비밀을 추적하는 내내 머릿속에서 떠나지 않는 의문이 있다. 그것은 이상 김해경이 목숨을 걸고 세상에 알리려 했던 비밀이 과연 고타니 컬렉션이냐 하는 것이다. 시간이 지날수록 나는 고타니의 보물이 아니라는 쪽으로 확신이 기울고 있다. 당신에게 묻겠다. 당신이 여섯 명의 목숨을 빼앗으면서까지 찾으려 하는 게 고타니의 보물이라는 확증이 있는가? 만약 이상의 비밀이 고타니 컬렉션이 아니라면 어쩔 텐가?

이것은 질문이 아니었다. 이것은 은표가 이가령의 본질을 건드리면 어떻게 나올지 반응을 보고자 함이었다. 만약 은표가 갖지 못한 확실한 단서가 있다면 이가령은 분명 의기양양하게 대답할 게 분명했다. 하지만 그렇지 않다면 은표는 이가령의 근본적인 갈등을 건드리는 게 되는 것이다. 그것은 효과가 있었다.

거세된양(B.bird) : 꽤 예리한 질문이군. 의도도 훌륭해. 내 심중을 떠보려는 발칙한 놈을 만난 게 얼마 만인지 모르겠군.

한 가지만 기억해라. 너에게 이상의 비밀이 고타니 컬렉션인지 아닌지는 중요하지 않다. 네게 중요한 건 이 게임을 마치고도 살아남을 수 있느냐 없느냐다. 그리고 그건 내 손에 달려 있다. 명심해라. 살아남으려면 비밀을 풀어라. 그게 네가 살 길이다.

이 말을 남기고 이가령은 사라졌다. 은표는 그의 마지막 답변을 읽고는 큰 소리로 웃었다. 놈은 확신을 갖고 있지 않았다. 평생을 고타니의 보물을 찾아다녔지만 그에게 남아 있는 건 막연한 추측이 전부였던 것이다. 은표는 이번 대화에서 이가령이 자신을 선택한 이유가 무엇인지 명확히 알 수 있었다. 그는 자신이 평생 동안 풀지 못했던 이상의 비밀을 은표가 해결해주길 간절히 바라고 있었다. 칼자루는 은표의 손에 있었다. 비밀을 풀기 전까지는 은표를 두고 볼 수밖에 없다. 그것은 유사시 은표가 반격을 가할 수 있는 여지를 주었다.

하지만 은표의 마음을 무겁게 만드는 게 있었다. 그것은 바로 진짜 범인이었다. 그는 비밀의 실체를 알고 있는 게 분명했다. 그는 비밀의 중심에서 은표를 비롯한 사건에 연관된 모든 사람들을 응시하고 있었다. 이제 은표의 상대는 이가령이 아니었다. 비밀의 핵심에 앉아 은표를 노려보고 있는 범인이었다.

아직은 그에 관해 아무런 정보도 갖고 있질 못했다. 하지만 범인은 집까지 잠입할 정도로 은표에 대해 잘 알았다. 은표는 불리한 위치에 있었다. 그걸 반전시키려면 비밀을 향해 다가가는 수밖에 없었다. 은표는 노트북을 덮고 누웠다. 휴식이 필요했다. 지난 며칠간 제대로 잠을 못 잤다. 은표가 있는 곳은 대전 문화재청 인근의 허름한 여인숙이었다. 해가 뜨면 곧장 문화재청으로 갈 생각이었다. 그곳에 갑자기 등장한 한 남자의 단서가 있었기 때문이다. 그는 죽음에서 부활한 남인기였다.

사각이 난 케이스가 걷기 시작한다

문화재청 여직원이 보여준 남인기의 주소는 아무런 소용이 없었다. 가족이 아르헨티나로 이민 가기 전의 주소였다. 은표는 아르헨티나의 가족에게 전화를 걸어봤지만 받지 않았다. 또다시 실낱같은 단서의 행방이 꼬리를 감추었다. 하지만 힘들게 여기까지 왔는데 이대로 물러설 수는 없었다. 은표는 고민 끝에 어쩔 수 없이 비장의 카드를 꺼내들었다. 막다른 골목에 다다랐을 때만 사용하는 하늘을 나는 우산이었다.

은표는 휴대전화 전원을 켜고 단축 버튼을 눌렀다. 신호가 가더니 이윽고 상대방이 전화를 받았다.

"국회 입법 조사관 조용복입니다."

점잖은 목소리가 은표를 맞았다. 은표는 머뭇거리다가 입을 열었다.

"선배님. 저예요. 은표……."

상대방은 잠시 팔짱을 낀 채 침묵을 지키다가 말했다.

"너 지금 어딨냐?"

"대전요."

"거기서 뭐하냐?"

비장의 카드가 어이없다는 듯 물었다.

"일이 좀 있어서요."

은표가 면목없다는 듯 대답했다.

"너 요즘이 어떤 땐지 알고는 있지?"

"네, 알고 있습니다."

저편에서 깊은 한숨 소리가 들려왔다.

"그런 놈이 말도 없이 사라져서 연락도 안 해? 니네 영감이 국정감사 하다 말고 나한테까지 와서 한바탕 난리를 쳤어. 알기나 해?"

은표는 아무 말도 할 수가 없었다.

"죄송해요. 저 때문에……."

선배는 말해 뭐하겠느냐는 듯 입을 닫았다.

"그런데 선배……. 부탁이 있어요."

은표가 안면 몰수하고 본론을 꺼냈다.

"그럼 그렇지. 네가 나한테 안부 전화나 할 놈이 아니지."

선배가 어이없다는 듯 말했다.

"지금 제가 말하는 사람의 재산을 조사해주세요. 특히 부동산요. 집은 물론이고 임야, 공업용 부지, 상가, 뭐든 상관없어요. 받아 적으세요."

전화 저편에서 선배의 구시렁거리는 소리가 들렸다. 그러면서도 선배는 받아 적을 메모지를 꺼내고 있었다.

"이번엔 누군데? 연예인이냐?"

"이름은 남인기. 주민등록번호는 430118-×××××××. 본적은 서울시 동작구 본동 518-3. 전직 중앙정보부 요원으로 1979년 퇴직했어요. 부인이나 가족 명의로 된 것도 전부 뽑아주세요. 가능하면 차명 계좌도요. 있다면 말이죠."

선배는 은표가 불러주는 내용을 반복해가며 적었다.

"이번에도 이유는 물으면 안 되겠지?"

"죄송합니다. 제가 선배 제일 존경하는 거 아시죠?"

"존경은 안 해도 좋으니까 귀찮게 하지나 마라. 알아보는 대로 메일 날리마. 근데 언제 돌아올 거냐?"

은표는 잠시 침묵을 지켰다. 선배에게는 간단한 질문이겠지만 은표에게는 본질적인 질문이었다.

"글쎄요. 살아 있으면 돌아가겠죠……."

"그래. 살아 돌아오면 술이나 사라."

이 말을 남기고 선배는 전화를 끊었다. 선배의 마지막 질문은 의외로 여운이 남았다. 나는 과연 예전으로 돌아갈 수 있을까. 은표는 백미러에 매달아놓은 에펠탑 기념품을 바라봤다.

그건 몇 년 전 처음이자 마지막으로 사귀었던 여자친구가 유럽 여행을 갔다가 사다 준 것이었다. 그녀에게서 들은 유럽 이야기는 꿈만 같았다. 타워브리지에서 만난 외국인 친구들, 교과서에서나 볼 수 있던 명화들이 벽지처럼 붙어 있던 루브르 박물관, 도시 전체에 비발디의 〈봄〉이 울려 퍼지던 니스의 거리 축제 등등. 그녀는 은표를 괴물 취급하며 떠났지만 그녀의 유럽 이야기는 아직도 마음속에 남아 있었다. 그때 은표는 다짐했다. 언젠가 모든 걸 훌훌 털고 배낭 하나만 들고 세계를 여행하리라. 죽기 전에 지구 구석구석 내 자취를 남기고 말리라.

매달려 있던 에펠탑은 다짐의 징표처럼 언제나 그 자리에서 은표를 내려다보았다. 그로부터 십 년이 지났지만 은표는 현실에 발목을 잡힌 채 단 한 발자국도 이 땅을 떠나지 못했다. 지금은 당장 내일을 기약할 수 없을 정도로 위기에 몰려 있었다.

"이번 일을 마무리지으면 반드시 떠난다. 꼭……."

은표는 스스로를 북돋으며 차에 올랐다. 더이상 문화재청에는 볼일이 남아 있지 않았다. 그때 휴대전화가 울렸다. 문 형사였다. 그렇지 않아도 은표는 그에게 전화를 하려던 참이었다.

"네, 문 형사님."

"잘 있었나? 목소리가 좋아 보이는군."

문 형사는 여전히 힘이 넘쳤다.

"저 같은 허풍쟁이한테 무슨 일이세요? 박정희 비자금이나 찾아보시지 않구."

은표가 냉랭하게 대꾸했다.

"너무 그러지 마. 서로 다 아는 처지에. 장사 한두 번 하는 거 아니잖아."

"같은 얘길 세 번이나 써보시죠. 그것도 앞뒤로 꽉 차게."

은표는 며칠 전 취조실에서 문 형사가 부렸던 심술을 잊지 않고 있었다.

"나이든 사람이 사과를 하면 좀 받아주고 그래. 똑똑한 사람이 그렇게 아량이 없어서야 어떻게 큰일을 해."

문 형사의 넉살은 여전했다.

"무슨 일이시죠? 그렇지 않아도 전화드리려고 했는데."

은표가 사무적으로 말했다.

"자네도 나한테 볼일이 있나 보군. 그렇다면 우린 또다시 교환할 게 있는 거 같은데."

"먼저 말씀해보시죠."

은표가 한발 물러서며 말했다.

"좋아. 내가 먼저 시작하지. 자네 혹시 다카하시라는 이름 들어본 적 있나? 일본 대사관에서 근무하는 무관인데 성이 뭐더라……. 다카하시 마쓰루. 계급은 이등육좌야."

"아니요. 처음 듣는 이름인데요."

일본 대사관이라는 말에 은표는 호기심이 생겼다.

"그 사람이 누구죠?"

문 형사는 잠시 계산기를 두드려보더니 말문을 열었다.

"좋아. 나도 이젠 자네가 필요하니 말해주지. 사실 지난번에도 말했지만 나는 자네 진술을 믿지 않았어. 허무맹랑한 얘기라고 생각했지. 그런데 사건 현장 인근에 설치되어 있던 CCTV 내용을 조사하다가 범인으로 추정되는 용의자 한 명을 발견하게 됐어. 그 친구 목에 배지 하나가 달려 있더라고. 낯이 익은 모양이었지. 자네가 말했던 삼종신기였어. 그래서 나는 배지에 대해 조사하기 시작했어. 그런데 뜬금없게도 배지가 일본 대사관 직원을 위해 제작됐다는 걸 알게 됐지. 혹시나 하는 심정으로 대사관을 찾아갔지만 역시나 쓸 만한 게 없더라고. 일본 대사가 고리대금업자도 아니고 은퇴한 중앙정보부 요원들을 살해할 이유가 없잖아. 툭툭 털고 나오려는데 엘리베이터에서 자위대 군복을 입은 사람을 만나게 됐지. 다카하시 마쓰루였어."

"그 사람한테서 구린내가 났군요."

은표가 자신의 비숍을 나이트 옆으로 옮기며 말했다.

"지난번에도 말했지? 이젠 돗자리를 깔아도 될 정도라고. 밑져야 본전이다 생각하고 그 사람 꽁무니를 좀 따라다녔는데……."

문 형사가 말끝을 흐렸다.

"그런데요?"

은표가 호기심을 참지 못하고 물었다.

"그 친구한테 물었어. 혹시 고타니 컬렉션이라고 들어본 적 있냐고. 그런데 오줌을 지리더라고. 완전히 뭐 씹은 얼굴이었지. 고타니 컬렉션에 관해 알고 있는 눈치였어."

순간 은표의 뇌리를 스치는 얼굴이 있었다.

"혹시 그 사람 얼굴에 긁힌 상처 같은 게 있지 않았나요? 오른쪽 뺨에."

"자네가 그걸 어떻게 알아?"

이번엔 문 형사가 놀라서 물었다.

"말해봐. 자네가 그걸 어떻게 아느냐고?"

문 형사가 다그치듯 물었다.

"삼 일 전이었어요. 진술서를 쓰고 밤늦게 집으로 돌아왔는데 괴한이 있었어요. 제 집에서 뭔가를 찾고 있었죠. 한바탕 싸움이 붙었어요. 한참을 엎치락뒤치락하다가 막판에 놈 얼굴에 선인장을 박아줬더니 달아났어요."

"그 얘기를 왜 이제야 하는 거야!"

문 형사가 흥분해서 소리쳤다.

"제 말을 안 믿으셨잖아요."

은표가 답답한 듯 말했다.

"자네란 친구는 도무지……. 그만두자고. 그래서 어떻게 됐어?"

"저는 그길로 지우 형한테 달려갔어요. 다행히 지우 형은 무사했죠. 하지만 놈이 지우 형이 모아놓은 이상 자료를 전부 가지고 간 후였어요."

두 사람은 전화기를 사이에 두고 생각에 잠겼다. 시소의 끝에 매달려 있던 두 사람이 점점 가까워지고 있었다.

"자네가 물어보겠다는 건 뭐야?"

"십일 년 전 첫 번째로 희생당했던 남인기 말입니다. 그 사람 사체를 확인할 수 있나요?"

은표가 물었다.

"이 사람아, 죽은 지 십일 년도 넘은 사체를 지금 무슨 수로 확인하나. 뼈도 안 남아 있겠네."

"그럼 남인기가 죽었을 때 신원을 어떻게 확인했죠? 얼굴을 확인했나요? 지문은요?"

문 형사가 자료를 뒤적이는 소리가 들렸다.

"시체가 바다에서 열흘 넘게 표류한 후에 발견됐어. 발견 당시 얼굴은 물론이고 지문도 일그러진 상태였지."

"그래서 뭘로 신원을 확인했느냐고요?"

"주머니에서 신분증이 발견됐어. 그건 왜 묻는데?"

은표는 운전석에 기대며 미간을 주물렀다. 문 형사의 말대로라면 십일 년 전 발견된 사체는 남인기가 아닐 수도 있었다. 경찰이 안일하게 신원을 확인했던 것이다.

은표는 중앙청 돔을 산 사람이 남인기라는 직원의 말에 두 가지 추측을 했다. 하나는 요원 중 누군가가—이가령을 포함한—신분을 숨기기 위해 남인기의 이름을 도용해 구입한 경우, 두 번째는 남인기 스스로 범인으로부터 벗어나기 위해 죽음을 위장했을 경우였다. 진자는 두 번째 추측을 향해 무게중심을 이동하고 있었다.

새로 등장한 인물이 있다. 다카하시다. 그는 여러 가지 정황으로 볼 때 범인일 가능성이 높았다. 게다가 그는 일본 대사관에 근무하는 무관이다. 이 모든 사건이 일본 정부와 연관이 있을 수도 있다는 말이다.

젠장. 일본 정부도 고타니의 보물을 찾고 있다는 말인가? 그건 아니었다. 범인은 비밀을 지키려 하고 있었다. 일본 정부에서 이 땅에 은밀하게 지키고 있는 칠십 년 전 비밀. 이야기는 눈덩이처럼 거대해지고 있었다.

"이봐, 내 말 듣고 있는 거야? 자네 지금 어딨어? 당장 서로 와!"

문 형사가 다급하게 소리쳤다.

"죄송해요, 형사님. 지금은 갈 수 없어요. 하지만 조금만 시간을 주시면 이 사건을 해결할 수 있을 것 같아요."

"이봐! 자네 혼자 해결할 수 있는 문제가 아니야. 내 말 듣고 있는 거야?"

문 형사가 타일렀지만 은표의 마음은 벌써 중앙청 돔을 향해 달려가고 있었다.

"다시 연락드릴게요."

은표는 이 말을 마지막으로 휴대전화를 접었다. 문 형사가 몇 번이고 다시 전화를 걸었지만 은표가 전원을 꺼버린 후였다. 사건은 이제 부활한 남인기와 함께 중앙청 돔 속에 숨겨져 있을 요원들의 마지막 보고서로 모여들었다. 은표는 선배의 메일이 도착하기를 기다리며 서울로 향하는 고속도로로 차를 몰았다.

*

선배의 메일은 문 형사와 통화하고 한 시간 후에 도착했다. 이런 종류의 일이 전문이었던 선배에게 은표의 부탁은 만원 버스에 무임승차한 어린아이 무게밖에는 안 됐던 것이다.

부탁한 자료다.

남인기 : 현재 보유중인 동산 및 부동산 無.

1995년 5월 사망 후 그의 유서대로 법적 대리인을 통해 전 재산을 부인 김정숙에게 양도.

당시 보유 재산 : 4500만 원 상당의 주식과 채권.

정기예금 1억 2400만 원. 시가 5억 7000만 원 상당의 사당동 주택 한 채. 1997년 전 재산을 처분한 후 가족 모두 아르헨티나로 초청 이민. 남인기 친족 이촌 이내 자산 중 한국에 남아 있는 것은 全無.

이촌 이상의 친족 재산은 남인기의 사촌 남형기와 공동 명의로 된 선산이 유일. 17,300평 규모로 경기도 광주군 남종면 해협산에 위치. 무슨 일을 하든 옳은 일이길 바란다.

메일에는 선산의 위치가 표시되어 있는 지도가 첨부되어 있었다. 은표는 부리나케 지도를 출력했다. 은표가 남인기의 부동산을 조사한 데는 이유가 있었다. 은표는 범인이 남인기를 첫 번째 희생자로 선택한 이유를 계속 찾고 있었다. 지금까지 사건을 보면 범인은 가장 위협적인 인물부터 제거하고 있었다. 사건을 통틀어 제일 먼저 살해된 요원은 남인기였다. 그렇다면 그가 가장 치명적인 단서를 갖고 있었다는 얘기가 된다. 이연의 다이어리에 의하면 당시 범인에게 가장 위협이 될 만한 단서는 여섯 명의 요원들이 모아놓은 비밀의 총서였다. 그러면 남인기가 요원 여섯 명의 단서를 모아놓은 것보다 더 중요한 단서를 갖고 있었다는 말인가. 이것이 은표의 머리를 복잡하게 만들었다.

그런데 어젯밤 문화재청 직원의 전화를 받고 그 이유가 떠올랐다. 은표는 한 가지 중요한 점을 잊고 있었다. 이들 일곱 명의 요원들 사이에 있을 수 있었던 갈등을 배제하고 있었던 것이다. 이들이 아무리 청렴한 학자들이었다고는 해도 이들

중 한 명은 고타니의 보물에 대해 사적인 욕망을 품을 수 있다. 누군가 이가령처럼 보물을 독차지하려고 했다면 그것은 비밀의 총서 행방에 중대한 영향을 미쳤을 것이다. 이 중 누군가 이것을 빼돌리려고 마음먹는다면 충분히 가능한 일이었다.

은표는 그가 남인기라고 추측했다. 이유는 간단했다.

남인기가 유일하게 요원들의 모임을 알고 있으면서도 비밀의 단서를 공유하지 않은 사람이기 때문이다.

그것은 유리한 고지를 선점하고 있는 거나 마찬가지였다. 자신의 카드는 펼치지 않으면서 다른 여섯 명의 카드를 볼 수 있다. 남인기가 나머지 여섯 명의 단서가 들어 있는 비밀의 총서를 차지하려고 했다면 범인으로부터 첫 번째 희생자로 지목될 만한 충분한 근거가 되는 것이다. 모든 비밀이 그의 손에 들어가게 되니까. 남인기는 죽음을 위장해서 범인의 시선을 돌리고 난 후 나머지 여섯 명의 단서가 들어 있던 비밀의 총서를 다른 요원들보다 한발 먼저 손에 넣었을 것이다. 그리고 그것을 가족도 모르는 장소에 숨겨뒀다면 완벽한 알리바이가 형성된다.

은표는 그 장소를 알아내기 위해 선배에게 남인기의 부동산 조사를 부탁했다. 예상대로 남인기에게는 가족도 처분할 수 없는 부동산이 존재했다. 선산이라면 돈을 숨기기에 적당한 장소였다. 하지만 그렇다고 하더라도 이 가설에는 허점이 존재했다. 이 가설은 범인이 이가령이라는 전제하에 만들어진 것이었다. 그렇다면 앞뒤가 정확히 맞아떨어졌다. 그러나 다카하시라는 새로운 용의자가 나타난 상황에서 이 가설은 중요한 문제점이 발생했다.

과연 요원들은 언제 다카하시의 존재를 알게 된 것일까? 첫 번째 희생자였던 남인기는 그의 존재를 어떻게 알고 죽음을 위장한 것일까. 산 너머 산이었다.

지금으로선 선택의 여지가 없었다. 계속 앞으로 나아가는 것 말고는 방법이 없다. 은표는 서울로 향하던 자동차를 돌려 경기도 광주로 향했다. 남인기의 선산은 정암산과 해협산 경계에 위치하고 있었다. 지도상으로 가장 가까운 길은 귀여리라는 마을을 통해 들어가는 것이었다. 남한강을 따라 이어진 국도를 달려 팔당댐을 지나자 붕어찜 마을이란 곳이 나타났다. 말 그대로 붕어찜이 유명한 곳인 모양이었다. 여기저기 "원조 붕어찜"이라는 간판이 걸려 있었다. 은표는 차가 들어갈 수 있는 곳까지 몰고 들어갔다. 붕어찜 마을을 지나자 교회가 나타났다. 그곳이 차가 들어갈 수 있는 마지막 지점이었다.

그렇다면 이 길이 아니다. 이유는 간단했다. 만약 남인기가 중앙청 돌을 선산 어딘가로 옮겼다면 분명 트럭을 이용할 수밖에 없었다. 높이 사 미터에 직경이 칠 미터에 이르는 거대한 돌을 분해해서 가져간다고 해도 사람의 손으로 운반하는 건 불가능하다. 은표는 차에서 내려 꽃밭에 물을 주고 있던 교회 소사에게 다가갔다.

"실례하겠습니다. 여기를 찾는데 차로 들어갈 수 있는 길은 없나요?"

은표가 지도를 보여주며 물었다. 소사 아저씨는 일손을 멈추고 지도를 유심히 보았다.

"여기라면 잘못 들어왔네, 젊은이. 아까 들어오던 길에서 마을 회관을 끼고 요골 쪽으로 돌았어야 했어. 그 길을 따라 쭉 들어가면 귀천 초등학교가 나올 거야. 초등학교를 끼고 정암산으로 들어가다 보면 찾을 수 있을 걸세."

소사 아저씨는 토박이인지 이곳 지리를 상세히 알고 있었다. 은표는 인사를 하고 차를 돌렸다. 어젯밤 비가 내려서 하늘은 구름 한 점 없이 맑았다. 산을 타기에 더없이 좋은 날씨였다. 해협산은 산세가 험하거나 높지도 않았다. 야트막한 산등성이가 구릉을 이루며 강기슭까지 이어져 있는 전형적인 우리나라 산이었다. 은표는 소사가 일러준 대로 마을 회관이 나타날 때까지 차를 몰았다. 잠시 후 마을회관이 나타났다. 은표는 지나는 노인에게 요골 방향을 물어 핸들을 돌렸다. 길도 나쁜 편은 아니었다. 초등학교 앞까지 포장이 되어 있어 아무런 불편 없이 갈 수 있었다. 하지만 초등학교 앞에 도착하자 사정은 달라졌다. 포장도로는 끝나고 어젯밤 폭우에 진흙탕으로 변한 비포장도로가 빼곡한 잣나무 사이로 뻗어 있었다.

은표는 비포장도로를 살펴보았다. 너비나 경사로 보아 충분히 트럭이 지날 수 있는 공간이었다. 은표는 진흙길로 차를 몰고 들어갔다. 길은 예상대로 엉망이었다. 지난밤 비에 짓무르기까지 해서 가는 내내 진창과 싸워야만 했다. 그렇게 삼십 분가량을 들어가자 탁 트인 전경이 나타나며 길이 두 갈래로 갈라졌다.

하나는 완만히 이어지며 다음 고개로 연결되었고 다른 하나는 가파른 언덕 위 숲속으로 사라지고 있었다. 두 길 모두 트럭이 지날 수 있을 만한 너비였다. 은표는 지도를 꺼내 선산의 위치를 살폈다. 독도법은 몰랐지만 거리상으로 볼 때 은표는 남인기의 선산에 들어와 있었다. 은표는 망설이다가 숲속으로 차를 몰았다. 울창한 소나무 숲 너머에 뭔가 있을 것만 같은 막연한 느낌이 전해졌다.

길은 가팔랐다. 흙이 빗물에 씻겨 나가 드러난 돌들이 차 바닥을 여지없이 걷어찼다. 길은 얼마 가지 않아 끝이 났다. 그곳에는 오래전 누군가 지어놓은 낡은 창고 하나가 자리하고 있었다. 은표는 시동을 끄고 차에서 내렸다.

슬레이트와 시멘트 벽돌로 만든 간이 건물이었다. 오래전 인근에서 밭농사를 짓던 사람들이 농기구나 퇴비 등을 보관했던 장소 같았다. 하지만 충분히 돔이 들어갈 만큼 컸으며 입구도 넓었다. 창고 뒤에는 창고를 만들기 위해 깎은 산의 언덕이 또 다른 언덕과 연결되어 있었다.

은표는 천천히 창고로 다가갔다. 입구는 묵직한 자물쇠로 잠겨 있었다. 자물쇠는 열쇠가 있어도 못 열 만큼 심하게 녹슬어 있었다. 다른 입구를 찾아야 했다. 은표는 창고 주위를 돌며 몸을 집어넣을 수 있을 만한 창문을 찾았다. 반쯤 돌아가자 철조망으로 된 창문 하나가 보였다. 철조망으로 막혀 있었지만 워낙 낡아 조금만 힘을 주면 충분히 사람 하나가 들어갈 만한 입구가 만들어질 것 같았다. 은표는 차에서 적당한 공구를 가져와 철조망을 뜯어내기 시작했다. 얼마쯤 뜯어내자 몸을 집어넣을 수 있을 만한 구멍이 생겼다. 은표는 공구를 내려놓고 구멍으로 몸을 밀어넣었다.

옷이 철조망 철사에 긁혀 찢어졌지만 창고 안으로 들어갈 수 있었다. 창고는 두 개의 공간으로 나뉘어 있었다. 은표가 들어간 곳은 창고 안에서도 잡다한 물건을 넣어두는 조그만 방이었다. 사방이 거미줄투성이였고 오래전 버려진 호미와 삽 등 농기구들이 여기저기 널브러져 있었다. 은표는 철문을 열고 창고로 들어갔다.

고생한 보람도 없이 창고는 텅 비어 있었다. 가운데 미라처럼 먼지를 뒤집어쓴 채 죽어 있는 낡은 경운기 한 대와 이제는 돌이 되어버린 시멘트 포대가 구석에 쌓여 있을 뿐 아무것도 없었다. 은표는 창고 여기저기를 살펴봤다.

여기가 아니더라도 근처 다른 곳에 있을 수도 있기 때문이었다. 창고를 살피던 은표의 눈에 시멘트 포대에 씌어 있던 제조 연도가 보였다.

제조 연도 1995년 8월 27일

중앙청이 철거되고 열흘 후다. 시기적으로 맞아떨어졌다. 누군가 그사이 이곳에 사용하려고 시멘트를 옮겨왔다는 말이다. 은표는 창고 벽과 바닥의 시멘트를 유심히 살폈다. 일단은 경운기가 놓여 있던 바닥을 살폈다. 거대한 돔을 숨기기에 적합한 곳이었다. 하지만 바닥의 시멘트 색은 다른 시멘트 벽과 별반 다르지 않았다. 은표는 창고의 모든 벽과 천장을 살폈다. 하지만 워낙 오래전 공사라 시멘트 벽에서 새로 바른 부분을 찾기가 쉽지 않았고 바닥 이외에 돔을 숨길 만큼 커다란 공간은 존재하지 않았다.

은표는 창고 중앙에서 주위 벽을 둘러보며 남인기 입장에서 생각했다.

"내가 남인기라면……. 내가 남인기였다면 어디에 숨겼을까……."

그때 문득 창고 뒤와 연결된 언덕이 떠올랐다. 은표는 언덕과 연결되어 있는 벽으로 다가갔다. 그리고 벽의 시멘트를 살폈다. 역시 시간이 많이 지난 터라 주변 벽 색깔과 차이가 없었다. 그런데 벽에서 약하지만 시원한 바람이 흘러나왔다. 바람은 벽에 난 균열 사이에서 불어오고 있었다. 은표는 혹시나 하는 생각에 바닥에 굴러다니던 돌 하나를 집어 들어 벽을 향해 던졌다.

텅. 예상대로였다. 벽 너머가 비어 있었다. 은표는 벽에 걸려 있는 물건들을 치우고 크기를 재봤다. 얼핏 보기에도 돔이 들어가기 충분한 크기였다. 은표는 농기구가 버려져 있던 방으로 달려가 바닥을 팔 만한 공구를 찾았다. 다행히 버려진 곡괭이가 있었다. 자루가 반쯤 부러졌지만 충분히 사용할 수 있었다. 은표는 지체 없이 벽을 부수기 시작했다.

울창한 숲속에 은표의 곡괭이 소리가 울려 퍼졌다. 얼마를 부수었을까. 쩌렁쩌렁 울리던 곡괭이 소리가 멈췄다.

벽 너머에 숨겨져 있던 공간이 모습을 드러냈다. 벽 너머에는 창고보다 큰 공간이 감춰져 있었다. 어둠 속에 거대하고 둥그런 뭔가가 웅크리고 있었다. 구십 년 전 화려하게 자태를 뽐내던 조선총독부의 핵, 청동 돔이었다. 남인기는 언덕을 파서 돔을 넣을 공간을 만들고는 시멘트로 밀봉했던 것이다.

돔을 가까이서 보자 훨씬 웅장해 보였다. 열두 개의 청동판을 이어 만든 돔은 꼭대기 첨탑이 서 있던 반석을 중심으로 열두 개의 청동 요철이 밑바닥을 향해 뻗어 있었다. 그 아래로는 간단한 문양이 돔을 둘러가며 장식되어 있었다. 단순한 형태였지만 이것이 오십사 미터 화강석으로 지어진 거대한 건물 옥상에 놓여 있었을 걸 상상하니 비록 일본인이 불순한 의도로 만들었다고는 해도 감탄사가 흘러나왔다. 지금은 녹이 쓸어 청색을 띠고 있지만 지어진 초기에는 낙산 너머로 고개를 내민 태양을 반사하며 화려하게 빛나던 구릿빛이었으리라. 당시 서울 어느 곳에서도 이 청동 돔이 보였다고 한다. 소위 말하는 황국식민의 우두머리였던 것이다. 하지만 그로부터 한 세기가 흐른 후 아무도 찾지 않는 야산 창고에 묻혀 있는 걸 보니 처량맞기 그지없었다. 시간이란 잔인하고도 공평했다.

"넌 태어나지 말았어야 했다."

은표가 불쌍하다는 듯 돔에게 말했다. 은표는 손전등을 꺼내 돔을 살피기 시작했다.

돔 표면에는 단서를 숨길 만한 장소가 없었다. 청동 돔의 이음새에는 틈이 없었다. 은표는 돔 안으로 들어가 살펴봤다. 설치되었던 당시에는 일본 설화를 그려 넣은 프레스코 벽화가 있었으나 광복 이후 석회로 발라버려 내부는 비어 있었다. 유심히 살펴봤지만 돔 안에도 마땅한 장소가 보이지 않았다. 은표는 다시 한번 돔을 관찰했다. 돔 중앙에 석회로 발라져 있던 부분이 떨어져 나간 것을 발견했다. 그것은 오래돼서 자연적으로 떨어져 나간 것이 아니었다. 누군가 도구를 사용해 떼어낸 흔적이었다. 은표는 손전등으로 그 부분을 유심히 살폈다. 석회가 떨어져 나간 곳은 직사각형 모양으로 사과 상자 하나가 들어갈 만한 크기였다. 떨어져 나간 자리에 청동으로 된 사각 봉인이 살며시 모습을 드러냈다. 은표는 주머니에서 휴대용 칼을 꺼내 사각 봉인 주변의 석회를 떼어냈다. 봉인이 확실하게 모습을 드러냈다.

봉인에는 열여섯 개의 국화잎 부조로 둘러싸인 삼종신기

문양이 수놓아져 있었다. 애초에 설계될 때부터 의도적으로 만들어놓은 봉인인 듯했다. 은표는 칼로 봉인을 두드려보았다. 텅텅……. 안이 비어 있었다. 뭔가를 넣어두기에 충분한 공간이었다. 은표는 칼을 이용해 봉인을 뜯었다. 의외로 봉인은 쉽게 뜯어졌다. 이전에도 누군가 이것을 떼어낸 적이 있었던 것이다.

드디어 최종 목적지에 도착했다. 은표는 희열에 차서 나머지 봉인을 모두 떼어냈다. 이윽고 봉인이 열리며 뚜껑이 바닥에 떨어졌다. 은표는 심호흡을 하며 천천히 안쪽 공간으로 손을 집어넣었다. 안에는 서랍처럼 수납공간이 있었다. 은표는 조심스럽게 손잡이를 잡아당겨 안의 내용을 더듬어보았다. 잡히는 게 있었다. 감촉으로 보아 종이로 된 뭉치였다. 비밀의 실체가 은표의 손끝에 잡혔다. 은표는 떨리는 손으로 종이 뭉치를 집어 조심스럽게 봉인 밖으로 꺼냈다.

두툼한 한지를 말아 비단 끈으로 묶어놓은 두루마리였다. 비단 끈 끝에 은으로 된 작은 장식이 달려 있었다. 봉인 뚜껑에 장식되어 있던 것과 똑같은 삼종신기 문양이었다. 은표는 의아했다. 만약 이것이 여섯 명의 요원들이 숨겨놓은 단서라면 일부러 삼종신기 문양을 은으로 만들어 장식까지 했을 리 없었기 때문이다. 뭔가 이상했다. 은표는 부리나케 끈을 풀어 두루마리를 펼쳤다. 그런데 어이없게도 그것은 요원들의 단서가 아니었다. 그것은 퇴색된 종이 위에 붉은 주사로 그린 일본 부적이었다. 은표는 나머지 종이들도 살펴봤으나 종류는 달랐지만 역시 일본 부적이었다.

"빌어먹을!"

은표가 부적을 땅바닥에 집어던지며 소리쳤다. 은표가 고생 끝에 손에 넣은 것은 일제가 총독부를 지으며 영원불멸한 식민지 건설을 기원하기 위해 그려 넣은 부적이었다.

은표는 비틀비틀 돔을 빠져나왔다. 더이상 사건을 추적할 만한 힘이 남아 있지 않았다. 아니, 계속된 좌절로 사건 자체에 염증을 느끼기 시작했다. 은표는 창고 바닥에 드러누워 부서진 창고 천장 사이로 보이는 하늘을 바라봤다. 부서진 틈으로 바람에 일렁이는 나뭇가지들이 보였다. 은표는 오랜만에 담배가 피우고 싶었다. 이제 어쩌면 좋단 말인가. 남아 있는 힘을 끌어내어 다음을 추리하려고 애썼지만 누군가 머릿속에 들어와 청소를 한 듯 아무것도 떠오르지 않았다.

은표는 그대로 누워 눈을 감은 채 시간에 몸을 맡겼다. 그렇게 얼마가 흘렀을까. 은표를 깨운 건 지우였다. 문득 지우와 했던 내기가 떠올랐다.

"지우 형 소원은 뭘까? 끝내지 못한 졸업논문 작성? 아니면 키 크고 몸매도 좋은 모델 여자친구? 하기야 여자친구 사귄 적이나 있겠어. 그 성격에……."

그러자 어이없게도 웃음이 터져 나왔다. 한참을 웃고 나자 기분이 나아졌다.

"지우 형은 뭐하고 있을까?"

은표는 지우와 나눴던 추억이 떠올랐다. 클럽에서 처음 만났던 일, 고수부지에서 담배꽁초를 차 안으로 집어넣었던 일, 선풍기로 땀을 식혀가며 이야기를 만들었던 일 등등. 모두 미소를 짓게 만드는 즐거운 기억이었다. 이제는 돌아갈 수 없는 옛이야기처럼 느껴졌다.

"중요한 것은 보이지 않는다……."

지우가 은표의 질문에 했던 대답이 기억났다. 이 말 때문에 은표는 지우를 선택했다. 그것은 은표가 세상을 떠돌며 찾았지만 찾을 수 없었던 말이었다. 그것을 지우가 기다렸다는 듯이 대답했던 것이다. 그 말이 은표에게 다시 힘을 북돋아주었다.

"그래, 이대로 무너질 수는 없지. 이제 비로소 보이지 않는 중요한 것이 눈앞에 와 있는데."

은표는 자리에서 일어나 창고를 돌아다니며 생각을 정리했다. 여기까지 오면서 빼먹은 건 없는가. 이번 추측이 틀렸다면 두 번째로 단서가 숨겨져 있을 만한 장소는 어딘가. 내가 강길준이었다면 중앙청 외에 어디를 선택했을 것인가. 수많은 생각이 스쳐지났다. 문득 은표는 처음부터 돔의 봉인이 열려 있었던 걸 떠올렸다. 그것은 돔을 만들 당시 연 것이 아니었다. 봉인 주위에 용접 자국이 있는 걸 보면 이후 누군가에 의해 열린 것이다. 총서를 숨기기 위해 요원들이 열었던 게 틀림없다. 그리고 비밀의 총서를 발견한 남인기가 다른 곳에 보관했을지도 모르는 일이었다.

은표는 창고를 뒤지기 시작했다.

"뭔가 남아 있을 거야. 흔적이 있을 거야."

창고를 뒤지던 은표는 다리가 부서져 주저앉은 책상 하나를 발견했다. 그는 책상 서랍을 뒤졌다. 첫 번째 서랍에는 이제는 구할 수도 없는 문화연필 한 다스와 용도를 알 수 없는 핀셋이 굴러다니고 있었다. 두 번째 서랍을 열자 누군가 70년대에 받았던 개근상장 한 뭉텅이와 겉장이 뜯어진 화훼 교본이 들어 있었다.

은표는 세 번째 서랍을 열었다. 그러자 거기에는 기대를 저버리지 않는 물건이 들어 있었다. 문화재청에 제출했던 구입의향서 용지들이었다. 은표는 서류를 들어내고 나머지 서랍을 뒤졌다. 몇 장의 사진이 나타났다. 돔을 창고 안으로 옮기며 기념으로 찍은 것들이었다. 인부들이 돔을 창고 안으로 옮기는 모습과 옮긴 후 창고 중앙에 놓여 있는 모습을 여러 각도에서 찍은 사진이었다.

그중 돔 옆에 서 있던 한 사람이 은표의 시선을 끌었다.

그는 인부들을 지휘하던 남자였는데 흐릿하긴 했지만 낯익은 얼굴이었다. 그의 얼굴을 알아보는 순간 은표는 그동안 까맣게 잊고 있었던 중요 인물을 기억해냈다. 호손방에서 만났던 노인이었다. 그 노인이 인부들을 지휘하며 돔을 창고 안으로 옮기고 있었다.

"이런 세상에……."

김도훈과 마지막 통화를 한 남자. 그럼에도 불구하고 범인으로부터 자유롭던 남자. 그리고 고서적을 연구하며 돔을 이곳까지 옮겨왔던 남자. 그가 바로 남인기였던 것이다.

*

"그러니까 미안하다고 했잖아. 내가 일부러 안 들어간 거야? 사건이 터졌는데 어쩌라고."

문 형사는 아내에게 사정을 했지만 이번에는 대충 넘어가지 못하리라는 걸 알 수 있었다.

"그놈의 사건, 하루 이틀 터진 것도 아니고. 그건 그렇다고 치자. 당신 어제가 무슨 날인지 기억은 해?"

아내의 목소리는 평소와 달랐다. 예전 같으면 고함을 지르며 바가지를 긁어댔겠지만 오늘은 무서우리만치 차분했다. 아내는 날짜를 따져 물었다. 문 형사는 자신이 중대한 실수를 했다는 걸 비로소 느꼈다. 문 형사는 수첩에서 달력을 펼쳤다. 어제 날짜에 붉은색 동그라미가 그려져 있고 그 옆에 아들 준석의 이름이 있었다. 맙소사. 눈앞이 하얘졌다. 하나밖에 없던 아들의 생일을 새까맣게 잊고 있었던 것이다.

"이제 기억나나 보지? 내 생일 같으면 말도 안 해. 하나 있는 아들 생일도 잊고 사는 게 애비야?"

"준석 엄마, 정말 미안해. 잊어버린 게 아니라 오늘 들어갈 때 준석이 좋아하는……."

문 형사는 핑계를 찾으려 했지만 아무런 도움이 안 된다는 걸 알고 있었다. 엎질러진 물이었다.

"당신 이번 주 월요일 준석이가 학교에서 반장으로 뽑힌 거 알고는 있어?"

엎친 데 덮친 격이었다. 문 형사는 전혀 모르고 있었다. 이젠 애비로서 미안하단 말을 할 염치도 남아 있지 않았다.

"그 녀석 어젯밤 늦게까지 당신 전화를 기다렸어. 선물 같은 건 바라지도 않는 애야. 그저 당신의 전화 한 통화 생일 축하한다, 못 들어가서 미안하다, 그 말 한마디 듣겠다고 전화 앞에서 12시까지 기다렸어. 당신 전화하면 아빠 나 반장 됐어. 그 자랑이 하고 싶었다고. 그런데 당신은 아빠라는 인간이……."

아내는 북받치는 감정에 말을 잇지 못했다.

"반장이 됐구나. 기특한 자식……. 아빠는 이렇게 못났는데……."

눈물이 고였다. 아버지로서 아무것도 못 해준 자괴감도 있었지만 대견하게 커가고 있는 아들에 대한 고마움 때문이었다. 아내는 목이 잠겼는지 잠자코 있었다. 문 형사 역시 아무 말도 할 수 없었다.

"더 할 말 없고 이제 들어오든지 말든지, 전화를 하든지 말든지 알아서 해. 우리도 더이상 당신한테 아무 기대 안 할게. 각자 살자고."

아내는 이 말을 끝으로 전화를 끊었다. 문 형사는 휴대전화를 내려놓을 수 없었다. 참담했다. 고개를 들고 아들을 볼 면목이 없었다. 도대체 뭘 위해 이 고생을 하고 있는지 회의가 들었다. 사십이 넘었건만 그동안 나란 인간은 가족을 위해 무엇을 했는지 답을 할 수가 없었다. 자신이 공장에서 폐기된

불량품처럼 느껴졌다.

문 형사는 지갑에 넣어두었던 아들 사진을 꺼내 보았다. 재작년 어린이날 놀이공원에서 찍은 사진이었다. 아들은 고작 초등학교 4학년임에도 불구하고 어른스러웠다. 필요한 게 있어도 형편이 어려워 보이면 말을 꺼내지 않았고 장난감을 사달라고 조르는 일도 없었다. 시키지 않아도 알아서 숙제를 했고 친구들과 싸워서 학교로 불려가는 일도 없었다. 그리고 한심한 아버지를 좋아했다. 그런 아들이기에 더욱 마음이 아팠다. 어젯밤 생일인 것조차 잊어버린 아버지의 전화를 기다리고 있었다. 그런 아들이 사진 속에서 해맑게 웃고 있었다.

문 형사는 아들에게 제대로 된 선물을 해야겠다고 생각했다. 물론 그것만으로 용서받을 수 없다는 걸 알고 있었지만 그나마 사죄할 수 있는 유일한 길이었다. 그런데 막상 선물을 고르려 하니 뭘 좋아했는지 기억이 나질 않았다.

"뭐였더라. 그 만화 이름이……."

어렴풋이 TV에서 한창 유행하는 만화영화를 보며 즐거워하던 모습이 떠올랐지만 제목이 생각나질 않았다. 그때 저만치 엄마 손을 잡고 가는 또래 남자아이가 보였다. 문 형사는 차에서 내려 아이에게 달려갔다. 추레한 남자가 갑자기 등장하자 아이 어머니가 놀라서 뒤로 물러섰다.

"무, 무슨 일이에요?"

문 형사는 반사적으로 경찰 신분증을 꺼내 보여줬다.

"경찰입니다."

아이 어머니는 더욱 경계심을 보이며 움츠러들었다.

"왜 그러는데요?"

"아주머니가 아니라 아드님한테 볼일이 있어서요. 꼬마야. 아저씨 질문에 솔직히 대답해야 한다, 알았지?"

문 형사는 나름대로 부드럽게 말한다고 했지만 아이는 겁을 먹고 눈물을 터뜨렸다.

"아저씨 무서운 사람 아니야. 그냥 거 왜 있잖니, 요즘 인기 있는 만화. 사람이 가면 쓰고 나오는 거 있잖아. 파워…… 뭐라고 하는 거 말이야."

문 형사는 아이를 달래려고 했지만 소용없었다. 아이는 더욱 큰 소리로 울었다.

"별 이상한 사람 다 보겠네."

아이 엄마는 문 형사를 정신 나간 사람 보듯 아래위로 훑더니 아이를 데리고 달아났다.

"아줌마, 잠깐만요. 나도 아들이 있는 사람이라구요."

문 형사가 소리쳤지만 모자는 저만치 사라지고 난 후였다.

"아버지 노릇도 아무나 하는 게 아니구만."

문 형사가 터벅터벅 차로 돌아갔다. 문 형사가 아들 생일도 잊고 잠복하던 곳은 일본 대사관 인근 도로였다. 은표와 통화를 하고 다카하시에 대한 심증을 굳힌 것이다. 문 형사는 같은 실수를 반복하지 않기 위해 최근 구입한 잠복용 밴까지 투입해서 다카하시를 감시했다. 하지만 어찌된 일인지 그의 모습은 오전 내내 보이지 않았다. 문 형사는 만약을 대비해 신참을 다카하시 집으로 보낸 상태였다.

문 형사는 오늘은 어떻게든 집에 들어가야겠다고 생각하며 밴으로 들어섰다.

"선배. 서에서 전화 왔어요. 반장님이에요."

경찰 전용 주파수를 사용하는 무선전화기를 건네주며 후배가 말했다.

"나? 무슨 일로?"

"저두 잘 몰라요. 근데 분위기가 심각한데요."

문 형사는 전화기를 받아들었다.

"전화 바꿨습니다."

"지금 당장 서로 와."

후배말대로 반장 목소리에 가시가 돋쳐 있었다.

"저희 지금 잠복중인데요."

"그거 때문에 서장님이 찾으셔. 인마, 빨랑 튀어와."

이 말을 남기고 반장은 전화를 끊었다.

"서장님이?"

서장이 찾는다면 문제는 심각했다. 말단 형사가 서장을 만나는 일은 몇 가지 경우 외에는 없었다. 첫 번째는 사회를 떠들썩하게 만든 희대의 사건을 멋지게 마무리지었을 때. 두 번째는 반대의 경우. 세 번째는 정치적 문제로 인한 상부의 압력이 있을 경우였다. 첫 번째는 지금 상황에서 전혀 기대할 수 없었다. 그렇다면 두 번째와 세 번째 중 하나였다. 문 형사는 차라리 두 번째이길 바라며 경찰서로 향했다.

경찰서에 도착한 문 형사는 상황이 생각보다 훨씬 더 심각하다는 걸 알았다. 문 형사가 강력반에 들어서자 동료들이 걱정스러운 표정으로 바라보았다. 동료들이 그런 표정을 지은 건 선배 경찰이 접대 비리에 연루되어 권고 사직을 당한 사건 이후에 처음이었다. 하지만 문 형사는 그런 식의 비리와는 거리가 멀었다. 문 형사는 마음을 단단히 먹고 반장실로 향했다. 반장은 복도에서 초조하게 기다리고 있었다.

"무슨 일이에요? 반장님."

"너 도대체 일본 대사관에 가서 무슨 짓을 한 거냐?"

반장은 잔뜩 긴장하고 있었다.

"글쎄요. 몇 가지 질문을 한 것뿐인데. 뭐가 잘못됐어요?"

문 형사가 영문을 몰라 물었다.

"오늘 오전 일본 대사가 경찰청장한테 직접 전화를 했어. 자기 직원을 이유 없이 계속 미행하면 외무부에 정식 항의서를 전달하겠다고."

문 형사는 그제야 서장이 자신을 부른 이유를 알 수 있었다.

"너 대사관 직원 뒷조사한 적 있어? 똑바로 말해. 잘못하면 너뿐만 아니라 나까지 목이 달아날 수도 있는 문제야."

문 형사는 잠시 망설였다. 반장은 다카하시에 관해 전혀 모르고 있었다. 문 형사는 보고도 않고 임의로 미행했던 것이다.

"그런 일이 있긴 있었죠."

반장은 터질게 터졌다는 듯 한숨을 쉬었다.

"내 이럴 줄 알았지. 니가 언젠가 큰 사고 칠 줄 알았어. 왜 나한텐 보고 안 한 거야? 그게 얼마나 중요한 일인지 몰라?"

"아니, 뭐 외국인이기는 해도 내가 특별히 법을 어긴 것도 아니고 뒤 좀 따라다녔기로서니……."

반장이 문 형사의 뒤통수를 치며 소리쳤다.

"그걸 말이라고 해. 인마! 니가 쫓아다닌 놈은 외국인이 아니라 외교관이야! 면책특권을 가진 1급 외교관이라고. 잘못

하면 외교 문제로 번질 수도 있단 말이야, 이 한심한 놈아!"

반장 목소리가 복도에 울려 퍼졌다.

"잘 들어. 서장님이 이유를 물으면 무조건 외교특권이니 면책이니 그런 거 몰랐다고 해. 그리고 무슨 지시를 받든 무조건 알았다고 해. 그래야 우리 둘 다 살 수 있어."

반장이 마누라처럼 문 형사의 옷매무새를 매만져주며 타일렀다.

"아니 그렇다곤 해도 중요 용의자를 앞에 두고……."

"주딩이 몬 닥치나! 안 그랬다간 니캉 내캉 혀 깨물고 확 자빠지는 거야. 알아듣긋나?"

다급했는지 반장의 입에서 안 쓰던 사투리가 튀어나왔다. 반장은 심호흡을 하더니 노크를 했다.

"들어와."

안에서 서장의 근엄한 목소리가 들려왔다. 반장이 조심스럽게 문을 열고 방으로 들어갔다. 문 형사가 뒤를 따랐다. 서장은 골프 연습을 하고 있었다.

"문 경장 데려왔습니다."

반장이 깍듯이 말했다. 서장은 힐끗 문 형사를 보고는 다시 퍼팅 연습을 했다. 가볍게 휘두른 아이언이 골프공을 홀로 밀었지만 한끗 차이로 빗나갔다.

"자네는 나가봐."

"네? 아니 저도……."

"나가서 일보라고."

반장은 문 형사가 못 미더운지 같이 있고 싶어 했지만 어쩔 수 없었다.

"네, 그럼 가보겠습니다."

반장이 돌아서며 문 형사에게 잘하라는 듯 어깨를 툭 쳤다. 반장이 방을 나가고 나자 서장은 골프 연습을 멈추고 문 형사를 바라봤다.

"오랜만이야, 문 경장. 지난번 떼강도 사건 때 회식 자리에서 보고 처음인가?"

서장은 정확히 기억하고 있었다. 그때 문 형사는 육 개월 잠복 끝에 성북동 고급 주택가를 벌벌 떨게 했던 삼인조 강도를 잡았다. 서장은 금일봉을 수여하기 위해 회식 자리에 잠깐 들렀을 뿐이었다.

"네. 그때 뵙고 처음입니다."

문 형사가 어정쩡하게 대답했다.

"허허. 자네 표정이 꼭 유리창을 깨서 교장실에 불려온 말썽쟁이 같구만."

서장은 공을 주워 다시 퍼팅 연습을 했다.

"얘기는 들었지?"

"네, 들었습니다."

"어쩌면 좋겠어?"

이번에는 공이 제대로 홀에 빨려 들어갔다.

"글쎄요. 저로서는 이런 일이 처음이라……."

"나도 이런 일은 처음이야, 대사한테 항의 전화를 받은 건."

서장은 허리가 아픈지 기지개를 켜며 골프채를 가방 안에 넣었다.

"자네가 쫓아다녔다는 일본 친구……. 범인이 확실해?"

"아직 확실한 증거는 없습니다. 하지만……."

"그럼 그만둬."

서장이 의자에 앉으며 단호하게 말했다.

"하지만 서장님, 지금까지 경험으로 볼 때 뭔가 숨기고 있는 게 틀림없습니다. 그리고 그 친구로부터 습격을 받은 제보자가……."

문 형사가 사정을 얘기하려 했지만 서장이 말을 끊었다.

"자네가 경험 얘기를 하니까 나도 내 경험 하나를 이야기해주지. 나도 자네처럼 범인을 쫓아다니던 시절이 있었어. 그때는 지금처럼 연쇄살인 같은 끔찍한 사건은 거의 없었지. 빨래를 몰래 걷어간다거나 부잣집 개를 훔쳐가는 좀도둑이 대부분이었어.

그러던 어느 날이었어. 부잣집 냉장고를 쑥대밭으로 만들던 좀도둑을 몇 달 만에 검거한 거야. 당시에는 냉장고가 흔치 않았기 때문에 냉장고 있는 집만 골라 터는 좀도둑이 종종 있었지. 그런데 잡고 보니까 스물 살도 안 된 어린애인 거야. 얘기를 들어보니 나이든 할머니와 단둘이 살고 있던 딱한 아이였어. 신발도 제대로 못 신을 정도로 가난했지. 차마 수갑을 못 채우겠더라고. 국밥 한 그릇을 먹이고는 타일러서 보냈지. 그런데 그 녀석 내 말은 귓등으로도 안 들었던 모양이야. 멈추질 않았지. 게다가 갈수록 대담해졌어. 처음에는 음식을 훔치다가 나중에는 보석에도 손을 대기 시작했지. 이번에는 그냥 보내줄 수는 없었어. 그래도 불쌍했던 터라 검사를 찾아가 정상참작을 부탁했지. 나이도 어리고 딱한 사정도 있고 해서 소년원에서 몇 달 썩는 정도로 마무리됐어. 그 녀석 구치소에 들어가면서도 눈물을 흘리며 연신 고맙다고 하더군.

얼마 후 나는 다른 서로 전출됐어. 정신없이 시간이 흘렀지. 그리고 몇 년 후 신문을 떠들썩하게 했던 살인 사건이 터졌어. 단돈 사십만 원 때문에 칠십이 넘은 노부부를 무려 스무 번도 넘게 칼로 찔러 죽인 사건이었지. 전국에 비상이 걸렸어. 나 역시 퇴근도 못 하고 서에서 숙식을 해결했지. 보름인가 지나서 범인이 잡혔어. 나는 도대체 어떤 놈이기에 그런 끔찍한 일을 저질렀나 궁금해서 범인이 있던 구치소를 찾아갔어. 범인이 누구였는지 아나? 어처구니없게도 내가 국밥을 사주며 보냈던 그 녀석이었어. 나는 믿을 수가 없어서 왜 그런 짓을 했느냐고 물었지. 그런데 그 녀석 나를 보더니 아무 말 없이 씩 웃더군. 그게 전부였어. 하지만 웃음 속에는 많은 게 들어 있었지. 놈은 나를 가지고 논 거였어. 내가 순진했던 거지. 그 일이 있은 후 나는 범인이나 피해자를 대할 때 사적인 감정을 넣지 않아. 좀도둑을 대할 때도 스무 명을 죽인 연쇄살인범을 대할 때도 똑같이 일을 처리하지."

서장은 아버지처럼 인자한 얼굴로 문 형사를 바라봤다.

"내가 무슨 말을 하고 있는지 알겠나?"

문 형사는 대답이 없었다.

"이건 그냥 일일 뿐이야. 그 이상도 그 이하도 아닌 일. 일은 지켜야 할 선이 있고, 그 선을 넘게 되면 다른 사람한테까지 영향이 미치게 돼. 물론 나는 자네를 믿어. 그 일본 놈이 범인이라는 걸 말이야. 그놈이 뭣 때문에 옛날 정보부 노인네들을 죽이고 다니는지는 모르겠지만 중요한 건 그놈이 우리 사정권 밖에 있다는 거야. 그런데 자네가 놈을 맞히겠다고 계속 총을 쏴대다간 되레 자네가 놈의 총에 맞을 수도 있어. 자네뿐만 아니라 반장이나 나까지도. 그래도 계속 쏠 텐가?"

서장의 말은 설득력이 있었다. 하지만 경찰로서 문 형사의 본능은 이 상황을 쉽게 받아들일 수 없었다. 문 형사는 대답할 수가 없었다.

"아무 말 없다는 건 수긍했다는 걸로 알겠네. 이 사건은 다른 친구한테 맡길 테니 자네는 손을 떼."

서장은 할 일이 기억났는지 책상 위에 있던 서류를 펼쳐 들었다. 문 형사는 인사를 하고 자리에서 일어났다.

"문 경장, 서장이 되고 싶으면 그 일본 놈을 미련 없이 보낼 줄 알아야 돼. 무슨 말인지 알겠나?"

서장이 문 형사의 뒤통수에 대고 한마디했다. 문 형사는 대꾸 없이 방을 나섰다. 밖에서 반장이 기다리고 있었다.

"잘 얘기했어? 뭐래?"

반장이 애가 타서 물었다. 문 형사는 물끄러미 바라보다가 말했다.

"저보고 서장이 되래요."

이 말을 남기고 문 형사는 엘리베이터로 향했다.

"서장이 되라고?"

진급에 목을 매고 있는 반장이 의아한 듯 되물었다.

"그게 무슨 말이야? 서장이 되라니? 말을 해봐, 인마."

반장이 꼬치꼬치 캐물었지만 문 형사의 귀에는 들리지 않았다. 문 형사의 머릿속에는 장난감을 선물받고 기뻐할 아들 준석의 얼굴만이 떠오를 뿐이었다.

*

은표는 호손방 다락에서 남인기가 나타나기를 기다렸다. 그가 나타난다는 보장은 없었지만 그게 그를 만날 수 있는 유일한 방법이었다. 은표가 도착했을 때 호손방은 굳게 닫혀 있었다. 은표는 주변 서점 직원에게 물었지만 은표가 다녀간 후 계속 셔터가 내려져 있었다고 했다. 은표는 남인기에 관해 물었지만 그에 관해 아는 사람은 아무도 없었다. 그는 같은 일에 종사하면서도 이웃 서점들과 교류가 없었던 모양이었다. 은표는 어쩔까 고민하다가 잠입하기로 결정하고는 들어갈 만한 입구를 찾았다. 다행히 2층 다락방으로 연결된 배기구가 있었다. 은표는 위험을 무릅쓰고 3층에서 배수관을 타고 내려가 다락방 안으로 들어갔다. 다락방은 지난번 봤을 때와 달라진 게 없었다. 바닥을 메우고 있던 고서적은 여전히 그 자리를 지키고 있었고 책상 옆에 놓여 있던 한여름의 전기스토

브도 그대로였다. 은표는 들어서자마자 방안을 살폈다. 방 어딘가에 비밀의 총서가 숨겨져 있을 수도 있다. 책상을 뒤졌지만 쓸 만한 건 없었다. 구석에 놓여 있던 궤짝이며 심지어 다락방 바닥까지 살펴봤지만 총서는 보이지 않았다. 은표는 결국 포기하고 남인기를 기다리기로 했다. 총서를 찾는 것도 중요했지만 남인기를 만나 직접 듣고 싶은 얘기가 있었다.

하지만 막상 기약 없이 기다리려니 소일거리가 필요했다. 한 시간이 걸릴지 일주일이 걸릴지 모르는 일이었다. 기다리는 건 그다지 힘든 일이 아니었다. 인내는 은표가 내세울 수 있는 장점 중 하나였다. 하지만 아무 일도 없이 막연히 문만 바라보고 있을 수는 없는 노릇이었다. 은표는 이리저리 고민한 끝에 방안에 잔뜩 쌓여 있는 고서적을 하나씩 읽기 시작했다. 방안에는 어림잡아 천 권이 넘는 고서적이 쌓여 있었다. 이 책들을 다 읽어도 안 나타난다면 그는 영영 떠나버린 것이다.

책 종류는 다양했다. 70년대를 풍미했던 어린이 잡지 《새소년》부터 연도를 알 수 없을 만큼 오래된 천자문 교습서까지 각양각색의 책들이 다락방을 메우고 있었다. 은표는 이런저런 책들을 기웃거리다가 낡은 한지로 된 한문 서적을 집어 들었다. 그건 백천 강씨 문중의 족보였다. 은표는 족보를 펼치려다가 남의 집 사생활을 엿보는 기분이 들어 도로 닫았다. 은표는 다른 책을 집어 들었다.

두 번째 책은 작자 미상의 고대 소설이었다. 겉표지가 찢어져 제목을 알 수 없었지만 순경음비읍이나 연성 등이 쓰인 걸로 보아 조선 시대 중기에 쓰인 책 같았다. 은표는 호기심을 가지고 얼핏 몇 장 읽어보았다. 고교 시절 시험을 위해 배웠던 고어가 처음으로 사용되는 순간이었다. 그것은 조선 시대 양갓집 규수들이 몰래 돌려가며 읽기 위해 쓴 규방 소설이었다. 가장 흔한 연애소설이었다. 은표가 규방 소설을 접한 건 이번이 처음이었다. 은표는 초반부를 읽고는 미소를 지었다. 사람이란 시대가 달라도 사는 건 비슷하다는 걸 느낄 수 있었다. 제아무리 법도를 중시하던 조선의 양갓집 규수들도 남자를 그리워하는 마음은 별반 다르지 않았다. 오히려 성에 솔직하고 대담한 구석까지 엿보였다. 은표는 마음먹고 읽으려고 책상에 앉았다.

그때였다. 가게 문 밖에서 인기척이 느껴졌다. 은표는 스탠드를 끄고 숨을 죽였다. 잠시 후 셔터 올라가는 소리가 들리더니 누군가 가게 안으로 들어왔다. 은표는 조심스럽게 다락문을 열고 인기척의 주인을 살폈다. 기다린 보람이 있었다. 남인기였다. 그는 조심스럽게 주위를 살피고 셔터를 닫았다.

은표는 어쩔까 망설이다가 일단 모습을 감추고 동태를 살피기로 했다. 남인기의 행동에서 수상한 낌새가 느껴진 것이다.

가게에 들어선 남인기는 불도 켜지 않고 사다리를 가져다가 가게에서 가장 후미진 책장으로 갔다. 그는 돋보기를 끼고 손전등을 비춰가며 책장 맨 꼭대기 칸을 유심히 살폈다. 은표는 그 모습을 숨죽인 채 보고 있었다. 남인기는 책장에서 먼지가 잔뜩 앉은 책 한 권을 꺼냈다. 70년대 초등학교 교재로 사용된 세계 전도였다. 그는 지도책을 귀중한 보물이라도 되는 양 먼지를 털어내더니 조심스럽게 겉표지를 걷어냈다. 그러자 그 안에서 지도책이 아닌 또 다른 책 한 권이 들어 있었다. 은표는 침을 삼키며 껍질을 벗고 모습을 드러낸 정체불명의 책을 유심히 살폈다. 그것은 각기 다른 종류의 종이들을 일일이 수작업으로 바느질을 해서 만든 책이었다. 첫 페이지에 쓰인 문체가 낯이 익었다. 그것은 어디선가 많이 봤던 독특한 문체였다. 바로 이연의 글씨체로 쓰인 김기림의 「기상도」였다. 은표는 터져 나오는 탄성을 간신히 틀어막았다. 그것은 은표가 목숨을 걸고 찾았던 여섯 명 요원들의 비밀 총서였다.

모골이 송연해졌다. 식은땀이 흐르고 심장이 터질 듯 뛰었다. 갑자기 등장한 총서를 보자 은표는 오랫동안 꿈에서만 보던 여인을 맞닥뜨린 것처럼 흥분했다. 남인기는 비밀의 총서를 가방에 넣고 가게를 빠져나가려 했다. 이대로 놓칠 수는 없었다. 은표는 다락방을 열고 가게로 뛰어내리려 했다. 하지만 마지막 순간 은표가 발을 헛디디며 다락방에서 굴러떨어졌다. 쿵 하는 둔탁한 소리가 가게에 울려 퍼졌다.

"아이구, 머리야."

셔터를 올리던 남인기가 갑자기 등장한 은표를 발견하고 달아났다.

"이봐요! 기다려요!"

은표가 뒤를 쫓았다. 남인기는 총서를 안고 대로를 가로질러 반대편 도로로 달려갔다. 그곳에는 남인기의 차가 주차되어 있었다. 은표도 남인기를 쫓아 도로를 건넜다. 달려오던 차들이 경적을 울리며 비켜 갔다. 간신히 도로를 건넌 은표는 남인기의 차로 달려갔다. 남인기는 잔뜩 겁에 질려 시동을 걸었다. 부르릉. 차를 출발시키려는 순간 은표가 차 앞을 가로막았다. 출발하려던 남인기는 급정거할 수밖에 없었다.

"우리 얘기 좀 하죠, 남인기 선생님."

은표를 알아본 남인기가 안도의 한숨을 내쉬었다.

남인기는 겁에 질려 있었다. 그는 얼마 전 있었던 이연 살해 사건을 알고 있었다. 그것은 경찰청에서 사회적 파장을 의

식해 통제하고 있던 내용이었다. 두 사람은 일단 호손방으로 돌아왔다.

"내가 남인기인 걸 어떻게 알았지?"

"중앙청 돔을 선산에 있던 창고에 묻으셨더군요. 거기 사진이 있었습니다. 신분을 숨기려면 좀더 치밀하셨어야 했어요."

은표가 남인기에게 차를 가져다주며 말했다.

"역시 그것 때문이었군. 하지만 문화재청에서 문화재를 사는 건 가명으로는 불가능했어. 자금 출처뿐만 아니라 사용 목적까지 서류에 적어야 했거든."

남인기가 찻잔을 돌리며 말했다.

"자네가 언젠가 다시 오리라 예상했지만 이런 식으로 몰래 들어올 줄은 몰랐네. 예의 바른 사람으로 봤는데."

"죄송합니다. 어쩔 수 없었습니다."

은표는 남인기가 들고 있는 가방을 바라봤다. 그 안에 비밀의 총서가 들어 있었다.

"이것 때문에 왔겠지?"

남인기가 총서를 들어 보이며 말했다.

"솔직히 그렇습니다. 하지만 그것 때문만은 아닙니다. 선생님께 여쭤보고 싶은 게 많습니다."

남인기는 찻잔을 응시하다가 입을 열었다.

"묻고 싶은 게 뭐지?"

은표는 생각을 정리하며 차를 한 모금 마시고는 물었다.

"이연 선생의 다이어리를 읽었습니다. 거기에는 정보부에서 연구하던 당시 일이 상세히 적혀 있었습니다. 그런데 정보부를 그만둔 후 이연 선생을 비롯한 나머지 여섯 명의 요원들은 장경식 선생 주도로 모인 자리에 모두 참석했는데 선생님만은 참석하지 않으셨습니다."

은표의 질문에 남인기는 잠시 생각에 잠겼다.

"내가 모임에 참석하지 않은 이유는 그놈 때문이었어. 우리 뒤를 쫓는 범인……."

남인기의 말에 은표는 의아했다.

"살인 사건이 일어나기 전부터 범인의 존재를 알고 계셨단 말입니까?"

"그래. 훨씬 전부터 알고 있었지."

"그 말씀은 범인이 이가령이 아니란 것도 알고 계신다는 건가요?"

"물론이지. 이가령이 보물에 정신이 나간 건 맞지만 사람을 죽일 정도로 미친 사람은 아니야."

"그럼 어떻게 범인의 존재를 아신 겁니까?"

남인기는 깊은 한숨을 쉬었다. 그 한숨은 마치 오랫동안 지하 감옥에 갇혀 있던 억울한 죄수의 울부짖음처럼 다락방 안에 울려 퍼졌다. 그는 오랜 한을 가라앉히려는 듯 뜨거운 차를 들이켰다.

"놈의 존재를 처음 알게 된 건 이가령 때문이었어. 잘 알겠지만 나 역시 놈의 잔꾀에 넘어가 그 지옥 같은 곳에서 육 년을 보냈지. 그러던 어느 날이었어. 무슨 바람이 불었는지 그가 같이 식사를 하자며 나를 데리고 나갔지. 그가 데려간 곳은 삼청동의 용수산이라는 한식 레스토랑이었어. 굉장히 고급스러운 레스토랑이었지만 태어나 가장 불편한 식사 자리였어. 우리는 요리를 다 먹을 때까지 한마디도 하지 않았어. 그야말로 가시방석이 따로 없었지. 코스가 끝나고 디저트가 나올 무렵이었어. 이가령이 갑자기 묻더군.

'내가 고타니 컬렉션에 대해 어떻게 알게 됐는지 궁금하지 않나.'

가장 묻고 싶었던 질문이었지. 하지만 그 인간 앞에서 티를 낼 수는 없었어. 나는 말없이 고개만 끄덕였지. 그러자 이가령이 이야기를 시작했어.

'우리 아버지는 서울 옥인동을 주름잡던 순사셨지. 소위 말하는 친일파셨어. 그것도 일본인이라면 사족을 못 쓰는 친일파. 어린 시절 나는 아버지가 근무하시던 파출서로 심부름을 가곤 했는데 그때마다 누군가를 심하게 고문하고 계셨어. 나중에 알고 보니 독립운동가들이었지. 아버지는 독립운동가를 잡는 일이라면 발 벗고 나서셨어. 특히 자백을 받기 위해 고문을 하는 일이라면 타의 추종을 불허하셨네. 아버지 손에 잡힌 독립운동가들은 백이면 백 불지 않고는 못 배겨냈지. 사람들은 그런 아버지를 매국노라고 욕을 했지만 대대손손 양반들의 핍박을 받으며 노비로 지내보지 않은 사람은 절대 이해할 수 없을 거야. 뼈빠지게 일해봐야 남는 거라곤 주린 배를 움켜쥐는 게 고작이었으니까. 아버지는 정말로 한국인보다 일본인을 좋아했어. 적어도 그들은 아버지에게 좋은 직업을 줬고 가족이 배부르게 먹을 수 있게 해줬으니까.

아버지는 일본인을 위해 열심히 일했어. 그야말로 충성을 다했지. 처음에는 한국인이라는 이유로 의심을 하던 일본인들도 점차 아버지를 신임하기 시작했어. 결국 아버지는 옥인동 파출소 순사부장을 지나 종로경찰서 경부보로 부임을 하게 됐지. 한국인으로는 보기 드문 출세였어. 당시 종로경찰서 경부보면 어마어마한 힘을 갖고 있었지. 종로 바닥에서 아버지 허락을 받지 않고는 가판 장사도 못 할 정도였으니까. 우리 집안이 가장 부유했던 시절이었지. 우리는 하루 세끼 쌀밥을 먹었고 저녁상에는 고기반찬이 올랐어. 당시에는 상상도 못 할 일이었지.

그러던 어느 날이었어. 아침부터 집안이 떠들썩한 거야. 경찰서 직원들이 전부 집에 와서 청소를 하고 있었어. 아버지는 아끼느라 손도 안 대던 귀한 술을 꺼내놓으셨고 어머니는 동네 아주머니들을 불러 듣지도 보지도 못한 요리를 만드셨지. 척 보기에도 귀한 손님이 온다는 걸 알 수 있었어. 저녁이 되자 검은색 차 한 대가 집 앞에 서더니 멋진 군복을 입은 남자가 내렸어. 아버지와 어머니는 바닥에 엎드린 채 연신 고개를 꾸뻑이고 계셨지. 그는 바로 조선통감부 일본군 장군 요시다 세이이치였어.'

요시다 세이이치는 고타니 게이스케가 중국 본토에서 철수했을 때 군수 지원과 수송을 담당했던 제12군 사령관이었어. 이가령은 디저트를 먹으며 이야기를 계속했지.

'아버지가 그 사람을 어떻게 알게 됐는지는 모르지만 그는 우리 아버지를 상당히 좋아하는 눈치였어. 집까지 온 걸 보면 알 수 있었지. 집 앞에는 경호대가 삼엄한 보초를 서고 안에서는 술판이 벌어졌지. 내가 본 술판 중 아직도 그만한 자리는 없어. 나는 다락방에 잠들어 있다가 우연히 술자리에서 하는 말을 엿듣게 되었지. 아버지는 기생처럼 옆에 붙어서 연신 술을 따르고 있었어. 술판이 무르익자 요시다 장군이 주사를 부리기 시작했어. 우리 어머니를 술집 여자로 착각하고 함부로 주물러댔지. 아버지는 내색하지 않고 비위를 맞추셨고. 그러다 술에 취한 요시다의 입에서 발설해선 안 될 일급비밀이 흘러나왔어. 지금도 그가 한 말을 정확히 기억하고 있어.

오늘 나는 죽을 때까지 잊지 못할 역사적 장면을 목격했다. 너희들은 보물이 산더미처럼 쌓여 있는 걸 본 적이 있느냐? 내가 오늘 갔던 곳에 인간이 지금까지 만든 모든 보물이 모여 있었다. 황금빛 때문에 눈이 멀 정도였다. 그게 너희 발밑에 묻혀 있다면 믿겠느냐? 이 말을 남기고 곯아떨어졌어. 아버지와 어머니는 요시다가 술에 취해 헛소리를 했다고 생각하셨지만 나는 아니었어. 그게 내가 처음으로 들은 고타니 컬렉션에 관한 이야기였지.'

얘기를 마치고도 이가령은 눈이 멀 정도의 황금이라는 말을 되풀이했어. 그는 진심으로 눈이 멀 정도의 황금을 보고 싶어 하는 것 같았어. 우리는 디저트까지 모두 먹고는 레스토랑을 나섰어.

우리는 택시를 잡아타고 중정부로 향했지. 한창 퇴근길이었던 남산 순환도로는 잔뜩 밀렸어. 우리 택시는 거북이걸음을 하고 있었지. 순환도로 반쯤 올라갔을 즈음이었어. 이가령의 분위기가 심상치 않은 거야. 연신 뒤를 돌아다보며 불안해하는 것이었어. 내가 왜 그러냐고 묻자 갑자기 택시에서 내리지 않겠나. 나도 뒤따라 내렸지. 그런데 우리가 택시에서 내리는 순간 어디선가 총알이 날아왔어. 총알은 정확히 이가령이 앉아 있던 자리에 박혔지. 이가령은 눈이 휘둥그레지더니 미친듯이 달리기 시작했어. 나도 영문도 모른 채 뒤를 쫓았고. 이리저리 달아나던 우리는 남산 놀이터에 도착했어. 숨이 턱에 차서 더이상 달릴 힘도 없었지. 우리는 덤불 속에 몸을 숨겼어.

그때였어. 놀이터로 우리를 쫓아온 그림자가 있었지. 키가 180 정도 되는 남자였는데 군용 야상을 입고 있었어. 그는 우리를 찾고 있었어. 이가령을 찾고 있었지. 나는 슬쩍 옆에 있던 이가령의 얼굴을 봤는데 저승사자를 본 것처럼 하얗게 질려 있었어. 얼핏 보기에도 처음 당하는 일이 아닌 듯했어. 남자가 우리를 찾으려는 순간 다행히 경찰이 나타나는 바람에 목숨을 구했지. 우리는 경찰차를 타고 중정부로 향했어. 그런데 잠자코 있던 이가령이 말했지. 오늘 일은 절대 아무에게도 말해선 안 된다고."

"이가령도 놈에게 쫓기고 있었군요?"

남인기는 고개를 끄덕였다. 이야기가 맞아떨어졌다. 남인기는 범인의 존재를 알고 있었고 그에게 쫓길 것이 두려워 모임에 안 나간 것이다. 그리고 결국 범인이 자신들의 존재를 알게 되자 범인의 위협으로부터 벗어나기 위해 죽음을 위장한 것이다.

"남 선생님 대신 죽은 사람은 누굽니까?"

은표가 물었다. 남인기는 대답을 못 하고 우물쭈물했다. 한참을 머뭇거리던 그는 토해내듯 입을 열었다.

"그건…… 내 조교였네."

남인기는 궁지에 몰린 생쥐처럼 떨고 있었다.

"정말로 죽일 줄은 상상도 못 했어. 그저 자료 조사를 하던 것뿐인데. 놈이 우리를 뒤쫓고 있다는 건 알았지만……."

"경찰에선 시체가 얼굴을 알아볼 수 없을 정도로 바닷물에 훼손된 상태라고 했습니다. 주머니에 선생님 신분증이 들어 있었고요."

"처음에는 그럴 생각이 아니었어. 그런데 막상 시체를 보자 생각이 바뀐 거야. 그래서……."

"시체에 선생님 옷을 입혀 바닷속으로 밀어넣으셨군요."

"의도적으로 그런 건 아니야. 그냥…… 그냥…… 살고 싶어서……. 놈한테서 벗어나고 싶어서……."

남인기는 울음을 터뜨렸다. 인간으로서 당연한 반응이었다. 이제야 은표는 풀리지 않던 남인기 사건을 이해할 수 있었다.

"선생님이 중앙청 돔을 구입하시게 된 경위를 듣고 싶습니다. 당시 이연과 강길준 선생이 살아 계셨는데 왜 중앙청이 철거되는데도 아무런 조치를 취하지 않으셨죠?"

남인기가 휴지로 눈물을 닦으며 말했다.

"간단한 이유지. 그 친구들은 이미 각자의 비밀을 모두 알고 있었고 당시 범인으로부터 신변의 위협을 느끼던 터라 섣불리 비밀의 단서를 건드렸다가는 표적이 되기 십상이었거든. 아무도 비밀 총서 따윈 관심을 두지 않았지. 나를 제외하곤."

퍼즐이 모습을 갖춰갔다. 남인기는 아무에게도 말 못 하던 비밀을 털어놓자 속이 후련한 모양이었다. 은표는 허탈하게 총서를 바라보고 있던 남인기를 보며 생각했다.

가우리의 봄 계획은 아무 곳에도 이를 수 없는 허상에 불과했다. 그런 헛된 계획 때문에 참여했던 사람들은 죽거나 폐인이 되어버렸다. 갑자기 모든 것이 하찮아 보였다. 역사도 권력도 심지어 인간마저도. 그저 시간에 지치며 소모되어가는 존재일 뿐이다.

"이건 이제 자네 것이네."

남인기가 가방에서 총서를 꺼내 은표에게 건네줬다. 막상 총서를 얻게 되자 실감이 안 났다.

"제가 가져도 되겠습니까?"

"어차피 나에겐 아무 쓸모 없어. 이제 고타니 컬렉션이라면 꼴도 보기 싫으니까. 거기에 내가 연구했던 내용도 들어 있네."

남인기는 은표 손에 총서를 넘겨주고는 개운하다는 듯 미소를 지었다.

"잘 쓰게. 여러 사람의 피가 묻어 있는 책이야."

"네, 최선을 다하겠습니다."

은표가 숙연하게 총서를 바라보며 대답했다.

"그런데……."

은표가 고개를 들어 남인기를 바라봤다.

"총서는 그게 전부가 아니야."

"네? 그게 무슨 말씀이죠?"

은표가 의아한 표정으로 물었다.

"그것 말고 한 권이 더 있어."

"제가 알기로 여섯 명의 요원들은 강길준 선생 주도하에 돔 한곳에 묻은 걸로 알고 있는데요?"

"아니, 잘못 알고 있어. 마지막 순간 서성인이 또 다른 제안을 했지. 만약을 대비해 두 개로 나누자고."

"그렇다면……!"

"그래. 나머지 하나는 서성인한테 있네."

공은 남인기의 손을 떠나 서성인에게 넘어갔다.

은표는 당황스러웠다. 예상치 못한 일이었다. 게다가 문제는 서성인의 거처를 알 길이 없었다.

"서성인 선생이 지금 어디 계시는지 알고 계십니까?"

은표가 지푸라기를 잡는 심정으로 물었다.

"자네는 그 사람이 어떻게 지금까지 살아남았다고 생각하나? 아무도 그 사람의 거처를 알지 못해. 가족마저도. 어쩌면 가장 현명한 사람인지도 모르지."

그 친구는 애초부터 보물 따위는 믿지 않았으니까. 행운을 빌겠네. 앞으로 볼 일이 없었으면 좋겠군. 서로를 위해."

남인기는 말을 마지막으로 호손방을 떠났다. 밖은 안개가 자욱이 끼어 있었다. 새벽안개 속으로 사라지는 그의 모습이 신기루처럼 느껴졌다. 은표는 두 번 다시 그를 볼 수 없다는 걸 알 수 있었다. 그는 은표에게 모든 짐을 넘겨주고 떠난 것이다. 은표는 남인기가 남기고 간 총서를 펼쳤다. 아무것도 적히지 않은 마분지 표지 안에 피를 머금은 채 웅크리고 있던 비밀의 실체가 모습을 드러냈다. 그것은 세 명의 각기 다른 필체로 적힌 간결한 보고서였다.

***

두통이 왔다. 왼쪽 뇌가 바늘로 찌르듯이 아팠다. 온몸의 신경세포들을 하나하나 곤두세운 채 몇 시간을 지냈기 때문이다.

나는 은표의 노트북을 밀치고 두통약을 찾아보았다. 다행히도 책상 서랍에서 두통약을 찾을 수 있었다. 나는 약을 삼키며 주문을 외우기 시작했다.

“푸른 뱀이 붉은 뱀을 먹고 붉은 뱀은 노란 뱀을 먹고 노란 뱀은 다시 푸른 뱀을 먹고 푸른 뱀은 붉은 뱀을 먹고…….”

마치 돌림노래 같은 이 주문은 두통이 올 때면 내가 항상 외우는 것이다. 세 마리 뱀이 서로의 꼬리를 물고 조금씩 먹어 들어간다. 서로가 서로를 모두 먹어치우는 순간 기적처럼 두통도 사라졌다. 뱀들이 서로를 먹어치우는 속도는 항상 다르다. 그것은 정확히 두통의 지속 시간을 계산한 듯이 어떤 날은 빠르게, 어떤 날은 서서히 서로를 삼켜갔다.

나는 선명한 색깔의 뱀들이 서로의 꼬리를 삼켜가는 모습을 상상하며 주문을 외웠다. 이윽고 뱀들이 점으로 변하고 드디어 없어지자 두통도 사라졌다.

나는 차근차근 은표가 겪었던 상황을 정리해보았다. 은표의 일기는 이제 첫 번째 총서를 손에 넣고 두 번째 단서를 움켜쥔 서성인을 향해 다가갔다. 그리고 이가령의 존재와 범인의 실체 역시 서서히 드러나고 있었다.

나는 지금까지 은표의 행보를 보며 감탄을 금치 못했다. 녀석은 특유의 집념과 용의주도함으로 사건의 실마리를 하나씩 풀어나가고 있었다. 그것은 보통 사람의 용기로는 해내기 힘든 엄청난 일이었다. 만약 내가 은표 입장이었다면 애초에 그만두고 범인을 피해 어딘가 숨어 있었을 것이다.

"그 녀석 분명히 비밀의 실체를 밝혀냈을 거야. 대체 이상의 비밀이 뭐였을까?"

나는 비밀의 실체를 빨리 보고 싶어 두통이 가라앉자마자 부리나케 은표의 일기를 펼쳤다.

단군력 4339년 8월 6일

이제 마지막 한 사람만이 남았다. 지금까지의 상황을 분석해보면 비밀의 마지막 열쇠를 서성인이 쥐고 있는 것이 분명했다.

그에 대한 떠도는 소문은 폐인이 되어 세상을 등지고 산속으로 들어가 두 번 다시 나타나지 않았다는 것이다. 하지만 내 생각은 다르다.

신상 기록에 의하면 그는 우리나라 최고의 지리학자였고 특히 산악 지형에 능통했다. 그가 산속으로 들어간 데는 다른 이유가 있을 것이다. 그를 찾아야만 한다. 하지만 어떻게…….

무수한 과거를 경청하는 무수한 과거

문 형사가 정장을 입은 건 아버지가 돌아가시고 처음이었다. 오랜만에 차려입어서인지 그는 연신 넥타이 매무새를 만지고 있었다. 문 형사가 간 곳은 벽제 화장터였다. 이연의 장례식은 객사한 행려병자들과 함께 구청장으로 치러졌다. 이혼 후 캐나다로 이민 간 부인과는 연락이 되지 않았고 친족들은 아무도 그의 장례식에 신경쓰지 않았다. 슬픈 현실이었다. 결국 구청에서 빈민들을 위해 마련한 장례를 치를 수밖에 없었다. 이연의 주검이 가마 속으로 들어갔다. 그 모습을 지켜보는 사람은 문 형사와 구청 복지 담당 직원이 전부였다. 옆 화장 칸에는 스무 명이 넘는 친족들이 누군가를 위해 목놓아

통곡을 하고 있었다. 만감이 교차했다. 직업상 수많은 죽음을 지켜봤지만 이번만은 어쩐 일인지 마음이 편치 못했다. 죽은 이연에게서 남다른 연민이 느껴졌기 때문이다. 문 형사는 장례식에 참석하기 전 아들 준석을 위해 생일선물을 샀다. 화장이 끝나면 집으로 돌아갈 작정이었다. 하지만 자신을 위해 눈물 한 방울 흘려주는 사람 없이 가루가 되고 있는 이연을 보고 있자니 발길이 떨어지질 않았다.

이곳에 오기 전 문 형사는 인수인계를 위해 이연의 신상 기록부를 작성했다. 그는 진주 고등학교 국사 선생으로 재직하다가 중앙정보부 대통령 정치 자문 위원으로 근무했다. 그것이 전부였다. 그리고 정보부를 은퇴한 후 대인기피증으로 칠 년간 정신병동에 입원했다가 범인에게 독살당한 것이다. 이해할 수 없는 인생이다. 어째서 평범한 국사 선생이 대통령 정치 자문 위원으로 중정부에서 일하게 된 것일까. 그리고 범인은 왜 정신병원까지 잠입해서 그를 죽였을까. 이제 문 형사는 은표의 진술을 믿을 수밖에 없었다. 지금까지의 사건 정황도 은표의 말을 방증하고 있었지만 그보다는 문 형사의 직관이 그를 이끌고 있었다. 은표의 진술에 의하면 이연은 숨겨진 진실을 찾고자 평생을 보낸 사람이었다. 그것은 우리 역사와 관련이 있었고 진실을 얘기하려는 순간 목숨을 잃었다. 그런

그에게 남은 거라곤 구청에서 준 수의복이 전부였다. 저만치 대기석에서 구청 직원이 졸고 있었다.

"복도 지지리 없는 사람."

불길이 오른 이연의 가마를 보며 중얼거렸다.

문 형사는 새로 사건을 맡은 담당 형사에게 지금까지 자료를 넘겨주고 온 길이었다. 그에게 은표의 진술서를 보여주며 다카하시에 관한 일을 설명했지만 그는 건성으로 고개만 끄덕였다. 문 형사는 다시 한번 강조하려 했지만 그는 퇴비 속에 서식하는 벌레 보듯 쳐다보고는 대충 자료를 챙겨서 서를 빠져나갔다. 그의 눈을 보는 순간 얼마 전 취조실에서 은표의 진술서를 읽었을 때가 떠올랐다. 그때 자신의 눈빛이 지금 형사와 흡사했을 것이다.

"그 녀석이 열받을 만했군."

가마 문이 열리며 뼈만 앙상하게 남은 이연의 유골이 나왔다. 직원은 다른 행려병자들과 마찬가지로 기본적인 예도 갖추지 않은 채 뼈를 부수려고 했다.

"이봐요. 잠깐 기다려요."

문 형사가 창문을 두드리며 소리쳤다. 문 형사는 흔적도 없이 사라지게 될 이연을 위해 작은 기도라도 해줄 참이었다. 가마에서 나온 유골은 그야말로 한줌밖에는 안 남아 있었다.

문 형사가 기도를 하려고 창가로 다가섰다. 그런데 불에 타고 남은 이연의 두개골이 문 형사를 향해 고개를 돌렸다. 문 형사는 순간 움찔 물러섰다. 문 형사는 눈을 의심하며 다시 유골을 봤다. 이연의 유골이 마치 원망이라도 하듯 눈동자도 사라진 눈으로 문 형사를 바라보았다. 아마도 온도 변화 때문에 생긴 움직임 같았다. 하지만 그 순간 문 형사는 자신의 양심이 현실에 굴복한 자신을 질타하고 있다는 걸 깨달았다. 그래서 평소에는 입지도 않던 양복까지 차려입고 여기까지 온 것이다. 이연의 시신만이 아니라 자신의 경찰로서의 양심도 함께 가마 속에서 타버린 것이다. 그때 화장터 직원이 시간이 없다는 듯 시계를 가리키고는 뼈를 으깨기 시작했다. 이연의 두개골도 직원의 손에 가루가 되었다. 문 형사는 그 모습을 지켜보다가 화장터를 떠났다.

사방에서 들려오는 곡소리를 지나치며 문 형사는 생각했다. 나는 왜 경찰이 됐는가. 무엇 때문에 아들 생일까지 잊어가며 이 사건에 몰두했던가. 문 형사는 모든 게 명확해졌다.

문 형사는 휴대전화를 꺼내 들었다.

"여보세요?"

준석이였다.

"준석아, 아빠야."

오랜만에 목소리를 듣자 가슴이 뭉클했다.

"아빠!"

준석은 갑자기 나타난 산타클로스를 대하는 것처럼 반갑게 아버지를 맞았다.

"그래, 우리 준석이 아빠가 생일날 집에 못 가서 화났지? 미안해."

"아니야. 바빠서 그런 거 다 아는데, 뭐. 아빠 힘들어?"

준석은 오히려 문 형사를 걱정했다. 그게 문 형사를 더욱 마음 아프게 했다.

"준석아, 아빠가 준석이한테 해주고 싶은 말이 있어서 전화했어."

"뭔데?"

"아빠는 말이야……. 아빠는 준석이한테 한참 모자란 사람이야. 미안하게 생각하고 있어. 그런데 말이야, 준석이한테 한 가지는 약속할 수 있어. 아빠는 말이야, 나중에 준석이가 어른이 됐을 때 아빠를 자랑스럽게 생각할 수 있도록 열심히 일하고 있어. 훌륭한 경찰이 되려고 최선을 다하고 있어. 그걸 알았으면 좋겠어."

"다 알아. 아빠가 훌륭한 경찰이라는 걸. 친구들한테도 자랑했는걸. 우리 아빤 나쁜 놈들 혼내주는 멋진 경찰이라고."

준석이 천진난만한 목소리로 말했다. 문 형사의 눈시울이 젖어들었다.

"그럼, 그래야 우리 아들이지. 아빠 오늘 또 못 들어갈지도 몰라. 그런 아빠를 이해해줘."

"응. 나쁜 놈들 많이 잡아서 혼내줘, 아빠."

아들은 오히려 문 형사를 북돋아주었다.

"그래, 준석아. 고마워. 또 전화할게."

전화를 끊은 문 형사의 마음이 다시 불타올랐다. 아들에게 약속한 것처럼 훌륭한 경찰이 되어야 한다. 그 첫걸음은 외롭게 죽어간 이연의 범인을 잡는 것부터였다.

"나는 서장감이 못 되나 보다."

이렇게 중얼거리며 차에 올랐다. 행선지는 일본 대사관이었다.

*

은표는 오랜만에 집에 돌아와 샤워를 했다. 시원하게 쏟아지는 물줄기를 맞으며 생각에 잠겼다.

지난 며칠간 서성인의 행방을 찾아보았지만 허사였다.

그에게는 남아 있는 가족이 없었으며 1983년 이후 그를 본

사람도 없었다. 연기처럼 사라졌다. 그는 조직의 이인자였다. 당시 마흔일곱 살로 조직에서 가장 나이가 많았고 가장 먼저 조직에 들어왔다. 그는 국토지리정보원 원장을 지내며 1978년 한국문화역사지리학회를 창설하고 초대 회장을 역임한 한국 지리학의 대부였다. 그는 서양의 현대 지리학에 전통적인 가치관을 투영한 국학 연구가 자리매김하는 데 커다란 기여를 한 인물이었다. 그러던 그 역시 박 대통령의 지시에 의해 중정부에서 근무하게 되었다. 은표는 남인기로부터 받은 비밀의 총서를 살펴보았다. 남인기 말대로 그 안에는 이연과 국태환, 그리고 장경식, 이 세 요원의 단서만이 들어 있었다. 나머지 총서를 찾지 못하면 첫 번째 역시 아무 소용이 없었다. 은표는 염치 불고하고 하늘을 나는 우산까지 동원해봤지만 서성인의 현재 거처를 알아낼 수는 없었다.

은표는 샤워기를 돌려 물줄기를 세게 틀었다. 차가운 물줄기가 얼굴을 때렸다. 마지막 단서에서 커다란 벽에 부딪힌 것이 답답했다.

"어딘가 빛이 들어오는 길이 있을 거야. 포기하면 안 돼."

은표는 쏟아지는 물줄기에 몸을 맡겼다. 얼음처럼 차가운 물로 샤워를 하니 머리가 조금은 맑아졌다. 은표는 수도꼭지를 잠그고 세면대 앞에 섰다. 김이 서린 거울 너머로 수염을 깎지 못해 초췌한 자신이 서 있었다. 지난 몇 주간 거울을 못 봐서인지 자신의 얼굴이 낯설게 느껴졌다.

"많이 여위였구나."

은표는 면도 크림을 바르고 수염을 깎았다. 그때였다.

초인종이 울렸다.

"찾아올 사람이 없는데?"

은표는 만약을 대비해서 테니스 라켓을 움켜쥐고 문으로 다가갔다.

"누구세요?"

"택배입니다"

은표에게 올 소포는 없었다. 은표는 보안 창으로 상대를 확인했다. 택배 회사 복장을 입은 남자가 서 있었다. 차림새로 보아 틀림없는 배달원이었다. 은표는 테니스 라켓을 내려놓고 문을 열었다.

"정은표 씨십니까?"

택배 기사가 물었다.

"그런데요?"

"여기 사인 부탁합니다."

택배 기사가 작은 상자 하나를 내밀며 말했다. 은표는 상자를 살펴봤다. 발신자가 씌어 있지 않았다.

"누가 보낸 겁니까?"

"저도 모르겠는데요."

은표는 잠시 망설이다가 서명을 했다.

"감사합니다."

택배 기사가 바쁘게 돌아서며 말했다. 은표는 문을 닫고 집으로 들어왔다. 발신자가 없는 소포. 수상했다. 은표는 상자를 흔들어보았다. 안에는 플라스틱으로 여겨지는 가벼운 물체가 들어 있었다.

은표는 어쩔까 망설이다가 소포를 뜯기로 했다. 폭탄은 아닐 성싶었다. 소포 상자에는 비디오테이프가 들어 있었다. 테이프 표면에는 누군가 사인펜으로 쓴 제목이 적혀 있었다.

세상에 이런 일이 - 2006년 7월 8일 방영분

공중파에서 방영되고 있는 어느 프로의 카피본이었다.

"대체 이걸 누가 보낸 거지?"

은표는 뜬금없이 나타난 비디오테이프를 틀어보기로 했다.

VCR에 테이프를 넣고 재생 버튼을 눌렀다. 내용은 제목에 적힌 대로 한 공중파 방송국의 오락 프로였다. 주변에 특이한 사람이나 동물을 제보받아 다큐멘터리 형식으로 그들의 생활을 가감 없이 찍은 것이었다. 예전에 한번 본 적이 있는 프로그램이었다. 이 프로그램을 누가 어떤 이유로 자신에게 보냈는지 알 수가 없었다. 은표는 인내심을 갖고 테이프의 내용을 지켜보았다. 어쩌면 후반부에 다른 내용이 들어 있을지도 모를 일이었다.

프로그램은 총 세 부분으로 나뉘어 있었다. 첫 번째 내용은 어느 강아지에 대한 얘기였다. 주인과 함께 오토바이를 타는 것을 즐기는 강아지였다. 주인은 강아지를 위해 헬멧까지 준비해가며 어딜 가든 강아지와 함께 다녔다. 은표는 빨리 감기 버튼을 눌러 첫 번째 내용을 건너뛰었다. 지금 오토바이 타는 강아지를 보고 싶은 생각은 추호도 없었다.

두 번째 얘기가 시작되자 은표는 다시 재생 버튼을 누를 수밖에 없었다. 두 번째 에피소드는 전국의 산을 돌아다니며 일제가 명당자리에 박아놓은 철심을 뽑는 노인의 이야기였다. 그는 수염을 배꼽까지 기르고 누더기가 되어버린 한복을 입고 있었는데 자신의 모습이 화면에 비치는 것을 극도로 싫어해 모든 화면을 모자이크 처리했다. 그는 피디에게 욕을 해가며 카메라를 치우라고 소리쳤다. 하지만 결국 피디의 설득에 못 이겨 한 번의 인터뷰를 허락했다. 그런데 그의 한마디가 은표를 사로잡았다. 그는 왜 이런 일을 하느냐는 피디의 질문에 이렇게 대답하는 것이었다.

"나는 한때 지리학을 연구하던 사람이었네. 나름 유명했지. 그러던 어느 날 나라의 부름을 받고 엄청난 일을 하게 됐어. 그 일이 어떤 일인지는 말해줄 수는 없지만 그 일을 하면서 일제가 이 나라에 무슨 일을 했는지 자세히 알게 됐다네. 자네들은 상상도 못 하는 일들이지. 사람들은 날 보고 미친놈이라 생각하겠지만 내가 알고 있는 걸 알게 되면 세상이 뒤집힐 거야. 그래서 이렇게 조용히 혼자 해나갈 수밖에 없는 거지. 처음에는 이 일을 하게 된 걸 원망했어. 하지만 이제는 아니야. 운명이 내게 이 일을 맡기기 위해 그곳으로 부른 거니까. 내게 주어진 일은 이 땅의 기가 흐르는 지혈에 일본 놈들이 몹쓸 짓을 해놓은 걸 바로잡는 거야. 그게 내가 할 일이야."

이 말을 남기고 그는 다시 산으로 들어갔다. 프로가 끝날 때까지 노인의 얼굴은 화면에 나오지 않았다. 하지만 은표는 알 수 있었다. 그가 서성인이라는 것을. 그런데 의문이 들었다. 어째서 서성인이 깊은 산속에서 저런 일을 하고 있는 것일까. 은표는 서성인이 비밀과 관련된 단서를 풀기 위해 산으로 들어갔다고 생각했다. 그런데 속세와 담을 쌓고 산속에서 일제의 철심을 뽑고 있었다. 모를 일이었다. 일단 그를 만나는 게 급선무였다. 은표는 곧바로 방송국에 전화를 걸어 담당 피디를 찾았다.

"네. 전화 바꿨습니다."

다행히 담당 피디가 자리에 있었다.

"올해 7월 8일 방영됐던 내용 때문에 전화드렸습니다."

"네, 무슨 일인가요?"

"물어볼 게 있어서요. 혹시 그날 방영된 것 중에 두 번째 에피소드 기억하십니까? 일제가 막아놓은 철심을 뽑던 할아버지요."

"네. 기억해요. 아이구, 굉장한 노인네였죠. 그런데 무슨 일 때문에 그러시죠?"

한숨 섞인 목소리만으로도 그를 설득하기 위해 얼마나 고생을 했는지 알 수 있었다.

"그분이 계시던 산이 무슨 산인지 기억하십니까?"

"그럼요. 그런데 할아버지가 절대 신분이나 장소를 말하면 안 된다고 신신당부를 하셨거든요."

은표는 임기응변에 강했다.

"저는 그분 손자입니다. 할아버지가 집을 나가신 지 벌써 십 년이 넘으셨어요. 집안일 때문에 꼭 만나 뵈어야 하거든요. 부탁입니다. 급한 일이에요."

은표가 다급하게 말하자 피디는 잠시 망설였다.

"그분 손자라는 걸 제가 어떻게 믿죠?"

피디는 원칙을 지키는 타입이었다.

"할아버지에 대해 말씀드리죠. 프로그램에는 익명으로 소개됐으니 제가 손자라는 게 증명될 겁니다. 할아버지는 1952년생으로 성함은 서, 성 자, 인 자입니다. 고려대학교 지리학과를 졸업하시고 곧바로 국토지리정보원에 입사하셨습니다. 1972년 원장에 취임하셨고 1978년 한국문화역사지리학회를 창설……."

"그 정도면 됐습니다. 사정이 있으시다니까 말씀은 드리겠는데요. 지금은 거기 안 계실 겁니다. 계속 옮기시더라고요."

"그래도 괜찮습니다. 말씀해주세요."

"전라남도 홍성에 있는 월위산이라는 곳에 어비산장이라는 곳에 머물고 계셨어요. 산 입구에서 사람들한테 물어보면 대부분 알 겁니다."

드디어 실낱같은 희망이 보였다.

"정말 감사합니다. 제 목숨을 구해주셨어요. 그 프로그램 잘 보고 있습니다. 앞으로도 힘내세요."

신이 난 은표가 마음에도 없는 소리를 하곤 끊었다. 그리고 곧바로 짐을 꾸리기 시작했다.

*

다카하시는 며칠째 대사관에 나타나지 않고 있었다.

문 형사는 경찰서와 연락을 끊고 대사관 앞에서 다카하시를 감시했다. 이번에는 장비가 부족했기 때문에 가장 쉽고 저렴한 위장 잠복을 선택했다. 문 형사는 이제 은표의 관점에서 사건을 바라보았다. 직관에 따라 사건을 추적하기로 했다. 하지만 다카하시는 집과 대사관 어디에도 나타나지 않고 종적을 감추었다. 징계를 감수하더라도 다시 한번 부딪쳐야겠다고 생각했다. 문 형사는 차에서 내려 대사관으로 향했다. 입구는 여전히 철문으로 굳게 닫혀 있었다. 문 형사는 경비 초소로 다가갔다.

"무슨 일로 오셨습니까?"

경비 직원이 물었다.

"잘들 계셨소?"

문 형사가 능청을 떨며 말했다. 경비 직원들은 무표정하게 바라봤다.

"나 기억 못 해요? 지난번에도 찾아왔었잖아요."

문 형사가 신분증을 보여주며 말했다.

"예, 알고 있습니다. 오늘은 무슨 일이시죠?"

경비 직원은 여전히 건조한 표정이었다.

"다카하시라는 무관을 보러 왔소이다."

그러자 경비 직원이 출입 대장을 살폈다. 출입자 명단에 있을 리 만무했다.

"아이, 딱딱하게 왜 이래. 첨 보는 사이도 아니고. 오늘은 개인적으로 왔어. 그 친구랑 술이나 한잔 할까 해서."

"죄송합니다만 사전 허가가 없으면 출입을 허가해드릴 수가 없습니다."

"개인적으로 친하다니까. 출근은 하셨나?"

문 형사가 슬쩍 떠보았다.

"말씀드릴 수 없습니다. 다음번에는 허가증을 가져오십시오."

경비 직원은 문 형사를 내보내고 철문을 닫으려 했다.

"잠깐만 보고 간다니까."

문 형사가 은근슬쩍 들어가려 하자 직원이 앞을 막아섰다.

"이러시면 곤란합니다."

"이 사람이 분위기 파악을 못 하네. 내가 누군 줄 알아? 대한민국 종로경찰서 강력반 문기철이야. 뭘 알고 까불어?"

문 형사는 한바탕 떠들썩하게 실랑이를 벌였다. 혹시나 소란을 듣고 다카하시가 나타나지 않을까 하는 속셈이었다. 그때였다.

"문 경장님 아니십니까?"

지난번 안내를 했던 직원이었다.

"아이구, 이거 오랜만이에요. 잘 지내나? 얼굴은 좋아 보이네."

문 형사가 원군을 얻은 듯 반갑게 인사를 했다.

"경장님도 잘 지내시죠? 그런데 무슨 일이십니까?"

"다름이 아니라 지난번에 다카하시 씨한테 크게 술을 얻어먹었거든. 그래서 술이나 한잔 살까 하는데 이 친구들이 들여보내주질 않잖아."

다카하시라는 말에 직원의 표정이 굳었다.

"왜? 그 친구 없어요?"

직원은 주위 눈치를 보더니 문 형사를 데리고 한쪽 구석으로 갔다. 그는 귀엣말로 조용히 말했다.

"다카하시 씨는 더이상 대사관에서 근무하지 않습니다."

의외의 답변이었다.

"그게 무슨 말이야? 그만뒀단 말이야?"

직원은 난처한 표정을 지었다.

"말해봐. 절대 비밀 지킬 테니."

직원은 잠시 망설이다가 입을 열었다.

"다카하시 씨는 사실 무관이 아니었습니다. 무관실에 근무하기는 했지만 대사님을 빼고는 아무도 정확한 임무를 몰라요. 그런데 문 형사님이 다녀가신 후로 책상이 없어졌어요. 대사관 내에서도 소문이 분분해요."

문 형사는 직원의 말에 대사관을 올려다봤다. 참사관 직무실에서 참사관이 문 형사를 내려다보고 있었다. 그는 문 형사를 보며 어디론가 전화를 걸었다. 심상치 않은 기운이 감돌았다. 전화를 받은 경비 직원들이 문 형사를 향해 다가왔다.

"자네는 이만 들어가보는 게 좋겠어. 잘리기 싫으면."

문 형사는 직원을 들여보내고 유유히 대사관을 벗어나 대한민국 영토로 돌아왔다. 문 형사가 대사관을 나가자 직원들은 더이상 쫓지 않았다.

"이래서 내 나라가 최고라니까."

문 형사는 직원들에게 손을 흔들고는 차로 돌아갔다.

"다카하시가 더이상 안 나온다. 임무도 모르고. 구린내가 풀풀 나는구만."

문 형사는 다카하시가 국내를 벗어났는지 알아봐야겠다고 생각하며 공항으로 차를 돌렸다. 그때 문 형사의 휴대전화가 울렸다.

"여보세요."

"선배님 접니다."

신참이었다.

"니가 무슨 일이야? 새로 온 잘난 분이랑 과학수사나 하지."

문 형사가 장난스럽게 말했다. 신참은 이제 새로 온 형사와 사건을 조사하고 있었다.

"선배님 그게 문제가 아니에요. 다카하시 집에 화재가 났어요."

뜻밖의 소식이었다.

"뭐라고? 불이 났다고?"

"그렇다니까요. 저도 방금 전에 연락받았어요. 지금 그리로 가는 중이에요."

"알았어. 고맙다."

문 형사는 경광등을 켜고 다카하시의 집이 있는 한남동으로 빠르게 차를 몰았다.

문 형사가 도착했을 때 다카하시의 집은 잿더미로 변해 있었다. 좁은 도로에 주차한 자동차들 덕분에 소방차들이 늦게 도착한 탓이었다. 불길이 잡혔지만 집은 전소하고 난 후였다. 소방대원들이 남은 불을 진화하고 있었다. 모든 것이 순서를 기다리고 있었던 것처럼 차례로 벌어졌다. 주위를 둘러봤지만 신참은 보이지 않았다. 아직 도착하지 못한 모양이었다. 문 형사는 진화를 지휘하고 있던 소방관에게 다가가서 신분증을 보여준 후 물었다.

"불이 난 원인이 뭡니까?"

"글쎄요. 확실치는 않지만 방화 같습니다. 가스가 폭발한 흔적도 없고 누전도 아닌 것 같아요. 불이 났을 당시 주변 목격자들의 진술에 의하면 석유 냄새가 진동을 했대요."

"석유 냄새라."

방화 사건의 전형적인 예였다.

"이 녀석 어지간히 급했나 보군."

문 형사는 다카하시가 뭔가를 숨기기 위해 스스로 방화했다고 생각했다. 집에 뭔가 있었다는 얘기다. 문 형사는 잔불이 잡히기를 기다리기로 했다.

잔불을 끄는 데는 오래 걸리지 않았다. 불길이 잡히자 문 형사는 천천히 집안으로 들어갔다. 화학물질이 연소하면서 나는 악취가 코를 찔렀다. 문 형사는 남은 잔재들을 이리저리 헤치며 단서가 될 만한 것을 찾았다. 하지만 철저한 성격의 다카하시가 불까지 지른 집에서 단서가 될 만한 게 남아 있을 리 없었다. 게다가 요즘 드물게 목재로 지어진 건물이어서 대부분 전소하고 시커멓게 탄 재들만이 연기를 내뿜었다. 하지만 문 형사는 인내심을 가지고 차분히 재 속을 뒤졌다. 마루에는 특별한 것이 없었다. 가뜩이나 가구도 변변치 않았던 터라 무너진 서까래와 기둥만이 여기저기 뒹굴었다. 부엌에는 열을 못 이기고 깨진 유리잔들과 접시들이 시체처럼 흩어져 있었고 마루에 놓여 있던 인상적인 일제 TV도 박살이 나 있었다.

문 형사는 마루를 지나 안방으로 건너갔다. 이전에 다카하시가 군복을 보여줬던 곳이다. 문 형사는 새까맣게 그을린 옷장을 열어보았다. 옷장 안에는 아무것도 남아 있지 않았다.

"자식, 군인이라고 군복은 챙겼네."

문 형사는 옷장 서랍을 열어보았지만 역시 텅 비어 있었다.

그때 저만치 신참과 새로 사건을 맡은 형사가 현장으로 달려오는 모습이 보였다.

"넌 나 따라오려면 아직 멀었다, 꼬마야."

문 형사는 이쯤에서 사라져야겠다고 생각하고 현장을 떠나려던 참이었다. 마루를 지나던 문 형사의 눈에 반짝이는 물체가 눈에 띄었다. 그것은 목재로 된 마룻바닥 마감재 사이로 난 틈 사이에서 빛나고 있었다. 불에 타기 전부터 이미 벌어져 있었던 틈 사이로 뭔가 굴러떨어진 것 같았다. 문 형사는 주머니칼을 꺼내 바닥재를 뜯어내고 틈 사이로 손을 넣어 반짝이는 물건을 주워들었다. 소총용 탄알이었다. 문 형사가 익히 봤던 형태였다. 38식 소총에 사용됐던 탄환이었다.

"다카하시, 너 이번엔 제대로 걸렸어."

탄환을 바라보는 문 형사의 눈이 빛났다.

*

은표는 가진 돈을 전부 찾아 한 달간 산에서 지낼 채비를 한 후 월위산으로 출발했다. 서성인을 찾는 데 얼마가 걸릴지 모르기 때문이었다. 은표는 고속버스를 타고 여수로 간 뒤 다시 직행버스를 타고 월위산으로 들어갈 예정이었다. 꼬박 여섯 시간이 걸리는 거리다. 상관없었다. 조급하게 마음먹는다고 해결될 일이 아니었다. 은표는 처음부터 얼마간의 산 생활을 즐길 심산이었다. 언제 찾을지도 모르는 서성인을 매일같이 목이 빠져라 기다려선 금세 지칠게 뻔했다.

오랜만에 서울을 떠나니 기분마저 상쾌했다. 고속도로로 들어서는 버스 안에서 은표는 서성인의 거처를 알려준 비디오테이프를 꺼내보았다. 테이프를 보낸 사람은 오래 생각하지 않고도 충분히 추리해낼 수 있었다. 이가령이다. 그는 은표가 비밀을 풀어주길 기대하며 막다른 골목에서 사다리를 내려준 것이다. 그가 익명으로 테이프를 보낸 걸 생각하니 절로 웃음이 나왔다. 한때는 요원들의 운명을 좌지우지하던 중정부의 유령이 이제는 우렁각시처럼 숨어 있다가 필요할 때 중요한 단서를 보내고 있었다. 하지만 마냥 웃고 있을 수는 없었다. 이가령이 언제 우렁각시에서 메피스토펠레스로 변할지 몰랐다. 그는 비밀을 풀게 되면 은표의 목숨을 노릴 게 분명했다. 그에 대비해야만 했다. 어찌됐건 그전에 은표의 목숨을 노리는 일은 없을 것이다. 지금은 오랜만의 나들이를 즐기고 싶었다. 은표는 차창으로 스쳐가는 한여름 풍경을 바라보며 이어폰을 꼈다.

여섯 시간이 조금 넘게 걸려 도착한 월위산은 생각보다 웅장한 산이었다. 열두 개의 봉우리로 이루어진 월위산은 높지는 않았지만 산세가 험하고 계곡도 깊었다. 봉우리마다 기괴한 형상을 지니고 있었고 인공적으로 만든 것처럼 열한 개의 봉우리가 원형을 이루며 둘러싸고 있었다. 그리고 그 가운데 가장 높은 봉우리인 월위산이 위치했다. 산 주변에는 보기에도 시원하게 거대한 활엽수림이 병풍처럼 버티고 있었다.

은표는 직행버스 정류장에서 내리며 주변을 둘러보았다. 월위산 입구에는 한때 마을을 이루었던 폐가들이 옹기종기

모여 있었다. 아마도 산업화가 되면서 집을 버리고 도시로 떠난 모양이었다. 흔히 볼 수 있는 이농 현상이었다. 은표는 마을을 지나 월위산 입구로 발길을 돌렸다. 얼마쯤 가자 허름한 가게가 나타났다. 은표는 며칠분의 음식과 생필품을 사기 위해 가게에 들렀다. 가게는 손님이 있을지 의문스러울 정도로 외딴곳에 떨어져 있었다. 오래된 공중전화기가 입구에 놓여 있고 기억도 희미한 어느 청량음료 회사의 빛바랜 광고가 가게 유리창에 처량하게 붙어 있었다. 가게 앞에는 한 노인이 평상에 앉아 담배를 피우고 있었다. 그 옆에는 늙은 개가 코를 골며 자고 있었다.

은표는 가게에 들어가 일주일 치의 통조림과 라면을 골랐다. 허술한 선반 위에 대충 진열된 제품들은 대부분 유통기한이 얼마 안 남은 것들이었다.

"어차피 일주일이면 해치울 테니까."

은표는 물건을 고른 후 셈을 치르기 위해 주인을 찾았다.

"주인장 계십니까?"

그러자 평상에 앉아 있던 노인이 부스스 일어나 은표에게 다가왔다. 노인은 한쪽 다리를 심하게 절고 있었다.

"전부 해서 얼마죠?"

노인은 머뭇거리다가 말했다.

"미안헌디 자네가 해줄 수 없긋나? 낸 계산이 안 돼서 말이제."

"그러죠, 뭐."

은표는 노인 대신 가격표를 보고 계산을 했다. 전부 2만 4500원이었다. 노인은 아무런 의심 없이 은표의 계산대로 돈을 받았다. 그리고 먼지가 뽀얗게 앉은 봉지를 꺼내 물건을 담아준 다음 다시 평상으로 돌아가 월위산을 바라보며 담배를 물었다. 노인은 어떤 이유에선지 계속해서 월위산을 응시하고 있었다. 은표는 물건을 배낭에 넣고 노인이 앉은 평상으로 다가갔다.

"산장을 찾고 있는데요, 어비산장이라고. 혹시 아십니까?"

늙은 개가 은표를 경계하며 으르렁댔다.

"이놈 자슥, 손님한테! 자빠져 있으."

노인이 호통을 치자 개는 이내 조용해졌다.

"산에 못을 뽑고 있어."

노인이 산봉우리들을 응시하며 말했다.

"네? 뭐라고 하셨습니까?"

"언놈이 산 마빡에 박힌 못을 뽑고 있다고."

못이라면 철심을 말하는 거였다. 노인은 서성인을 알고 있는 모양이었다.

"어르신, 그분을 알고 계십니까? 철심 뽑는 노인 말입니다."

은표가 반색을 하며 물었다. 노인은 못 들었는지 가게로 들어가더니 먹다 남은 소주와 개에게 줄 잔반을 들고 나왔다.

"자네도 한잔할 텨?"

"괜찮습니다. 그보다 철심 뽑는 노인을 아십니까? 그분을 찾고 있습니다."

노인이 물끄러미 바라봤다.

"그 노인네는 왜 찾는가?"

"사정이 있습니다. 그분을 아십니까? 지금도 월위산에 계시나요?"

노인은 관심 없다는 듯 소주잔을 기울이더니 한잔 들이켰다.

"지금도 있제. 저 산 어드메에. 낸 알 수 있어."

"정확히 어디 있는 지 아십니까?"

은표가 다그치듯 묻자 노인이 걸은 기침을 했다.

"그걸 낸들 아나. 산이 저로코로 깊구마. 우옛건 그 노망난 노친네 땜시 마을에 사람들이나 돌아왔으믄 싶구마."

마을에서 사람들이 떠난 데는 사연이 있는 듯했다.

"일제가 박은 철심 때문에 마을 사람들한테 무슨 일이 있었습니까?"

노인은 깊은 한숨을 쉬며 고개를 끄덕였다.

"신령이 사는 산 마빡에 못을 박아댔으니 땅이 견디긋는가. 땅이 부실해지믄 사람도 부실해지는 법이제."

은표는 마을 이야기가 궁금해졌다.

"마을에 무슨 일이 있었습니까?"

은표가 살갑게 소줏잔을 채워주며 물었다.

"자네 엔간히 한가한가 보구먼. 노인네랑 말 따묵기나 하고."

팔월의 뜨거운 햇볕이 내리쬐는 마당에는 매미 소리만이 울려 퍼지고 있었다. 그 소리는 노인의 한숨을 더욱 외롭게 만들었다. 노인은 은표가 따라준 잔을 들이켜면서 말문을 열었다.

"그랑께 그게 왜정 때였제. 나가 열여섯 묵었을 제 일이었응께. 우리 마을은 칡뿌리나 캐고 밭이나 붙여묵는 산꼴이어서 왜놈도 벨로 읎었어. 왜놈 서장이 순사 몇 데리고 온 걸 빼면 이전이랑 벨 차이가 없었응께. 우찌 보면 다행스러운 일이었제. 마을에 온 왜놈도 나쁜 놈은 아니었제. 사람들하고도 그럭저럭 잘 지냈응께. 요즘 사람들은 왜놈들이 죄다 나쁜 놈맹키치로 씨부려쌌치만 그건 잘못된 긋이여. 그놈들도 우리나 매한가지여. 언놈은 좋은 놈 언놈은 죽일 놈. 사는 게 다그라제. 우리 같은 무식쟁이야 나라가 망했는지 전쟁이 났는지 솔직히 잘 모르잖여. 하루 벌어 하루 풀칠하기도 바쁘니께 말이여. 별일 없이 잘 지냈어. 우리 땅붙이들도 나이 묵고 왜놈 서장도 나이 묵고 그냥 그렇게 말이여.

그러던 어느 날이었제. 총 든 왜군들이 마을에 들어온 거시여. 아따 그눔들 무섭더라고. 이따만 한 총을 척 둘러메고는 부리부리 노려보는디 오줌이 찔끔거리더라니께. 서장도 절절매드라고. 왜군 중에 한 놈이 있었는디. 거, 뭣이여 일본 옷, 왜 있잖여, 나막신이랑 같이 입는 거 말이여."

"기모노 말씀이십니까?"

은표가 거들었다.

"그랴! 기모노. 그거 입은 노인네가 한 놈 있드구마. 군인들도 그 노인네한텐 꼼짝을 못하드라고. 제일 높은 사람 같았제. 근디 그 노인네가 일본말로 서장한테 한참을 뭐라 해쌌뜨라고. 그랑께 서장이 하이 하이 해가며 꾸뻑 절을 하더니 마을에서 힘깨나 쓰던 놈들을 모으더라니께. 다들 군대에 잡혀가는 줄 알고 꽁무니를 빼려고 했지만 어림없었제. 서장이 생판 모르는 사람처럼 굴드라고. 숨어 있던 애들까지 전부 잡아다가 서 앞에 모아놨제. 내도 그중 한 명이었어. 서 앞에는 왜군 놈들이랑 기모노 입은 노인네가 있었는디 우리가 모이자

마자 달구지 하나를 끌고 오더라고. 그러더니 포장을 확 벗겼는디 그 안에 글씨 열두 자 정도 되는 커다란 쇠못이랑 첨 보는 요상한 기계가 들어 있더라고. 우리보고 그걸 들고 따라오라는 거시였제. 우리는 뭣도 모르고 노인네 뒤를 따라가기 시작했어."

그때였다. 노인은 갑자기 하던 말을 멈추고 산봉우리를 바라봤다. 그리고 산 봉우리중 하나를 가리켰다. 은표는 노인이 가리키는 방향을 바라봤다. 그러자 기묘한 일이 벌어졌다. 대기를 타고 작은 공기의 떨림이 전해져 왔다. 그것은 폭탄이 터질 때 주변의 공기가 팽창하며 귀가 멍해지는 것 흡사했는데 아무런 소리도 들리지 않았고 폭발도 없었다. 다만 비슷한 공기의 움직임만이 전해졌을 뿐이었다.

"또 한 눔 발견했구먼. 재주도 좋은 영감이여."

노인은 만족한 듯 미소를 지으며 말했다. 서성인이 철심을 발견하고 뽑은 모양이었다. 다행이다. 그는 아직도 이 산에 있다. 노인은 술잔을 기울이고는 이야기를 계속했다.

"기모노 입은 노인네가 데려간 덴 월위산 첫 번째 자락이었제. 우리가 호미봉이라고 부르던 봉우리였어. 그놈은 월위산 다음 가는 놈이었는디 가팔라서 만만치 않은 놈이였제. 근디 그 노인네 힘도 안 부치고 잘 타드라고. 한참을 따라갔제.

근디 봉우리 중턱에 들어서더니 주위를 이리저리 둘러보드라고. 가끔은 물가에 가서 멀뚱히 물을 지켜보기도 하면서 말이여. 뭘 찾구 있는지 물어볼라고 해도 군인들 총이 무서워서 다들 암 말도 못 하고 있었제.

노인네는 길도 안 난 산속으로 자꾸 들어가드라고. 한참을 들어가니께 갑자기 기가 막힌 절경이 나타났제. 거긴 심마니들 아니면 엄두도 못 낼 곳이었제. 근디 거기에 당도하니께 갑자기 노인네가 산세를 이리저리 보더니 군인들한테 여기저기를 가리키면서 뭐라고 하드라고. 그러니께 군인들이 가져온 기계로 거기를 냅다 파드라고. 우린 뭘 짓나 보고 있는디 한참을 파니께 구멍 속에서 쿵 하면서 요상한 소리가 나드라고. 아따, 묘하드만. 귀신이 나타나는 줄 알았당께. 근디 귀신 소리가 나자 노인네가 구멍에다가 부적 같은 걸 집어넣더니 우리보고 가져온 쇠못을 박으라고 윽박을 지르더구마. 우린 뭔지도 모르고 시키는 대로 못을 박아 넣었제. 못이 바위 깊숙이 박히자 귀신 소리도 사라졌어. 그러니께 군인들은 그 위에 공구리를 치드라고. 노인네는 공구리를 다 치니께 거기다 대고 주문 같은 걸 한참 중얼대드만. 무신 제사를 지내는 모양이었어. 그게 다 끝낭께 노인네는 우릴 끌고 옆 봉우리로 옮겨갔제. 그러고는 같은 일을 계속했어. 땅속에 커다란 쇠못을 박고 공구리 치는 게 다였제. 우린 뭐 이런 한심한 짓거리를 하나 생각했는디 노인네랑 군인들은 열심이드라고. 고러코롬 꼬박 한 달을 산봉우릴 돌며 못을 박았제. 줄잡아 서른 개는 넘었을 거시여."

노인은 이야기를 하다 말고 발을 보여주며 말했다.

"이 다리가 그때 다친 다리제. 염병할 자슥들. 그것들 땜시 무거운 쇠못 지고 오르다 굴러버렸제. 쇠못이 다리 위로 떨어져가지고 아따 죽는 줄 알았구먼."

노인은 씁쓸한 표정을 지으며 또 한 잔을 기울였다.

"나중에라도 그게 무슨 용도였는지 아셨습니까?"

"그까짓 걸 알면 밥이 나오나 떡이 나오나? 우리 같은 촌것들은 배부르고 등 따시면 그만이랑께. 그런디 말이여. 요상시러운 건 그 일이 있은 후 마을에 흉년이 들기 시작했다는 것이여. 한 해도 안 거르고 물난리랑 가뭄이 번갈아 몇 년째 오드라고. 아무리 기우제를 지내고 우째도 헛수고였제. 우리는 요상한 못 때문이라고 생각하고 여러 번 찾으러 갔지만 소용없었어. 결국 마을은 이 모양 이 꼴이 되고 다들 도시로 나갔제."

노인은 어느새 얼큰하게 취한 모양이었다. 얼굴에 취기가 오르기 시작했다.

"그런디 어떤 노인네가 그 못을 뽑기 시작한 거시여."

노인은 묘한 진동이 전해온 산봉우리를 보며 남은 잔을 비웠다. 매미 소리가 노인의 짧은 침묵 사이를 메웠다. 하광용의 말처럼 세상에는 전설과도 같은 수많은 이야기들이 곳곳에 스며 있었다. 하늘은 어느새 저녁 빛깔을 띠고 있었다. 이제 일광이 얼마 안 남은 것이다.

"어비산장은 어떻게 가면 됩니까, 어르신."

출발할 시간이었다.

"이 시간에 산에 오르면 해 지기 전에는 어림없어."

술병을 치우며 노인이 말했다.

"산장에서 당분간 지낼 생각입니다."

"혼자?"

노인이 어이없다는 듯 물었다.

"예."

"모양새가 산 타는 사람은 아닌 거 같은디. 산장에서 지내는 게 그리 녹녹치는 않을 텐디, 괜찮겄어?"

노인이 걱정스러운 듯 물었다.

"만반의 준비를 해 왔습니다."

어쩔 수 없다는 듯 노인이 말했다.

"월위산에는 산장이 전부 세 개가 있제. 첫 번째 놈은 호미산을 넘자마자 등산로 타고 바로 나오는 호미산장이고 두 번째 놈은 산을 하나 넘어야 혀. 그럼 개암산이 나오는디 중턱쯤 올라가면 보일 거시여. 월우산장이란 놈이제. 그리고 마지막 놈이 자네가 말한 어비산장이란 놈이여. 월위산 정상 바로 밑에 있는 놈이제. 근디 그놈은 사용 안 한 지 꽤 됐을 거시여. 물도 읎고 산짐승도 기웃거려서 등산객이 자는 일은 거의 읎제."

산장은 하나가 아니었다. 하지만 우선은 어비산장부터 확인하는 게 순서였다.

"가끔씩 물건 사러 들르겠습니다."

은표가 배낭을 메며 말했다.

"혹시 못을 뽑는 사람 만나면 일러줘. 나가 고맙다 그러드라고."

은표는 그러겠다고 하고 산을 오르기 시작했다.

산을 오르며 은표는 노인이 했던 얘기를 곰곰이 생각해보았다. 가게 노인이 말했던 기모노 입은 노인은 풍수지리를 보는 지관이 틀림없었다. 언젠가 일제가 우리나라 전국의 명당에 지혈을 끊는 철심을 박았다는 기사를 본 적이 있었다. 노인이 박았던 못은 지혈을 막는 철심이었다. 은표는 그 기사를 읽고 정부 차원에서 풍수를 해치기 위해 군을 동원한 일본인들을 이해할 수 없었다. 은표는 풍수지리에서 말하는 지혈을 공동묘지에 나타난 소복 입은 귀신쯤으로 생각하고 있었다. 그런데 막상 노인의 말을 듣고 나니 미신이라고 치부할 게 아니란 생각이 들었다. 노인은 철심으로 인해 몇 해째 자연재해가 닥쳤다고 믿고 있었다. 물론 그것이 지혈에 철심을 박았기 때문이라고 단정지을 수는 없었으나 꺼림칙한 일이었음은 분명했다. 지금 만나러 가는 서성인은 서양식 교육을 받은 지리학자였음에도 불구하고 여생을 일제의 철심을 뽑는 데 바치고 있었다.

"세상은 정말 모를 일투성이로군."

이렇게 생각하며 은표는 활엽수가 울창하게 우거진 본격적인 등산로로 들어섰다.

월위산은 두 개의 산봉우리를 넘어야 오를 수 있었다. 등산에는 제 세상을 만난 듯 잎사귀를 활짝 펼친 활엽수들이 커다란 어깨를 딱 벌리고 시원한 그늘을 만들었고 푸른 여백을 매미 군단이 메우고 있었다.

첫 번째 봉우리는 우리나라 어디서나 볼 수 있는 평범한 여름 산이었다. 은표는 산행을 마치고 내려오는 등산객들과 인사를 나누며 계속해서 산을 올랐다.

얼마쯤 오르자 본격적으로 울창한 수림이 펼쳐졌고 경사도 조금씩 가팔라졌다. 가끔씩 보이던 등산객들의 모습도 사라지고 등산로에는 드문드문 서 있는 이정표만이 은표의 산행을 도와주었다. 아직까지는 그럭저럭 오를 만했다.

가게 노인 말에 의하면 산봉우리를 넘어서자마자 첫 번째 산장이 나타난다고 했다. 울창한 원시림 나뭇가지 사이로 이제 막 지기 시작한 노을빛이 영사기 불빛처럼 스며들었다. 한 시간 후면 해가 산 너머로 질 것이다.

"서두르자."

은표는 발걸음을 재촉했다.

첫 번째 산장은 호미산 정상을 넘어서자 곧바로 나타났다. 등산로 바로 옆에 자리잡은 호미산장은 어설픈 단청무늬가 수놓인 시멘트 한옥 건물로 나뭇잎을 파먹는 애벌레처럼 수려한 주변 경치와 전혀 어울리지 않았다. 산장에는 등산객을 상대로 음료수나 빙과류를 파는 매점이 있었는데 여주인이 철수 준비를 하고 있었다. 마을에서 가까워 생활하기에는 적합할 듯했으나 서성인이 나타날 것 같지는 않았다. 은표는 다음 산장으로 이동했다.

두 번째 산장은 개암산 중턱에 있었다. 등산로는 이제까지와는 달리 좁고 구불구불했다. 좁은 등산로를 지나자 하늘을 덮고 있던 원시림이 일시에 사라지고 푸른 하늘을 배경으로

서 있는 월위산이 모습을 드러냈다. 월위산은 거대한 남자 성기를 연상케 했다.

월위산은 지금까지와는 달리 기암절벽으로 이루어져 주위로 열한 개의 봉우리를 당당히 거느리고 있었다. 단연 주봉이라 할 만했다. 월위산은 아래서 봤을 때보다 훨씬 가팔랐다. 거의 계단을 오르다시피 산을 타야만 했다. 땀을 비 오듯이 흘리며 얼마쯤 오르자 평평한 대지가 나타났다. 주변은 자작나무들이 숲을 이루고 있었고 대지 가운데에 작은 암자가 있었다. 은표는 숨도 돌릴 겸 암자로 갔다. 암자에서는 목탁 소리와 스님들의 경문 외우는 소리가 은은히 울려 퍼졌다. 은표는 경문 소리를 들으며 나무 그늘 아래서 물을 마셨다. 계곡에서 불어온 바람이 땀을 식혀주었다.

"이런 곳이 있었나?"

눈을 감자 바람이 나뭇가지를 스쳐지나는 소리가 들렸다. 그 소리가 목탁 소리와 함께 은표의 마음을 평온하게 만들었다. 이대로 그늘에 누워 한숨 자고 싶었지만 시간이 없었다. 은표는 숨을 돌리고 다시 산을 오르기 시작했다.

지나온 거리로 보아 거의 중턱에 다다른 듯했지만 노인이 말한 산장은 나타날 기미가 보이지 않았다. 은표는 인내심을 가지고 계속해서 산을 올랐다. 주변의 나무와 식물 들이 점차

고원지대에서 서식하는 식물로 변해갔다. 활엽수는 소나무나 잣나무 같은 침엽수로 변했고 수풀들도 키가 작아지고 있었다. 가끔씩 깎아지는 듯한 절벽이 가로놓였지만 가져온 장비들을 이용해 어렵지 않게 넘을 수 있었다. 해가 지고 어둠이 산을 덮고 있었다. 빨리 산장을 찾지 못하면 노숙을 해야 할 판이었다. 은표는 어둑어둑해지는 산길을 빠르게 오르며 산장을 찾았다. 얼마쯤 올랐을까. 거의 정상에 이르렀을 때 관음보살을 새겨놓은 화강암 바위 옆에 통나무 산장이 나타났다. 산장은 운치 좋은 곳에 자리하고 있었는데 인근에서 채취한 나무를 이용하여 제법 깔끔하게 지어져 있었다. 아마도 산에서 고립되었을 때를 대비해서 지어놓은 모양이었다. 어비 산장이었다.

"노인장이 잘못 아신 모양이로군."

은표는 산장으로 다가가 문을 열어보았다. 다행히도 문은 열려 있었다. 산장 안은 사람이 사용한 지 오래된 듯 먼지가 뽀얗게 앉아 있었고 유일하게 나 있던 창으로 마지막 저녁 햇살이 스며들었다. 중앙에는 겨울철을 대비한 철제 난로가 놓여 있었고 벽에는 이전에 이곳을 다녀간 산악인들이 써놓은 낙서가 가득했다. 좁지만 아늑한 공간이었다.

"음. 맘에 드는걸."

은표는 천천히 산장 안을 살폈다. 서성인이 다녀갔을 가능성도 있었기 때문이다. 창가에는 낡은 목제 테이블이 놓여 있었는데 그 위에는 누군가 놓고 간 머그잔이 있었다. 은표는 잔을 살펴보았다. 잔에는 말라붙은 커피 위로 뭉게구름처럼 곰팡이가 피어 있었다. 상당히 오래전에 버려진 것이었다. 서성인이 다녀간 흔적은 없었다. 은표는 배낭을 풀고 밤을 지낼 준비를 했다.

월위산에서의 생활은 의외로 만족스러웠다. 맑은 공기와 정겨운 벌레 소리가 자동차 매연과 소음을 대신했고 세금 고지서를 신경쓸 일도 없었다. 느지막이 일어나 커피를 끓여 마신 후 첫 번째 산장까지 내려가 서성인의 방문 여부를 확인하는 일밖에는 할 일이 없었다. 나머지 시간은 라디오를 들으며 책을 읽거나 주변을 산책했다. 언젠가는 서성인이 이곳을 찾아오리란 확신이 은표에게는 있었다. 그렇게 오 일이 지났다.

은표는 산기슭 노인의 가게에 들러 떨어진 식료품을 사가지고 돌아오는 길이었다. 하늘에는 뜨거운 태양이 대지를 불태울 듯이 내리쬐고 있었고 그 기세에 눌린 생물들은 나무 그늘 속에 몸을 숨긴 채 죽은 듯이 미동도 않았다. 은표는 항상 식수를 뜨던 암자 약수터에 들러 물통을 채웠다. 순간 땀을 식히며 세수를 하던 은표의 귓가에 묘한 진동음이 전달되었다. 보이지 않는 다른 차원의 물체가 몸을 통과하는 것 같은 섬뜩한 느낌이 뒤따랐다. 가게 노인과 대화할 때 느꼈던 떨림이었다.

서성인이었다. 그가 또 다른 철심을 발견한 것이다. 은표는 급히 배낭을 메고 진동음이 전해져 온 방향으로 달렸다. 깊이를 알 수 없는 냇물을 건너고 집채만 한 잣나무 숲을 지났다. 키가 넘게 자란 갈대밭을 지나 깎아지른 바위산을 넘었다. 얼마를 달렸을까. 다시 한번 진동음이 전해졌다. 아주 가까웠다. 바위산 바로 너머였다. 은표는 손등이 벗겨지는 줄도 모르고 산을 탔다. 바위산을 넘자 작은 소나무 숲이 펼쳐졌다. 그곳은 고지대였음에도 바람도 불지 않았고 나무들의 형태도 주변과 사뭇 달랐다. 가지는 사방을 향해 곧게 뻗어 있었고 이파리는 물감을 칠한 듯 비현실적으로 파랬다. 그 너머로 동양화에서나 볼 수 있을 장관이 펼쳐졌다. 모세가 신을 만난 시나이 산이 이런 모습일 것 같았다. 가게 노인이 말했던 장소였다.

인기척이 느껴졌다. 소나무 숲속이었다. 은표는 나뭇가지 사이에 몸을 숨기고 인기척이 난 방향을 살펴보았다. 진동의 근원지는 반원형의 동그랗고 평평한 반석이었다. 그곳에 한 노인이 분주히 뭔가를 하고 있었다. 노인은 연신 숨을 몰아쉬며 반석에 뚫린 구멍에 설치된 간이 기중기 밧줄을 잡아당기고 있었다.

서성인이다! 그는 TV 프로그램에서 봤던 것과 똑같은 옷을 입고 배꼽까지 수염을 기르고 있었다. 실제로 보니 기골이 장대한 노인이었다. 키는 팔 척은 되어 보였고 줄을 잡아당기는 손은 솥뚜껑만큼이나 컸다. 눈에는 광기가, 몸에서는 알 수 없는 기운이 느껴졌다. 목장갑을 끼고 있지 않았다면 신선으로 착각할 수도 있는 풍모였다. 그는 온 정신을 집중해 구멍에서 뭔가를 끌어올리고 있었다. 주변에는 철심을 뽑는 데 쓰이는 공구들이 널려 있었다. 삽이나 정, 망치 등 단순한 것들이었다. 철심을 뽑는 구멍 위로 설치된 지렛대에 두꺼운 와이어가 연결되어 있었고 와이어는 구멍 속으로 이어져 있었다.

잠시 후 길이 이 미터가량의 커다란 쇠못이 피처럼 붉은 녹물을 흘리며 구멍 밖으로 끌려 올라왔다. 방금 전 산짐승을 잡아먹은 정체불명의 괴수 같았다. 철심을 뽑자 서성인은 커다란 자루에서 검고 부드러운 흙을 꺼내 구멍 속으로 흘려보냈다. 구멍을 메우려는 것 같았다. 서성인은 흙으로 구멍을 메우자 가방에서 주문 같은 것이 적힌 종이를 꺼내더니 제를 올리듯 그 자리에 머리를 대고 암송하기 시작했다. 꽤 긴 주문이었다. 은표는 그가 모든 과정을 끝내기를 조용히 기다렸다. 이윽고 암송이 끝나자 서성인은 주문이 적힌 종이를 불태우더니 구멍을 메운 흙 위에 정성껏 뿌렸다. 드디어 모든 과정이 끝나자 그는 쫓기듯 서둘러 공구를 챙기기 시작했다.

"일본인들이 왜 이런 곳에 못을 박았을까요?"

갑작스러운 은표의 등장에 서성인이 흠칫 돌아봤다. 그는 은표를 발견하고 도망가듯 산을 내려가기 시작했다.

"잠깐만요, 서성인 선생님. 귀찮게 하려는 게 아닙니다."

은표가 소리쳤지만 서성인은 고개도 안 돌리고 축지법을 쓰듯 빠르게 내려갔다.

"기다리세요, 선생님. 제가 어떻게 선생님을 알고 있는지 궁금하지 않으세요? 왜 찾아왔는지 말이에요."

은표가 서성인의 뒤를 쫓으며 말했다. 서성인은 벙어리처럼 굳게 입을 닫고 긴 다리로 성큼성큼 산을 내려갔다. 워낙 보폭이 넓은데다가 오랜 산 생활로 능숙한 탓에 따라잡기가 쉽지 않았다. 이대로 놓칠 수는 없었다. 은표는 죽을힘을 다해 쫓았다.

"다른 요원들 소식이 궁금하지 않으세요?"

은표가 숨이 턱에 차서 소리쳤지만 소용없었다. 서성인은 날듯이 바위를 넘나들며 은표에게서 멀어졌다.

"동료분들은 남인기 선생을 제외하고 모두 돌아가셨습

니다!"

포기한 은표가 주저앉으며 산이 떠나가라 소리쳤다. 그러자 서성인이 걸음을 멈췄다.

"모두 놈에게 살해당했습니다."

서성인은 바위처럼 멈춰 서 있었다. 은표의 마지막 말이 충격인 모양이었다. 하지만 이내 다시 움직이기 시작했다.

"선생님, 이제 비밀을 밝히실 때가 됐습니다. 선생님!"

은표가 뒤를 쫓으며 소리쳤다. 하지만 서성인은 관심 없다는 듯 표범처럼 빠르게 산을 타고 내려갔다. 은표는 도저히 그의 속도를 따라갈 수가 없었다. 잠시 후 서성인은 산너머로 모습을 감췄다. 은표가 간신히 고개에 도착했을 때는 바람만이 그 자리를 지키고 있었다. 은표는 주변을 살피며 서성인을 찾았지만 그는 나타나지 않았다.

산장으로 돌아온 은표는 통조림을 먹으며 방금 만난 서성인에 대해 생각했다. 서성인은 다른 요원들과 달랐다. 그는 동료들의 죽음에도 초연했다. 죽음 따윈 관심 없다는 듯 자신의 일에만 몰두했다. 그를 놓친 게 못내 아쉬웠다. 마지막 비밀의 열쇠가 코앞에서 사라지는 것을 지켜볼 수밖에 없었다.

"어쩔 수 없지. 다음 기회를 노릴 수밖에."

은표는 통조림을 먹고 침낭 속으로 들어갔다. 누워서 다음번에 만났을 때 서성인의 마음을 움직일 적당한 동기를 찾았다.

산장에 어둠이 찾아왔다. 창문 너머로 보이는 별이 유일하게 어둠 속에 눈을 뜨고 있었다. 완벽한 침묵과 완벽한 어둠이었다. 도시에서는 상상도 못 할 일이었다. 은표는 완벽한 어둠 속에서 점차 깊은 잠 속으로 빠져들었다.

얼마나 잤을까. 은표는 인기척에 부스스 눈을 떴다. 누군가 어둠 속에서 은표를 내려다보고 있는 것이 느껴졌다. 은표는 반사적으로 옆에 있던 주머니칼을 집어 들며 침낭에서 뛰쳐나왔다.

"누구냐?"

은표가 칼을 앞세우며 소리쳤다. 상대는 꼼짝 않고 어둠 속에 웅크리고 있었다.

"이연도 죽었나?"

굵고 깊은 목소리였다. 은표는 손전등을 찾아 상대방을 비췄다. 서성인이었다. 그는 가방도 풀지 않고 바닥에 앉아서 은표를 보고 있었다.

"서, 선생님?"

은표는 그제야 주머니칼을 내려놓으며 안도의 한숨을 내쉬었다.

산장에는 늦은 밤 밥 짓는 연기가 피어올랐다. 은표는 온종일 굶은 서성인을 위해 제대로 된 식사를 준비했다.

"우리 부원들이 모두 살해되었단 말이지."

서성인이 모닥불을 응시하며 물었다.

"불행한 일이지만 사실입니다."

은표가 불 위에 쌀을 안치며 말했다. 둘은 끓고 있는 코펠을 바라보며 침묵을 지켰다. 뜸이 들고 은표가 배낭에서 햄통조림을 꺼내서 반찬을 만들려던 차였다.

"밥만 먹겠네. 그런 건 몸에 도움이 안 돼."

은표는 통조림을 도로 배낭에 넣고 밥을 두 그릇으로 나누었다. 둘은 묵묵히 밥을 먹었다.

"우리들은 허상을 쫓고 있었네."

서성인이 침묵을 깼다.

"그 말씀은 고타니 컬렉션은 없다는 말씀인가요?"

"그래, 그런 건 애초에 존재하지도 않았어."

서성인은 식욕이 사라졌는지 밥그릇을 내려놓으며 말했다.

"시인 이상에 관한 가설도 허구라는 건가요?"

은표도 더이상 밥에는 관심이 없었다.

"그건 아니야. 이상의 메시지는 사실이었어. 하지만 우리가 생각했던 것과는 거리가 멀었지."

"어떤 비밀이었습니까? 차근차근 말씀해주십시오. 이제 올 사람도 없습니다."

밤하늘에 유성 하나가 커다란 획을 그으며 지평선 저편으로 사라져갔다.

"'대조선미래책략도'라고 들어본 적 있나?

"아니요. 처음 들어봅니다."

이야기가 드디어 본론으로 들어섰다. 은표는 온몸에 흐르는 전율을 느끼며 귀를 쫑긋 세웠다. 서성인은 타닥타닥 소리를 내며 타들어가는 모닥불을 응시하며 이야기를 시작했다.

"내가 보고서를 접한 건 박 대통령 시해 사건이 터졌던 1979년 봄이었어. 나는 팔 개월째 일본 왕실 도서관 정부 문서 보관실을 전전하고 있었지. 지정학적인 측면에서 고타니의 보물이 숨겨져 있을 만한 장소를 물색하고 있었어. 이전에 몇 번인가 은닉고로 추정되는 곳을 찾아봤지만 허사였지. 몸이 단 이가령이 내게 압력을 가했지만 정확한 정보가 없는 이상 나로서도 어쩔 도리가 없었어.

당시 내게는 한 가지 중대한 의문이 마음속에 남아 있었어. 과연 이상의 비밀이 정말 고타니의 보물을 숨긴 장소일까 하는 것이었지. 우리는 처음부터 이상의 비밀이 고타니 컬렉션과 연관됐다고 맹목적으로 믿었기 때문에 다른 가능성에 대해서는 아무도 관심조차 두지 않았던 거야. 이가령의 영향이 컸지. 그는 알다시피 광적이었거든."

"그건 저도 경험해서 잘 알고 있습니다."

은표가 맞장구를 쳤다.

"어느 날이었어. 일본 왕실 도서관에서 숙식을 해결하다시피 하던 나는 도서관이 폐관된 줄도 모르고 열람실에 남아 있었지. 직원이 남아 있는 열람객을 확인했지만 구석에 있던 나를 발견하지 못했던 거야. 나 역시 폐관된 줄 모르고 정신없이 자료에 빠져 있었어. 문득 고개를 드니 열람실뿐만 아니라 도서관 전체가 텅 비어 있었지. 나는 그제야 짐을 챙겨서 도서관을 나서려고 했어. 그런데 열람실을 나서던 나는 우연히 자료실 문이 반쯤 열려 있는 것을 발견했어. 특사로 파견된 우리도 접근할 수 없었던 일급 기밀 자료실이었지. 항상 들어가보고 싶었던 곳이었어.

나는 빛이 새어 나오는 차원의 문으로 빨려 들어가듯 일급 자료실로 들어갔지. 예상했던 대로 굉장한 자료들이 숨겨져 있었어. 태평양전쟁 당시 일급 군사기밀에서부터 고대 일본사 자료들까지 일본 정부가 공개하기 꺼려하는 엄청난 역사적 비밀들이 굳게 닫힌 문 너머에 존재했던 거야. 나는 정신없이 돌아다니며 고타니에 관한 문서를 찾기 시작했어. 그러던 내 눈에 일급기밀이라는 붉은 도장이 찍힌 문서 하나가 보였어. 겉표지에는 '對朝鮮未來策略圖'라고 적혀 있었지. 작성자는 이토 히로부미였어. 제목과 작성자만으로도 내용이 궁금해지는 문서였어. 나는 정신없이 읽기 시작했지. 그것은 일본 정부에서도 쉬쉬하는 일급 보고서였는데 만약 세상에 폭로된다면 일본과 외교 분쟁이 벌어질지도 모르는 엄청난 내용을 담고 있었어."

"도대체 어떤 자료였습니까?"

몸이 단 은표가 재촉했다.

"우리나라의 미래를 파괴할 목적으로 작성된 일본 군부의 비밀 계획이었네."

"우리나라의 미래를 파괴한다고요?"

은표가 놀라서 물었다.

"그래. 일본이 우리나라를 침략한 19세기 말부터 해방 때까지 비밀리 실시한 계획이었지. 일본은 조선 식민지화 정책을 실행할 때 표면상으로는 한반도 위협론을 제기하며 침략을 정당화했다네. 일본 열도를 향해 비수처럼 솟아 있는 조선을 열강에 빼앗길 경우 일본에 심각한 위협이 된다며 조선을 식민지화했지. 하지만 그 이면에는 신비주의적이고 비논리적인 이유가 숨어 있었어. 혹시 이토 히로부미가 우리나라에 사신으로 왔을 때 지관을 거느리고 왔다는 사실을 알고 있나?"

"예, 들은 적이 있습니다."

"일본은 우리나라를 침략하기 전 여러 번에 걸쳐 이토 히로부미를 보내 우리나라를 염탐케 했는데 그때마다 그는 풍수지리에 능한 네 명의 지관을 동행했어. 처음 인천항에 도착했을 때 그는 인천항의 완벽한 지세를 보고 침략을 유보해야겠다고 생각했지. 인천의 지세는 완벽한 완세기 지형이었거든. 완세기 지형이란 범이 똬리를 틀고 포구를 노려보고 있는 형상으로 외부의 어떤 세력도 함부로 침입할 수 없는 지세를 말하지. 하지만 경인로를 따라 서울에 입성하면서 입가에 미소를 머금었다고 해. 서울은 주산인 북한산과 서쪽의 인왕산, 그리고 동산인 낙산을 거느리고 천하의 수맥 한수를 끼고 있는 명당 중의 명당이었지만 규봉이 있었던 거야. 규봉이라 함은 도둑놈처럼 사대문 안을 엿보는 지세를 말하는 것인데 바로 삼각산이었지. 그것은 조선의 수도에 풍수지리상 침략의 가능성이 내포되어 있다는 것을 의미했어.

이토 히로부미는 일본으로 돌아가자 이 같은 내용을 보고했고 일본은 한국 침략을 결정했지. 대륙 침략의 교두보를 만들기 시작한 거야. 그런데 일본의 야심은 엉뚱한 곳에서 문제에 봉착하게 돼. 그건 바로 일본이 간과한 한반도 전체의 지세였네."

여기까지 이야기를 마친 서성인은 잠시 숨을 돌렸다.

"담배 하나 얻을 수 있겠나?"

"물론입니다."

은표가 담배에 불을 붙여주며 말을 이었다.

"지금까지 선생님 말씀을 들어보면 일본이 우리나라를 침략하는 데 풍수지리가 큰 영향을 끼쳤다는 건데 저로서는 이해가 되질 않습니다."

"자네는 풍수를 묏자리나 찾는 하찮은 미신으로 보는군. 역사적으로 풍수는 국정을 논할 때 중요하게 여겼던 학문이었네. 요즘도 국정에 상당한 영향을 끼치고 있어. 심지어 이번 행정 수도 이전 지역을 고를 때도 풍수가 사용됐지. 행정 수도가 옮겨가게 될 충북 청원은 여주의 세종대왕릉 터와 화성행궁이 있는 수원과 함께 몇 안 되는 명당이거든."

"정말 행정 수도 이전지를 정하는 데도 풍수가 사용됐습니까?"

은표가 믿을 수 없다는 듯 물었다.

"그뿐만이 아니야. 자네가 살고 있는 서울 역시 유명한 풍수 역사 중 하나지. 자네 『삼한산림비기三韓山林秘記』라는 예언서를 들어본 적 있나?"

"아니요. 처음 듣습니다."

"거기 보면 이런 내용이 나와. 한산은 금국이라서 궁궐을 반드시 동향으로 지어야 한다. 터를 고르는 자는 다른 사람의 말에 흔들리지 말라. 동쪽은 허하고 남쪽은 낮으니 북악산 아래에 터를 잡지 말라. 검은 옷을 입은 도적이 동쪽에서 쳐들어올까 두렵다. 만약 정씨 성을 가진 사람이 시비를 걸면 오대도 못 가 왕위를 뺏기는 변고가 생기리라. 이백 년 후에는 대환란이 닥치니 나라가 위태로워진다.

이 예언서는 무서우리만치 정확한 예측을 하고 있어. 여기서 터를 고르는 사람은 무학대사고 정씨는 삼봉 정도전을 가리키지. 알다시피 이들이 이성계가 도읍을 정하는 데 결정적인 역할을 했어. 바로 한양이야. 무학대사는 풍수지리에 천부적인 능력을 타고난 사람이었어. 그는 이성계의 꿈을 처음으로 해몽했고 그가 왕이 되리라는 것을 정확히 예측했지. 그로부터 사십 년 후 이성계는 위화도 회군으로 정권을 잡게 되자 무학대사를 왕사로 임명하고 그의 도움을 얻어 새로운 도읍지를 물색하기 시작했지.

처음에는 계룡산과 한양, 이 두 곳이 거론됐지만 계룡산은 비좁고 백성의 삶이 불편하다 하여 제외되었어. 남은 건 한양뿐이었지. 그런데 한양 터를 본 무학대사는 감탄을 금치 못했어. 선천 방위 복희팔괘도와 후천 방위 문왕팔괘도가 완벽하게 갖춰진 곳이었거든. 북악은 현무요, 관악은 주작이라. 천하의 한수를 사이에 두고 낙산의 청룡과 인왕의 백호가 어우러지니 이런 땅을 천 년에 한 번, 만 년에 한 곳 만날 수 있으리오. 한마디로 천하의 명당이었던 거야. 무학대사는 대번에 한양을 도읍지로 정하고 궁터를 찾기 시작했어.

하지만 궁터에서 문제가 발생해. 개국공신 정도전이 반대를 했던 거지. 무학대사는 무악산 아래 지어야 한다고 했지만 정도전이 쌍심지를 켜고 반대했던 거야. 그는 도참설을 내세우며 인왕산 자락 아래 궁터를 지어야 나라가 번성한다고 주장했어. 결국 성리학이 승리하여 정도전의 말대로 인왕산 아래 터를 잡게 됐지. 그것이 경복궁이야. 경복궁도 나쁜 자리는 아니었어. 그곳 역시 대단한 명당이었지. 드디어 터를 다지고 설계에 들어갔지. 그런데 여기서 다시 정도전과 무학은 날카롭게 대립하게 돼. 무학대사는 근정전의 방향을 동쪽으로 향하게 해야 한다고 주장했지만 정도전은 정남향으로 해야 한다고 우겼지. 풍수상으로 무학대사의 말이 옳았어. 정도전의 말대로라면 근정전의 옥좌로 모여드는 기가 궁궐의 방향과 맞부딪혀 분산되고 말지. 하지만 결국 정도전의 말대로 경복궁은 정남향으로 지어졌고 천하의 명당은 온전한 구실을 못 하게 되었어. 그후로 『삼한산림비기』의 내용대로 이백 년 후에 임진왜란을 맞게 되고 오백 년 후 국권을 상실하지. 그게 일제 강점기야.

그럼에도 불구하고 경복궁은 천년을 내다보는 대길한 자리였어. 언젠가 세계를 호령할 자리였던 거야. 하지만 문제는 교활한 일제가 이 사실을 모를 리 없었다는 거지. 이토 히로부미가 초대 통감으로 와서 처음으로 한 일이 경복궁의 지세를 틀어막는 일이었어. 조선총독부 건설이야. 이토 히로부미는 거기서 그치지 않아. 만만치 않은 조선의 지세를 보고는 단순히 왕궁 터만 막아선 안 되겠다고 생각하지. 그는 직접 고른 서른네 명의 지관을 우리나라 방방곡곡에 보내 지세를 연구하게 했어. 몇 년 후 이들이 돌아와서 올린 보고서를 읽고 이토 히로부미는 소스라치게 놀라게 되지. 우리나라는 장차 천하를 호령하는 데 필요한 지세를 모두 갖추고 있었어. 군마를 키우는 데 최적지가 경상도 화원면에 자리하고 있었고, 천군만마를 지휘할 대장군이 날 지세가 강원도 원성에 있었고, 전라도에 세상을 호령할 임금이 날 자리가 있었던 거지. 그러니 놀랄 수밖에. 언젠가 우리나라가 패권을 쥐게 되면 인접국인 일본은 우리나라의 지배권에 들어가게 될 테니까. 그는 힘이란 돌고 돈다는 걸 잘 알고 있었지. 지금은 조선이 망해 일본의 속국이 되었지만 언제 다시 흥해 일본을 속국으로 만들지 모를 일이었어. 그래서 이토 히로부미는 미래의 조선을 죽이기 위한 계획을 짜기 시작해."

"그게 대조선미래책략도였군요?"

"그래. 그는 지관들에게 병력을 나눠주고 조선의 기를 끊으라는 지시를 내리지. 장차 대국으로 성장할 우리나라의 혈관에 못을 박으려는 거였어. 뿐만 아니라 조선의 심장이었던 경복궁 앞에 또 다른 건물을 발주하지. 시청 건물이야. 총독부 건물과 시청 건물은 또 다른 풍수적 의미를 담고 있어. 북한산의 '大' 자와 총독부 건물 모양인 '日' 자, 그리고 시청의 '本' 자가 합쳐져 대일본을 의미하고 있거든. 뿐만 아니라 광화문의 각도를 5.6도 틀고 14.5미터 북쪽으로 옮겨 정기가 분산되도록 하지.

그의 계획은 거기서 끝나지 않아. 보고서에는 지혈을 끊은 위치를 나타낸 지도가 함께 또 다른 건설 계획이 첨부되어 있었는데 그것은 바로 진룡에 관한 것이었어. 진룡이란 풍수지리에서 땅의 핵심을 뜻하는 말인데 지관들의 조사에 의하면 한반도 모든 지혈이 한 지점으로 모이고 있다는 것이었어. 한반도 전체의 진룡이었지. 보고서 마지막에는 그 진룡의 혈을 틀어막을 무시무시한 봉인 계획이 들어 있었는데 불행히도 페이지가 유실되어 있었지. 아마도 가장 중요한 부분이라 따로 보관되어 있는 듯했어. 나는 직감적으로 그것이 이상의 비밀과 연관이 있다는 걸 알 수 있었지."

서성인의 시각은 지금까지의 다른 요원들과는 전혀 달랐다. 그는 비현실적으로 느껴질 만큼 풍수지리에 의존하고 있었고 신비주의적인 관점이었다. 하지만 그의 이야기에는 묘한 흡입력이 있었다. 은표는 30도를 웃도는 더위 속에도 옷깃을 여미며 서성인의 이야기를 경청했다.

"그렇다면 이상이 대조선미래책략도와 관계있다는 말인가요?"

은표가 상기된 얼굴로 물었다.

"그들은 보이지 않고 만질 수 없는 용을 붙잡으려 하고 있다. 그들은 염치도 없이 시간을 역류하려 하고 있으며 신의 집 문 앞을 마음대로 드나들고 있다. 시간을 파괴하고 미래를 능멸하고도 두려움을 모르는 파렴치한들이다. 죄 많은 나는 족쇄가 채워진 채 놈들의 손에 이끌려 시간도 중력도 없는 그곳에 붙잡혀 있다. 의지와 상관없이 갖게 된 능력이 또 의지와 상관없이 태어난 시간의 새끼들을 죽이려 하고 있다. 그

음모는 너무도 악의에 찬 것이어서 나는 죽음으로도 대가를 다 못 치를 것이다.

이상이 죽기 이 주일 전 쓴 일기야. 나는 이 일기를 읽고 확신을 가졌지. 이상이 설계한 건물이 대조선미래책략도와 연관이 있다는 것을. 그후로 난 그 지도 한 장을 들고 전국을 돌아다니며 철심을 뽑기 시작했어. 처음에는 이상의 마지막 비밀이 숨겨진 장소를 발견하겠다는 일념하에서 말이야. 그렇게 이십 년을 떠돌아다녔어. 그런데 이상했던 건 시간이 지날수록 이상에 관한 일들은 잊혀지고 이 일 자체에 몰두하기 시작했다는 거야. 마치 나에게 부여된 사명처럼 말이야. 그리고 지금에 이르렀지."

피워놓은 모닥불은 재가 되어 부드러운 연기를 피우고 있었다. 서성인은 타다 남은 불꽃을 보며 과거로의 긴 여행을 끝내고 현재로 돌아왔다.

"보고서에 적힌 장소를 알아내셨습니까?"

서성인은 부정도 긍정도 않고 무표정한 얼굴로 모닥불을 응시하고 있었다. 은표는 참았던 마지막 질문을 하려고 가방에 숨겨두었던 첫 번째 총서를 꺼냈다.

"이 책을 기억하시겠습니까?"

서성인이 고개를 돌려 첫 번째 총서를 봤다.

"그걸 손에 넣었군. 몹쓸 놈의 책."

총서를 바라보는 서성인의 눈빛에 애증이 서려 있었다. 그의 눈에는 실로 수많은 감정이 얽혀 지난 세월의 한과 허무한 열정 등이 찰나에 중첩되었다. 그는 더이상 못 보겠다는 듯 고개를 돌렸다. 그의 얼굴이 순식간에 나이를 먹은 것처럼 늙어 보였다.

"제가 듣기로 이 책 말고 또 한 권이……."

"이제 잘 시간이야. 늙으면 제때 자야 하거든."

서성인은 은표가 준비한 침낭 속으로 도망치듯 들어갔다. 그리고 순식간에 잠들어버렸다. 너무 곤히 잠들어서 깨울 엄두가 나질 않았다. 은표는 코를 골며 자고 있는 서성인을 보며 생각했다. 도대체 일제의 비밀이 무엇이기에 반세기가 지난 지금 이들의 인생을 바꿀 정도로 대단하단 말인가. 일제의 비밀을 여기서 파헤치지 못한다면 또 얼마나 많은 사람들이 고통을 받으며 죽어갈 것인가. 생각만 해도 끔찍한 일이었다. 은표는 들고 있는 총서를 바라보며 다짐했다.

"여기서 끝내는 거야. 더이상 반복은 안 돼."

두 번째 총서만 손에 넣으면 준비가 끝난다. 비밀을 세상에 공개하는 일만 남는다. 은표는 일제의 대조선미래책략도 중심에 있을 이상의 비밀 건축물을 상상하며 침낭 속으로 들어갔다.

다음날 은표는 새소리에 잠에서 깨어났다. 반쯤 열린 창문에 이름을 알 수 없는 새 한 마리가 앉아 지저귀고 있었다. 오랜만의 맛본 숙면이었다. 은표는 기지개를 켜고 침낭에서 빠져나왔다. 해는 이미 중천에 떠 있었다. 은표는 모닝커피를 끓이기 위해 주전자를 들었다.

"선생님, 차 드실래요?"

은표는 야전용 주전자에 물을 담으며 서성인에게 물었다. 대답이 없었다. 은표는 서성인이 잠들었던 침낭을 살펴보았다. 침낭이 비어 있었다. 배낭이며 소지품도 사라지고 없었다. 은표는 서둘러 창밖을 살펴보았지만 그의 모습은 보이지 않았다. 벌써 떠나고 없었다.

"제기랄! 제일 중요한 걸 못 물어봤는데."

은표는 헐레벌떡 옷을 챙겨 입었다. 이번에 놓치면 두 번 다시 그를 만날 수 없을 것 같은 느낌이 들었다. 문을 나서려던 은표의 눈에 침낭 위에 놓여 있는 작은 쪽지가 보였다. 은표는 황급히 쪽지를 펼쳤다.

후한 대접 고마웠네. 언젠가 우리들 외에 이상의 비밀을 밝혀낼 사람이 있을 거라 예상했어. 그 사람이 자네 같은 훌륭한 젊은이여서 기뻤네. 죽을 때가 되면 나 같은 늙은이는 지나온 세상살이를 뒤돌아보게 되지. 젊은 시절 나는 이 나이가 되었을 때 지난날을 돌이키며 작은 미소를 지을 수 있길 바랐네. 하지만 나는 그럴 수가 없었어. 미소를 짓기에는 너무 많은 걸 놓쳐버렸지. 나는 이제 더이상 이 일에 관여하고 싶지 않아. 그저 조용히 내게 부여된 작은 사명을 수행하다가 사라지고 싶네. 이 일은 자네가 마무리짓게. 자네만이 할 수 있을 거야. 자네가 찾던 두 번째 총서를 두고 가네. 유용하게 쓰길 바라네. 한 가지만 명심하게. 한꺼번에 모든 걸 이루려 하지 말게. 불은 쉽게 사라지니까. 때로는 불과 물이 잘 어울릴 수도 있는 거야.

이것이 서성인이 남긴 편지의 내용이었다. 이룰 수 없는 꿈을 좇다가 어느 날 모든 게 허상이라는 걸 깨닫고 세상을 등진 서성인의 쓸쓸한 뒷모습이 보이는 듯했다. 은표는 편지를 주머니에 넣고 총서를 찾았다. 총서는 침낭 곁에 놓여 있었다. 그것은 지난 삼십여 년 세월의 흔적이 역력하게 묻어 있던 황색 봉투였다. 이제 비밀을 풀 모든 단서가 은표의 손에 들어온 것이다.

사람의 숙명적 발광은 곤봉을 내어 미는 것이어라

은표의 일기는 여기까지였다. 은표는 서성인으로부터 두 번째 총서를 받자마자 곧바로 시청으로 달려갔다. 그리고 만일을 대비해 노트북과 단서가 담긴 봉투를 서울역 집무실에 숨겨놓았다. 그런데 귀신처럼 냄새를 맡은 놈이 은표를 추적하기 시작했고 절체절명의 순간 나에게 메시지를 남긴 것이다. 나는 열기가 오른 노트북을 닫으며 떨리는 손을 잡았다. 손뿐만이 아니라 온몸이 사시나무 떨듯 떨리고 있었다. 나는 은표가 겪었던 지난 삼 주 동안의 일들이 직접 체험한 것처럼 생생하게 그려졌다. 은표의 마지막 목소리가 들리는 듯했다.

“모든 게 사실이었어. 우리가 떠벌리고 다닌 게 전부 진실이었다고."

진실. 이 말이 지금처럼 무섭게 다가온 적이 없었다. 내가 디디고 있는 이 땅에 이런 거대한 음모가 도사리고 있을 줄은 꿈에도 상상해본 적이 없었다. 그리고 지금 이 순간 이 세상에 진실을 알고 있는 사람은 나뿐이었다. 이루 말할 수 없는 무게감이 심장을 짓눌렀다. 내 작은 어깨에 이 나라 역사의 진실이 달려 있다. 이제 예전처럼 알량한 핑계 뒤로 몸을 숨길 생각은 추호도 없었다. 은표가 묵묵히 해나갔던 것처럼 나 역시 운명에 몸을 맡긴 채 무소의 뿔처럼 움직일 것이다. 그것이 피할 수 없는 것이라면 온몸으로 부딪칠 것이다. 나는 유언장처럼 의미심장하게 기다리고 있던 황색 봉투를 집어 들었다. 그리고 굳게 닫혀 있던 봉투를 개봉했다.

봉투에는 또 다른 여섯 장의 편지봉투와 한 장의 지도 복사본이 들어 있었다. 편지봉투에는 저마다 은표의 글씨체로 쓰인 제목이 적혀 있었고 내용물이 담겨 있었다. 나는 제일 위에 놓여 있던 봉투를 손에 들었다.

첫 번째 미로

은표가 각각의 미로를 통과할 수 있는 결정적인 단서를 여섯 장의 편지봉투에 나누어 밀봉해놓은 문서였다. 나는 묵묵히 봉투를 열었다. 그러자 은표가 목숨을 걸고 찾았던 요원들의 총서가 모습을 드러냈다.

총서 첫 번째 장. 작성자 서성인

나는 이 글을 언젠가 우리 일곱 명의 요원이 아닌 또 다른 누군가가 읽게 될 것이라 믿고 있다. 나는 그가 이 나라의 역사와 현실에 애정을 가진 자이기를 바란다. 그가 이 나라의 초석이 될 원대한 포부를 가진 자이기를 기대한다. 왜냐면 이 글을 읽게 될 사람은 분명 우리 역사의 가장 아픈 상처와 슬픈 현실이 썩은 종기처럼 묻혀 있는 역사의 핵 속으로 발을 내딛게 될 것이기 때문이다. 그에게 한 가지 당부를 하고 싶다. 이상의 미로를 통과하여 핵심에 도달했을 때 발견하게 될 비밀을 보고 실망하지 않기를 바란다.

제아무리 하찮고 나약한 역사라 할지라도 그것은 우리 조상들의 피의 역사이며 그것마저도 가슴에 품을 줄 알아야 이 땅에 두 번 다시 비극적인 역사가 반복되지 않을 것이다.

다시 한번 말하지만 이 글을 읽는 그는 말을 탄 초인처럼 묵묵히, 하지만 흔들림 없는 매의 눈으로 역사의 현장을 직시하길 바란다.

「건축무한육면각체」는 이상 김해경이, 자신이 만든 최고의 역작이자 그를 죽음으로 몰고 간 미로에 스스로 붙인 이름이다.

무한이란 끝없이 맴도는 뫼비우스를 연상하며 살아 있는 생물처럼 순환할 수 있는 자생적인 미로를 뜻하며 육면각체는 고대 이집트와 잉카 문명에서 영원을 기원하며 수천 년의 풍우를 버틸 수 있도록 완벽하게 축조된 건축물을 염두에 두고 붙인 것이리라. 미로란 이제껏 인간들이 만든 이차원적인 형태를 생각해선 안 된다. 건축무한이란 단어가 발하는 아우라처럼 그것은 시간과 공간이 사차원으로 엉켜 있는 불멸의 공간이다. 나같이 하찮은 범생이 그것을 상상하기란 불가능하다. 왜냐면 그야말로 범접할 수 없는 공간이기 때문이다. 지금까지 수많은 자료를 살펴봤지만 미로에 대한 구체적인 증거가 발견된 적은 없다. 고로 그 크기와 형태는 오리무중이다. 다만 이름에서 느껴지듯이 천년 세월을 염두에 두었을 것이며 그 안에 발을 들여놓는 이상 영겁의 세월을 떠돌게 만들었을 것이라는 막연한 추측을 해볼 뿐이다. 그는 이 건축물의 발칙한 용도와 상관없이 아해라 부르며 자식을 생산하듯 완벽을 기한 것으로 보인다. 소름 끼치는 일이다.

「건축무한육면각체」 시는 그 미로의 중요 부분들을 묘사한 것이다. 한마디로 언어로 묘사된 미로의 지도이다. 거기에는 부비트랩 같은 장치들이 요소요소에 배치되어 있어 절대 방심해선 안 된다. 일단 안으로 들어가면 모든 질량 법칙과 낙체 공식을 초월하여 혼돈으로 빠지게 설계되어 있을 것이다. 하지만 이상은 친절하게도 부비트랩을 뚫고 지날 수 있는 방법을 다른 이들의 글 속에 남겨두었는데 바로 구인회다.

구인회는 초창기 회원과 후기 회원으로 나뉜다. 이상은 초기 구성원은 아니지만 김유영을 비롯한 대부분의 창단 멤버와 친분이 있었기 때문에 모든 구인회 구성원이 조사 대상이지만 나는 후기 회원들의 작품을 주목했다. 그 이유는 이상이 본격적으로 회원들의 작품에 관여한 시기이기 때문이다. 후기 회원은 박팔양, 이태준, 김기림, 정지용, 박태원, 김유정, 김환태, 이상, 이무영이다. 이것은 1936년 구인회가 창간한《시와 소설》(창문사) 창간호에 실린 순서대로 적은 것이다. 나는 이 순서에 주목한다. 이것은《시와 소설》의 주간을 맡았던 이상이 정한 순서이기 때문이다. 이것은 나이순도 아니고 가나다순도 아니다. 등단 연도순도 아니며 회원 가입순도 아니다. 그야말로 이상 임의로 정한 순서이다. 나는 이것이 「건축무한육면각체」의 각 행에 맞춰 단서를 숨겨놓은 작가순으로 보고 있다.

1행에서 4행까지는 미로의 위치를 알리고 있는 듯하다. 고로 5행부터가 본격적인 미로의 지도인 것이다. 하지만 남은 행은 모두 16행이다. 이상을 제외한 구인회 멤버는 여덟 명. 그렇다면 적어도 시의 2행을 해석할 단서가 멤버들의 작품 속에 있다는 얘기가 된다. 나는 이 추측에 동의한다. 각각의 작품마다 해석할 행의 숫자가 같아야 해석자가 예측할 수 있기 때문이다.

「건축무한육면각체」 1～6행

四角形의內部의四角形의內部의四角形의內部의四角形의內部의四角形.
四角이난圓運動의四角이난圓運動의四角의난圓.
비누가通過하는血管의비눗내를透視하는사람.
地球를模型으로만들어진地球儀를模型으로만들어진地球.
去勢된洋襪.(그女人의이름은워어즈였다)
貧血면포,당신의얼굴빛깔도참새다리같습네다.

1행부터 4행까지는 앞에서 말했던 것과 같이 미로의 위치를 알려주고 있다. 나머지 5행과 6행은 자신의 건축물에 대한 자신의 감정을 표현한 것으로 보인다.

첫 번째 행에서 반복적으로 등장하는 사각형의 의미를 알기 위해선 내가 첨부한 지도를 참고해야 한다. 그것은 일제가 대조선미래책략도를 위해 고용한 서른네 명의 지관에 의해 작성된 것으로 우리나라 지혈의 위치가 기록된 지도이다. 그것을 보면 위에서 말하는 네 개의 사각형이 의미하는 것을 정확히 알 수 있을 것이다. 하지만 마지막 다섯 번째 사각형의 위치를 알기 위해서는 다른 단서가 필요하다. 그것은 화가 구본웅이 그린 이상의 초상화와 초기 구인회 회원이었던 김유영의 영화 〈화륜〉이다.

이상의 초상화에서 이상은 누군가를 암시하기 위해 평소 사용하지 않던 파이프 담배와 중절모를 쓰고 있다. 바로 이토 히로부미다. 또 다른 단서는 김유영의 〈화륜〉에서 엑스트라로 등장한 이상이 들고 있던 간판이다. 거기에는 한 글자가 적혀 있다. 바로 本 자이다. 이것은 이토 히로부미가 만든 건물 중 本 자를 상징하는 건물을 말하고자 함이다. 그 건물에 들어가면 마지막 사각형이 있을 것이다. 그것이 다섯 번째 사각형, 미로의 입구이다. 그것을 찾아라. 입구에 들어서면 미로까지 이어진 통로가 나타난다. 그 통로를 묘사한 것이 바로 3행이다.

비누가 통과하는 혈관. 이것은 지혈과 연결된 장소를 통로로 활용한 모습을 설명하는 것이 틀림없다. 일제는 분명 지혈이 작용할 수 없도록 인위적인 장치를 설치했을 것이다. 그것은 신성한 지혈을 더럽힐 수 있는 파렴치한 물질로 이루어져 있을 것이다. 이상은 그것을 비누라고 표현하고 있다.

비눗내는 그것을 투시하기 위해 후각을 이용해야 한다는 것을 의미한다. 후각으로 미로의 통로를 찾아야 한다. 그리하면 비로소 이상의 미로에 도착하게 된다. 4행은 본격적인 미로에 도착하게 되었을 때 목격하게 될 장관을 설명한 글이다.

이상은 미로의 형태를 지구의라고 설명하고 있다. 지구의는 지구의 모형이다. 이것은 이상이 미로의 전체 형태를 설계할 때 지구를 지칭할 정도로 대단한 건축물을 염두에 두고 설계한 것이라 생각된다. 그 건축물이 무엇인지는 실제로 미로를 보기 전에는 아무도 알 수 없다. 다만 이상은 엄청난 건축물을 스스로 설계하고도 그 모습을 빈혈에 걸린 사람의 모습에 비교할 만큼 애증 어린 건축물이라는 걸 다음 행들을 보면 추측할 수 있다. 5행과 6행이다.

이제부터 본격적으로 이상의 미로 속으로 발을 내딛게 된다. 이후는 나머지 동료 요원들의 단서를 잘 따르면 되리라 생각된다.

한 가지 명심할 것은 절대 요원들의 단서를 맹신해서는 안 된다는 것이다. 이들은 단지 실마리를 찾아 그것을 객관적으로 해석하려 했을 뿐이다. 이것을 진실라고 믿어서는 안 된다. 미로를 통과할 사람은 우리가 아닌 바로 당신이다. 직관을 따르라. 이상처럼 생각하라. 그리하면 비밀의 핵심에 도달하게 될 것이다.

이것이 첫 번째 총서의 내용이었다. 나는 총서를 읽고 온몸에 신열이 오르는 것을 느꼈다. 은표가 어릴 적 삶의 경이로운 여백을 목격했을 때도 이것과 흡사한 미열이 느껴졌으리라. 신의 영역에 발을 내디딘 기분이었다. 심장이 뛰고 손이 떨렸다. 나는 마음을 진정시키려고 노력하며 서성인의 총서 내용을 다시 정리해보았다.

그는 이토 히로부미가 발주한 건물 중 '本' 자와 연관된 건물을 언급하며 자신의 지도를 참고하라고 조언하고 있었다. 그리고 지도에 「건축무한육면각체」 첫 행에서 암시한 네 개의 사각형이 숨어 있다고 했다. 나는 봉투에 총서와 함께 들어 있던 지도를 펼쳤다. 그것은 예상대로 서성인이 일본 왕실 도서관에서 훔쳐 온 대조선미래책략도의 지도 복사본이었다. 내 키만큼이나 큰 지도인데 우리나라 각 도로 나뉘어 있던 것을 연결해 붙인 것이다. 제목도 없었고 아무 글도 적혀 있지 않았다. 한반도 전역에 걸쳐 분포된 지혈의 위치에 검은 표시를 한 것이 전부였다. 얼추 셈해봐도 천여 개는 족히 넘을 것 같았다. 서성인은 이 지도를 나침반 삼아 여생을 지혈에 박힌 철심을 뽑고 있었던 것이다. 나는 서성인의 인내와 열정에 찬사를 보내며 보고서 내용을 추리하기 시작했다.

"다섯 개의 사각형 중 네 개가 지도에 표시되어 있다고 했어."

나는 「건축무한육면각체」를 펼쳐놓고 서성인의 지도를 유심히 살폈다. 표시는 한반도의 척추인 태백산맥과 북한의 함경산맥, 그리고 낭림산맥 등을 따라 집중적으로 분포되어 있었고 소백산맥의 작은 산줄기를 따라 남해에 다다랐다. 거기에는 서성인을 만났던 월위산도 포함되어 있었다. 하지만 가까이 봐서는 어떤 것이 사각형을 의미하는지 알 수 없었다. 나는 한 발짝 뒤로 물러나 전체적인 분포 형태를 관찰했다. 그러자 레몬으로 쓴 글씨가 열기에 모습을 드러내 듯 첫 번째 사각형이 나타났다. 표시는 북으로 민족의 성산인 백두산을 정점으로 서쪽으로 평안북도 강남산맥의 주봉 오봉산, 그리고 남으로 경상북도 주왕산과 보현산을 지나 민족의 영산 지리산으로 이어졌다. 그것은 한반도 전체를 둘러싸며 거대한 평행사변형을 이루고 있었다. 첫 번째 사각형이었다. 나는 숨은 그림찾기를 하듯 한 발자국 다가서며 두 번째 사각형을 찾기 시작했다. 하지만 두 번째 사각형은 쉽게 모습을 드러내지 않았다.

사각형으로 볼 수 있는 것들이 사방에 분포되어 있었기 때문이다. 나는 일단 가장 많은 지혈이 모여 있는 지방을 살폈다. 우선 눈에 띈 곳은 태백산맥 치악산 부근과 지리산 일대, 함경북도 백두산 인근인 삼지연군 등이었다. 하지만 이곳 외에도 사각형으로 볼 수 있는 수많은 지역이 하늘의 별처럼 시선을 유린했다. 단서가 필요했다. 나는 은표가 서성인과 나눴던 대화를 떠올렸다. 이 지도에 관해 그보다 잘 아는 사람은 없었다.

"대조선미래책략도가 어쩌구저쩌구……. 한반도 위협론이 어쩌구저쩌구……."

문득 서성인이 풍수를 설명하면서 예를 든 무학대사와 정도전이 한양을 도읍으로 정했던 얘기가 떠올랐다. 서성인은 한양이 천년 도읍지이며 세계를 지배하게 될 명당이라고 설명했다.

"서울?"

나는 지도로 다가가 서울의 지혈을 살펴보았다. 자로 잰 듯

반듯 사각형이 모습을 드러냈다. 무학대사가 오백 년 도읍지로 정했던 서울의 네 봉우리, 즉 주산인 북한산과 서쪽의 인왕산, 그리고 동산인 낙산과 남쪽의 남산이 또 하나의 사각형을 이루고 있었다. 그리고 그 안에 한눈에 알아볼 수 있는 세 번째 사각형이 있었다. 사대문이었다. 정남에 숭례문, 정북으로 숙정문, 동으로 흥인문, 그리고 정남에 돈의문이 사각형을 만들었다.

나머지 사각형은 예측이 가능했다. 경복궁이다. 무학도 경복궁을 최고의 궁터라고 말했다.

문제는 경복궁은 임진왜란으로 소실된 걸 대원군이 재건한 이후 단 한 번도 파헤쳐진 적이 없었다는 것이다. 그리고 제아무리 파렴치한 일제라 하더라도 그 자리에 거대한 미로를 만들었을 리 만무했다. 하지만 서성인은 마지막 사각형이 숨겨진 건물까지 친절하게 설명하고 있었다. 그것은 이토 히로부미가 발주한 건물 중 '本' 자를 암시하는 건물이었다.

"그런 건물이라면……. 설마……."

더이상 고민하지 않아도 충분히 추리할 수 있는 건물이었다. 바로 이토 히로부미가 경복궁의 기를 누르기 위해 근정전 앞에 지은 조선총독부 건물과 함께 광화문대로 중앙에 건설한 시청이다. 인왕산의 大, 총독부의 日, 그리고 시청의 本

이라고 설명했던 것이다. 은표는 시청을 방문한 적이 있었다. 그곳 로비 홀 바닥에는 대리석으로 삼종신기 문양이 수놓아져 있었고 중앙에 사각의 반석이 놓여 있었다. 네 번째 사각형이다. 일제는 시청 건물을 짓는다는 명목하에 조선의 지혈이 모이는 명당인 경복궁 지하로 파내려가 거대한 미로를 건설했던 것이다. 무시무시한 일이다. 경을 치고 통곡할 일이었다. 나는 끓어오르는 분을 참지 못하고 땅을 내리쳤다.

"이런 쳐죽일 새끼들!"

이제야 나는 이상이 평생 괴로워하며 죽어갔던 이유를 이해할 수 있을 것 같았다. 피를 물려받은 조상의 종묘사직을 파헤쳐야 하는 비극을 저질러야 했기 때문이다. 지울 수 없는 자책감이 평생 마음 한구석에 검버섯처럼 남아 있었을 게 분명했다. 피로도 느껴지지 않았다. 비밀을 해독했다는 희열도 상상을 초월하는 엄청난 음모에 대한 두려움도 느낄 수 없었다. 몰상식한 놈들의 만행에 참을 수 없는 분노만이 가슴을 메웠다. 다만 한 가지 의아한 점이 있었다. 서성인이 이미 미로의 위치를 파악하고 있었다는 것이다. 돌이켜보니 그의 보고서 도입부에 적힌 글에는 모든 걸 알고 있는 자의 여유로움이 묻어났다. 그런데 왜 직접 조사하지 않은 것일까. 그는 왜 새로이 비밀을 찾고자 하는 사람에게 양보한 것일까.

"지금 그게 중요한 게 아니야. 비밀부터 풀자. 이제 때가 됐어."

창밖은 아직 새벽 어둠이 가시지 않고 있었다. 하지만 이제 몇 시간 후면 새로운 해가 떠오를 것이다. 그리고 보게 될 서울은 이제까지의 서울과는 많은 것이 변해 있을 것이다. 지금의 나처럼.

나는 비밀 총서가 담긴 봉투를 챙겨 가방에 넣었다. 나머지 총서는 미로를 맞닥뜨렸을 때 열어보아도 늦지 않을 것이다. 어차피 지금 본다고 해결될 일도 아니었다. 나는 총서가 든 가방을 메고 먹구름이 몰려오는 도심을 향해 달렸다. 은표를 구하러 갈 때였다.

건축무한육면각체의 비밀

어디선가 종소리가 들려왔다. 그 소리는 바다 건너 먼 곳에서 들려오는 것처럼 작고 희미했다. 나는 눈을 떴다. 주위는 분간을 못 할 정도로 완벽한 어둠에 둘러싸여 있었다. 나는 왼손에 쥐고 있던 휴대용 랜턴을 켰다. 내가 앉아 있는 곳은 공기조차 칙칙한 시청 보일러실이었다. 시청 직원들이 퇴근하기를 기다리는 동안 몸을 숨길 장소를 찾다가 이곳에 숨어들었다. 또다시 종소리가 들렸다. 소리가 들려오는 방향을 바라보았다. 소리는 낡은 보일러 파이프에서 울려왔다. 뭔가가 파이프에 부딪히는 소리가 이곳까지 전달되는 것이었다. 소리는 점점 잦아지더니 연속적으로 들려오기 시작했다.

"비가 오나 보군."

밖은 비가 쏟아지고 있었다. 종소리는 노출된 파이프에 비가 부딪히며 나는 소리였다.

"제법 많이 오나 본데."

시계를 보았다. 시곗바늘이 오전 1시 25분을 가리켰다. 나는 가방에서 총서가 담긴 봉투를 확인하고 자리에서 일어나려 했다. 그때 누군가의 인기척이 느껴졌다. 나는 반사적으로 손전등을 끄고 몸을 숨겼다. 뚜벅뚜벅 구두 소리가 보일러실을 향해 다가왔다. 나는 은표를 습격한 범인이 내 뒤를 밟을 것이라 예상하고 있었다. 놈은 비밀에 관한 한 본능적인 레이더가 달린 것처럼 민감하다는 것을 잘 알고 있었다. 놈은 은표가 내게 비밀의 모든 내용이 담긴 단서를 남긴 것을 알고 있을 게 틀림없었다. 나는 부들부들 떨리는 손으로 가방에 숨겨 온 과도를 꺼내 들었다.

뚜벅뚜벅. 이윽고 구두 소리가 보일러실 문 앞에서 멈췄다. 호흡이 가빠졌다. 나는 태어나 흔한 주먹다짐 한번 해본 적 없는 범생이다. 그런데 처음으로 하게 될 싸움이 목숨을 건 혈투라니. 그렇다고 이대로 당할 수는 없었다. 어떻게든 놈을 물리쳐야만 한다. 내 손에 은표의 목숨과 이 나라의 운명이 달려 있었다. 나는 흔들리는 마음을 다져먹고 과도를 움켜쥐었다.

끼이익 소리를 내며 보일러실 문이 열렸다. 나는 가빠오는 호흡을 진정시키며 마지막 순간에 대비했다. 누군가 천천히 보일러실 안으로 들어왔다. 그림자는 내가 숨은 보일러 뒤편으로 다가왔다. 나는 여차하면 놈을 찌를 준비를 하고 있었다. 그런데 그림자는 내가 몸을 숨긴 보일러 바로 앞에서 멈추었다. 그러고는 담뱃불을 붙였다. 나는 의아한 얼굴로 고개를 내밀어 살폈다.

그림자의 주인은 순찰을 도는 경비원이었다. 경비원은 아무도 없는 것을 확인하더니 담배를 한 대 피우고는 사라졌다. 나는 안도의 한숨을 내쉬며 들고 있던 과도를 도로 집어넣었다. 그리고 터져 나오는 웃음을 간신히 참았다. 경비원을 놈으로 착각한 순간 눈앞에 지난 이십구 년의 세월이 주마등처럼 지나갔다. 영화 속 대사로만 들었던 얘기가 실제로 벌어졌다. 어이없게도 지난 이십구 년의 세월은 너무나 따분하고 지루하기만 했다.

"정말 한심한 인생이었군."

이윽고 발소리가 사라지자 다시 손전등을 켜고 보일러실을 나섰다. 어두운 복도에는 유리창을 때리는 빗소리만 가득했다. 가끔씩 번개를 동반한 천둥이 음산하게 울부짖었다. 나는 천천히 복도를 지나 중앙 홀로 향했다.

중앙 홀은 비어 있었다. 경비원은 건물 내 순찰을 마치고 외곽을 돌고 있는 모양이었다. 홀 중앙에 있는 대리석 문양으로 다가갔다. 바닥에는 삼종신기를 형상화한 오색의 대리석 문양 세 개가 나란히 있었다. 세 개의 문양 중앙에는 바닥을 이루는 사각형 대리석이 박혀 있었다. 서성인이 말했던 마지막 사각형이었다. 나는 문양으로 다가가 손전등을 비추며 유심히 관찰했다. 세 개의 문양 중 가운데 위치한 문양이 아무래도 유력했다. 문양 중심부에 박혀 있던 사각형 대리석 주위를 더듬어보았다. 대리석 주위에 누군가 파냈던 흔적이 남아 있었다. 나 말고 누군가 이곳을 통해 안으로 들어간 게 분명했다.

"누구지?"

은표일 수도 있고 우리 뒤를 쫓는 이가령일 수도 있다. 최악의 경우 요원들을 살해한 범인일 수도 있다. 확인하는 길은 한 가지뿐이었다. 직접 들어가보는 것이다. 나는 선행자가 은표이길 빌며 대리석을 들어냈다.

대리석 아래로 어두운 통로가 이어졌다. 한 사람이 간신히 들어갈 만한 공간이었는데 손전등을 비추어도 끝이 보이지 않을 만큼 깊었다. 다행히 통로 벽에는 철제 계단이 부착되어 있었다. 나는 두 번 다시 못 마실지도 모르는 대지의 공기를 가슴 깊이 들이마셨다. 그리고 통로로 들어갔다.

통로는 예상한 것보다 깊었다. 나는 거의 십여 분이나 철제 계단에 매달린 채 어둠 속을 내려갔다. 그곳은 지금껏 경험해 보지 못한 농밀한 어둠의 제국이었다. 어둠의 밀도가 너무 높아 만지면 손에 잡힐 것만 같았다. 어둠 속으로 내 발소리만이 울려 퍼졌다. 가끔씩 손전등으로 아래를 비춰봤지만 또 다른 어둠이 기다리고 있을 뿐이었다.

그렇게 얼마를 내려갔을까. 철제 계단이 사라지며 새로운 공간이 나타났다. 갑자기 계단이 사라지는 바람에 당황해서 떨어질 뻔했다. 간신히 추락을 모면한 나는 손전등으로 새로운 공간을 비춰봤다. 그곳은 말라버린 하수도를 연상시키는 커다란 지하 통로였다. 바닥까지의 거리도 생각했던 것보다 가까웠다. 나는 철제 손잡이를 놓고 바닥으로 몸을 던졌다.

"이렇게 깊은 데 웬 하수도지?"

내려온 거리를 대충 계산해봐도 오십 미터가 넘는 지하였다. 그런 깊은 곳에 하수도가 있다는 건 상식적으로 이해가 되지 않았다. 나는 손전등으로 주위를 살폈다. 예상대로 그곳은 일반적인 하수도가 아니었다. 그곳은 태평양전쟁 당시 총독부 요인들을 피신시키기 위해 일제가 지은 방공호였다. 콘크리트로 만들어진 방공호는 장정 네댓 명이 충분히 지날 수 있을 만큼 컸다. 한쪽 벽면은 시멘트로 메워져 있었는데 그 위에 방위를 가리키는 방위표가 그려져 있고 그 아래 일본어로 적힌 글이 있었다. 아마도 이곳을 사용하는 동안 지켜야 할 규칙인 듯했다. 어찌됐건 「건축무한육면각체」 3행에서 말한 통로는 아닌 듯했다.

방공호는 일직선으로 북쪽을 향해 뻗어 있었다. 북쪽이면 경복궁이다. 나는 일단 방공호를 따라 가보기로 결정하고 걷기 시작했다. 바닥에는 검은 흙이 깔려 있어 걷는 동안 푸석한 느낌이 계속 전달됐다. 그런데 걸으면 걸을수록 이상한 냄새가 대기를 메웠다. 그것은 구식 화장실에서 나는 암모니아 냄새와 비슷했는데 구토가 날 정도로 역겨웠다. 냄새는 갈수록 심해졌다. 나는 수건으로 코를 막으며 걸을 수밖에 없었다. 방공호는 중간중간 통신실이나 무기고 등이 철제문 너머에 있을 뿐 일직선으로 곧게 뻗어 있었다. 그렇게 백여 미터를 가자 갑자기 막다른 곳이 나타났다. 시멘트로 메워진 벽에는 아까와 마찬가지로 방위표와 일본어로 쓰인 규칙이 적혀 있었다. 나는 주위를 살펴보았다. 하지만 다른 곳으로 이어지는 통로는 보이지 않았다.

"잘못 들어온 건가?"

나는 수건으로 코를 막으며 중얼댔다. 암모니아 냄새는 머리가 아플 정도로 심해졌다.

“대체 어디서 이런 냄새가 나는 거야?”

더이상 참을 수가 없었다. 정신이 혼미해질 정도였다. 문득「건축무한육면각체」 3행이 떠올랐다.

“비누가 통과하는 혈관의 비눗내를 투시하는 사람?!”

서성인은 총서에서 비누가 통과하는 혈관을 찾기 위해서는 후각을 이용해야 한다고 했다.

“그렇다면!”

나는 암모니아 냄새가 나는 곳을 찾았다. 냄새의 근원지를 찾는 건 어렵지 않았다. 냄새는 내가 딛고 서 있던 흙 바로 아래서 비롯되고 있었다. 나는 바닥을 덮고 있던 흙을 걷어냈다. 그러자 청동으로 만들어진 사각 맨홀이 나타났다. 맨홀 위에는 음각으로 삼종신기 문양이 새겨져 있었다.

“다섯 번째 사각형.”

나는 주머니칼을 이용해 맨홀 주위의 흙을 치웠다. 그리고 뚜껑을 들어냈다. 그러자 지금보다 더 지독한 암모니아 냄새가 구멍 안에서 뿜어져 나왔다. 코를 막아도 소용없었다.

“설마 저 아래 칠십년 전에 만든 화장실이 있는 건 아니겠지?”

나는 구토를 참으며 안을 살폈다. 불행히도 구멍 안에는 이전처럼 손잡이 계단 같은 건 없었다. 그리고 깊었다. 나는 혹시나 해서 챙겨 온 빨랫줄을 꺼냈다. 철물점에서 가장 긴 걸 골라 왔지만 이걸로 충분할지는 의문이었다.

"해보는 수밖에."

나는 시멘트 벽에 튀어나온 쇠파이프에 줄을 묶고 구멍 안으로 흘려보냈다. 바닥에 닿는지 소리를 들어보려 했지만 어림없었다. 나는 목장갑을 끼고 구멍 안으로 내려갔다. 밧줄타기는 군 제대 후 처음이라 도중에 여러 번 미끄러져 낙상할 뻔했지만 다행히 구멍이 넓지 않아 벽을 지탱해서 멈출 수 있었다. 약 삼십여 미터를 내려갔지만 구멍은 끝날 기미가 없었다. 이제 악력도 떨어져 줄을 잡은 손이 부들부들 떨렸다.

"이럴 줄 알았으면 평소에 운동 좀 하는 건데."

불평해봐야 소용없었다. 여기서 다시 올라갈 수는 없었다. 나는 젖 먹던 힘까지 끌어내어 구멍을 내려갔다. 그런데 얼마쯤 내려가자 엎친 데 덮친 격으로 밧줄마저 끝나버렸다. 방법이 없었다. 나는 간신히 매달려 다시 올라가려고 안간힘을 썼다. 하지만 이제 힘을 거의 소모해버린 몸이 말을 듣지 않았다.

"이런 제기랄! 날 보고 어쩌란 말이야."

이제 올라가기는커녕 매달려 있기도 벅찬 상황이었다. 손에 힘이 점점 빠지며 미끄러졌다. 공포가 엄습했다. 이대로 여기서 죽는다면 시체조차 발견되지 않을 것이다.

"살려주세요. 하느님, 제발."

하느님은 나타나지 않았다. 결국 나는 잡은 줄을 놓치고 끝도 없는 어둠 속으로 떨어졌다. 영원 같은 몇 초였다. 그런데 잠시 후 첨벙 소리와 함께 액체가 몸을 감쌌다. 허우적거리며 정체 모를 액체 속에서 일어섰다. 다행히 다친 곳은 없었다. 나는 내가 빠진 액체를 살폈다. 내 목숨을 구해준 액체는 암모니아 냄새의 주인이었다. 그것은 가슴까지 차오른 어마어마한 양의 소변이었다.

내가 도달한 공간은 하수구처럼 둥근 천장을 가진 통로였는데 배설물이 가득 메우고 있었다. 비누가 흐르는 혈관이었다. 나는 더이상 참지 못하고 구토를 하고 말았다. 속에 있는 것을 모두 토해냈지만 구토는 끝나지 않았다. 배설물의 악취가 허파를 장악하고, 여기에 서식하고 있는 온갖 벌레들이 온몸에 달라붙기 시작했다. 벌레는 선충처럼 생긴 것에서부터 쥐며느리를 연상시키는 수많은 섬모를 가진 것에 이르기까지 다양했다. 꿈에서도 보고 싶지 않을 만큼 징그러웠다. 그것들이 오랜만에 먹이를 만난 듯 미친듯이 달라붙었다. 어떤 것은 본능적으로 내장과 연결된 구멍을 찾아 비집고 들어왔다. 이대로 이곳에 더 머물렀다가는 이대로 죽을 것 같았다.

"여길 빠져나가야 돼."

나는 몸에 붙는 벌레를 연신 떼어내며 배설물 속에서 놓친 손전등을 찾아 통로를 비춰보았다. 통로는 양쪽으로 뻗어 있었다. 둘 중 하나를 골라야만 했다. 나는 망설이다가 조금이라도 빛이 새어 나오는 방향을 선택하고 미친듯이 달리기 시작했다. 달리는 동안에도 구토는 멈추지 않았다.

그렇게 얼마를 달렸을까. 정신이 혼미해졌다. 시야가 흐려지고 숨이 가빠왔다. 벌레들은 내 몸 구석구석에 자리를 잡고 파티를 벌였다. 이대로 가다가는 배설물 속에서 놈들의 야식이 될 판이었다. 다행히 배설물의 강이 끝나고 오를 수 있는 둔덕이 나타났다. 나는 정신없이 둔덕을 기어올랐다. 벌레들은 머리부터 항문에 이르기까지 몸 전체를 감싸고 있었다. 그것들을 떼어내면서 연신 구토를 해댔다. 간신히 벌레를 떼어낸 나는 정신을 차리고 주위를 둘러보았다. 둔덕 너머로 또 다른 공간으로 이어진 통로가 보였다. 지금까지보다는 작았지만 한 사람이 지나기에는 충분한 통로였다. 선택의 여지가 없었다. 여길 벗어날 수만 있다면 어디라도 상관없었다. 나는 손전등과 가방을 챙겨서 통로로 달려 들어갔다. 통로에 들어선 나는 놀라지 않을 수 없었다.

마치 보이지 않는 방향 막이 설치된 듯 냄새가 전혀 나지 않았다. 심지어 옷에 묻은 냄새도 사라져 있었다. 뿐만 아니라 거머리처럼 달라붙던 벌레들도 그곳에 들어가자 떨어져나갔다. 신기한 일이었다. 나는 이 통로 저편에 샤워를 할 수 있는 로마식 목욕탕이 김을 뿜고 있기를 간절히 바라며 발걸음을 옮겼다.

암반을 뚫어 만든 통로였다. 암반 벽에는 일일이 손으로 깬 흔적이 남아 있었다. 통로를 지날수록 암반 벽의 빛깔이 바뀌었다. 처음에는 검붉은색이었는데 지날수록 푸른 빛깔을 띠었다. 뿐만 아니라 암반에서 조금씩 빛이 뿜어져 나오고 있었다. 그것은 야광석을 밤에 보는 것과 흡사했는데 푸른 빛깔을 띠고 있었다. 푸른빛이 암석의 굴곡과 어우러져 수족관을 지나는 듯한 인상을 주었다. 불쾌하고 괴로웠던 기분은 사라지고 쾌적한 공간에 들어선 듯 상쾌해졌다. 나는 손전등을 끄고 푸른빛이 이어진 공간을 계속 걸었다.

얼마를 걸었을까. 푸른 암반 통로가 끝나갔다. 통로가 끝나는 곳에는 또 다른 어둠이 채워져 있었는데 어둠의 깊이로 보아 이제까지와는 달리 거대한 공간이 있다는 걸 알 수 있었다. 나는 주저 않고 공간으로 들어섰다.

"이런 세상에……."

눈앞에 벌어진 광경에 입이 다물어지지 않았다. 지하 백여 미터라고는 믿기지 않을 정도로 거대한 공간이 펼쳐져 있었다. 높이는 십오 층짜리 아파트가 들어설 수 있을 정도로 높았고 넓이는 어둠에 가려 정확히 분간할 수는 없었으나 적어도 잠실 종합운동장이 들어갈 만큼은 되는 것 같았다. 하지만 더욱 놀라운 건 그 공간에 들어서 있던 건축물이었다.

경복궁이었다. 일제는 경복궁 지하에 미로로 이루어진 또 다른 거대한 경복궁을 건설했던 것이다. 이것이 이상이 설계한 '건축무한육면각체'의 실체였다. 이상이 「건축무한육면각체」 4행에서 지구를 모형으로 만든 지구의라고 표현한 것은 이걸 두고 한 말이었다. 정면에는 모조 광화문이 육중하게 버티고 있었고 그 옆으로 두터운 시멘트 담이 모조 경복궁을 둘러싸고 있었다. 광화문 너머 저멀리 근정전이 어둠 속에 서 있었으며 그 옆으로 경회루가 아련한 자태를 드러내고 있었다.

모든 것을 갖춘 경복궁이었다. 나는 눈으로 직접 보고 있으면서도 눈앞에 펼쳐진 광경을 믿을 수가 없었다. 그것은 실제 경복궁만큼이나 거대하고 훌륭했다. 그런데 자세히 보니 모조 경복궁은 실제 경복궁과는 달리 음침하고 기괴했다. 지하의 어두운 암석 가운데 놓여 있기 때문이기도 했지만 그보다는 건물 전체에서 풍겨 오는 어두운 기운 때문이었다. 괴물로 변한 경복궁 같았다. 선한 마음을 잃어버린 채 지상으로 나가길 기다리는 요괴의 모습 같았다. 나는 한참을 모조 경복궁의 기운에 눌려 그 자리에 가만히 서 있었다. 내 마음마저도 거칠고 음흉하게 변해가는 듯했다. 그때 은표의 모습이 떠올랐다. 은표가 해맑은 얼굴로 나를 보며 소리쳤다.

"중요한 것은 보이지 않는다. 그 말이 마음에 들었습니다."

나는 내 뺨을 때리며 현실로 돌아왔다. 그리고 가방에서 은표가 남겨준 요원들의 총서를 꺼내 들었다.

「건축무한육면각체」의 1행을 지나 4행까지 뚫고 왔다. 이제부터가 진짜 미로의 시작이다. 나는 마음을 다지고 천천히 모조 광화문을 향해 다가갔다. 그런데 가까이서 광화문을 본 나는 다시 한번 놀라지 않을 수 없었다. 멀리서 볼 때와는 달리 실제 광화문과 전혀 달랐다. 놀랍게도 일본식으로 지어진 광화문이었다. 가장 먼저 눈에 띈 것은 처마였다. 본래 광화문은 전형적인 한국 처마로 예스러움과 자연스러운 곡선이 유명한 건물이었다. 그런데 지하에 음흉스럽게 지어진 모조 광화문은 일본 무사의 투구를 본떠 만든 팔각 이리모야 처마를 하고 있었다. 그뿐이 아니었다. 대들보가 위치한 용마루

용두에는 용 대신 삼족오가 놓여 있었고 대문 위에 장식된 이맛돌에는 삼종신기 문양이 커다랗게 새겨져 있었다. 문 옆에서 액운을 막기 위해 관악산을 바라보고 있던 해태상은 본래의 인심 좋고 구수한 시골 할아버지 같은 인상 대신 날카롭고 표독한 일본식 사자상으로 바뀌어 있었다. 그리고 현판에는 '光化門' 대신 "臣從門"이라 적혀 있었다. 신하로서 영원히 복종한다는 의미였다.

去勢된洋襪.(그女人의이름은워어즈였다)

貧血면포,당신의얼굴빛깔도참새다리같습네다.

「건축무한육면각체」 5행과 6행은 이것을 표현한 글이었다. 이름도 잃어버리고 중요한 것을 거세당한 채 빈혈에 걸린 모습으로 참새처럼 쭈그리고 있는 광화문을 지칭한 것이다. 나는 일제의 치밀함과 집요함에 소름이 돋았다. 일제는 이 나라 기를 틀어막기 위해 진룡 위에 지은 건물을 임금이 사는 궁을 본떠 자신들의 양식으로 지었을 뿐만 아니라 이름마저도 신하로서 복종한다는 의미를 붙였다.

"정말 무시무시한 놈들이군."

하지만 지금은 놈들의 집념에 감탄하고 있을 때가 아니었다. 한시바삐 은표를 구해야 했다. 나는 모조 광화문 입구로 다가갔다.

모조 광화문에는 세 개의 문이 있었다. 본래 광화문의 중앙문은 임금을 위한 어로였고, 동쪽문은 문관, 서쪽은 무관 전용이었다. 나는 세 개의 문 앞에서 망설였다. 이제부터 본격적인 미로가 시작되기 때문이다. 어느 문을 선택하느냐도 중요한 문제일 수 있었다. 요원들의 총서를 펼쳐보았다. 하지만 입구에 관해서는 아무런 언급이 없었다.

"난 고르는 덴 젬병인데. 젠장."

그때였다. 커다란 진동음과 함께 세 개의 문이 열렸다. 그리고 운명의 신처럼 거대하게 입을 벌린 채 나를 맞이했다. 선택할 필요가 없어졌다. 나는 심호흡을 하며 서서히 문 안으로 들어갔다. 이상의 미로가 눈앞에 펼쳐졌다. 그것은 원래의 경복궁에서 예상할 수 있던 공간이 아니었다. 내가 들어선 공간은 본래 흥례문까지 연결된 광장이 있어야 했다. 일제 강점기에는 조선총독부 건물이 있던 곳이다. 하지만 내가 들어선 곳에는 광장이나 총독부 건물 대신 시멘트로 만들어진 일직선 미로가 놓여 있었다. 미로의 양 벽은 오 미터 높이의 시멘트 벽으로 이루어져 있었고 벽 꼭대기에는 날카로운 철창이 천장까지 이어져 있었다. 한마디로 거대한 감옥이었다. 일단 발을 들이면 미로를 통과하기 전에는 절대 빠져나올 수 없었다.

"저길 들어가야 된단 말이야?"

눈앞에 미로가 펼쳐지자 다리가 후들거렸다. 이제 돌아갈 수도 없다. 뒤에는 백 년의 악취와 함께 아귀 같은 벌레들이 주린 배를 움켜쥐고 내가 돌아오길 기다리고 있었다. 나는 떨어지지 않는 발을 간신히 움직여 미로로 들어섰다. 드디어 미로와의 싸움이 시작된 것이다.

내가 들어서자 모조 광화문의 문이 그르렁거리며 닫혔다. 이제 두 번 다시 나를 내보내주지 않겠다고 다짐하는 듯했다. 혹시나 해서 문을 열어보았지만 역시 한 사람의 힘으로는 어림도 없었다. 이제 꼼짝없이 미로를 풀어야만 했다. 아니면 이곳에서 여생을 마쳐야 한다. 나는 한숨을 내쉬고 미로를 걷기 시작했다.

첫 번째 미로는 삼십 미터가량 이어져 있었다. 그것은 전형적인 미로로 이리저리 방향을 틀어가며 연결되어 있었다. 나는 언제 나타날지도 모르는 부비트랩을 걱정하며 잔뜩 움츠린 채 미로를 지났다. 하지만 아무 일도 일어나지 않았다. 지루하게 이어진 시멘트 담과 철창만이 나를 내려다보고 있을 뿐이었다.

그렇게 삼십여 미터를 지나자 첫 번째 관문이 나타났다. 낯익으면서도 낯선 공간이었다. 경복궁의 두 번째 공간인 흥례문과 근정문 사이의 영제교와 금천이 흐르는 정원이었다. 원래의 정원과는 많은 부분이 달랐다. 그곳은 서양풍과 일본풍이 어우러진 전혀 다른 정원이었다. 내가 들어선 곳은 흥례문이었다. 내 앞으로 임금이 지나던 길인 어도가 정원 맞은편 근정문까지 이어졌고 그 사이로 영제교가 정원을 가로지르는 금천 위에 아담하게 놓여 있었다. 주변을 행각이 둘러싸고 있었다. 갖춘 행색이 그렇다는 것이지 실제 건축 양식은 기존의 형태와 전혀 달랐다.

일단 내가 들어선 흥례문은 팔작지붕에 겹처마를 갖춘 흥례문이 아니었다. 마르세유 역 입구에서나 볼 법한 로마네스크 양식의 서양 문이었다. 붉은색 로마식 지붕 아래는 복층 아치가 입구를 형성하고 있었고 그 옆으로 화강암을 쌓아 만든 두 개의 도리아식 원형 기둥이 지붕을 받치고 있었으며 머릿기둥에는 삼종신기 문양이 조각되어 있었다. 로마식 지붕 아래로 어울리지 않는 현판이 걸려 있었다. 日向門. 태양을 바라보는 문이란 뜻으로 일본을 공경하라는 의미다. 그 앞으로 사각의 정원이 펼쳐져 있었는데 그것은 가레산스이식 일본 정원이었다. 가레산스이枯山水란 고운 모래와 작은 자갈을 평평하고 일정하게 깐 다음 조형적으로 중간중간 기하학적인 자연석을 섬처럼 배치한 일본 정원이다. 화강암으로 만들어진 어도가 정원의 중앙을 가르며 저 멀리 근정문을 향해 곧게 뻗어 있었고 그 사이를 가로질러 흐르는 금천 위로 영제교를 대신해 일본풍 돌다리가 놓여 있었다. 그 앞에 서 있던 근정문에는 흥례문보다 규모가 큰 로마네스크 양식 문이 서 있었다. 「건축무한육면각체」 8행이 가리키는 장소였다. 기묘한 공간이었다. 비록 목숨을 위협하는 부비트랩이 설치되어 있을 수도 있는 치명적인 공간이었지만 현혹될 만큼 비현실적인 아름다움을 지니고 있었다.

나는 어도를 따라 일본 정원을 지나 중앙에 위치한 영제교에 도착했다. 영제교에는 본래 다리 네 귀퉁이에 천록이라 불리는 돌짐승이 금천의 물살을 매섭게 노려보고 있었는데 모조 영제교에는 일본 신사 입구를 지키는 고마이누라는 개 형상이 그 자리를 대신하고 있었다. 나는 고마이누의 매서운 시선을 물리치며 다리를 건너기 시작했다. 다리를 건너던 나는 주위를 살피다가 어도에 깔려 있던 화강암에 발이 걸려 비틀하며 모래 정원에 발을 디뎠다. 그런데 아름답던 정원은 가시가 돋친 장미였다.

모래 지옥이었다. 부드럽게만 보이던 백색 모래는 아귀처럼 발을 모래 깊숙이 빨아들이고 있었다. 이상이 만든 첫 번째 부비트랩이었다. 나는 안간힘을 쓰며 빠져나오려 했지만 모래 지옥은 투견처럼 한번 물자 절대 놓아주지 않았다. 모래가 점점 차올라 몸을 집어삼키려 했다. 방법을 강구해야만 했다.

그때 가방에 달린 어깨걸이가 눈에 띄었다. 길이로 봐서 모조 영제교 난간에 간신히 닿을 수 있을 것 같았다. 어깨걸이를 풀어 고리를 만든 후 영제교 난간을 향해 던졌지만 간발의 차이로 놓치고 말았다. 뭔가가 더 필요했다. 허리띠를 풀어 어깨걸이에 연결했다. 모래 지옥은 가슴까지 차오르고 있었다. 잠시 후면 손마저도 움직일 수 없게 될 판이었다.

"제발 걸려라!"

나는 있는 힘을 다해 허리띠가 연결된 어깨걸이를 난간 손잡이를 향해 던졌다. 이번에는 보기 좋게 난간에 걸렸다. 죽을힘을 다해 잡아당겼다. 한참을 모래 지옥과 씨름하고서야 간신히 빠져나올 수 있었다. 기진맥진해서 생명줄처럼 모래 지옥 위에 떠 있던 어도로 올라왔다. 아름답기만 하던 정원은 어느새 호시탐탐 목숨을 노리는 괴물로 변해 있었다.

"내가 너무 방심했군."

나는 정신을 차리고 주위를 둘러봤다. 어도는 곧장 근정문을 향해 뻗어 있었다. 모든 것을 의심해야만 했다. 아름답게 서 있는 근정문 뒤에 괴물이 기다리고 있을지도 모를 일이었다. 가방에서 총서가 담긴 봉투를 꺼냈다. 그리고 "두 번째 미로"라고 적힌 봉투를 열었다.

총서 두 번째 장. 작성자 장경식

박팔양의 시에서 단서를 발견하게 된 것은 순전히 우연이었다.

그 시초는 이상의 1931년 작품인 「진 단 0:1」이라는 시였다.

診 斷 0:1

或은患者의容態에關한問題.

1 2 3 4 5 6 7 8 9 0 •

1 2 3 4 5 6 7 8 9 • 0

1 2 3 4 5 6 7 8 • 9 0

1 2 3 4 5 6 7 • 8 9 0

1 2 3 4 5 6 • 7 8 9 0

1 2 3 4 5 • 6 7 8 9 0

1 2 3 4 • 5 6 7 8 9 0

1 2 3 • 4 5 6 7 8 9 0

1 2 • 3 4 5 6 7 8 9 0

1 • 2 3 4 5 6 7 8 9 0

• 1 2 3 4 5 6 7 8 9 0

診斷 0:1

26.10.1931

以上 責任醫師 李 箱

이상의 「건축무한육면각체」 때문에 머리를 싸매고 있던 어느 날 이 시 같으면서도 시 같지 않은 이 시를 가지고 장난을 시작했다. 이상처럼.

이 시는 시어로 구성되어 있지 않고 숫자로 이루어져 있다.

나는 이 시의 숫자보다는 이 시가 가지고 있는 형태에 관심을 가졌다. 그리고 대각선으로 이어진 점에 주목했다. 이와 관련된 문구가 「건축무한육면각체」 제7행에 나온다.

平行四邊形對角線方向을推進하는莫大한重量.

마르세이유의봄을解纜한코티의香水의마지한東洋의가을

평행사변형 대각선 방향을 추진하는 막대한 중량이라니.

수식 같으면서도 암호 같은 이 행을 바탕으로 나는 구인회의 모든 시들을 대각선 방향으로 해석하기 시작했다.

그러자 놀라운 일이 벌어졌다. 바로 박팔양의 시 「시냇물」에서 숨겨진 문장이 나타난 것이다.

시냇물

시냇물은 여름의 황혼이 즐거운 듯이
춤을 추며 풀향기를 물우에 실린다
내가에는 이름모를 날벌레들이 날고
내가에는 어린동무들이 재재거리며 놀고
어려서는 냇가에서 밤 깊는 줄 몰랐고
자라서는 냇가에서 슬픈 노래를 배웠네
아아 이제는 창파도 한고비 넘으려는데
나는 또 냇가에서 무엇을 명상만하고 있으뇨
내물이 해맑게 또다시 흘러서
어느 아름다운 아침에 큰 바다로 들어가듯이
번번히 나 오래고 험한 고난의 길 우에도
삶다는 마침내 오고야 말 날이 있을것을

이것은 박팔양이 1936년 구인회 시절 쓴 시이다. 그런데 이상의 「진 단 0:1」과 「건축무한육면각체」 7행을 염두에 두고 대각선으로 밑줄 그은 부분을 읽으면 모습을 드러낸다.

"삼번 아해가 창에서 들벌에 실린다."

나는 이 문장을 발견하자 이 시의 배경이 궁금해졌다. 그래서 박팔양에 관한 모든 자료를 뒤지기 시작했다. 그러자 놀랍게도 어둠 속에 모습을 감추고 있던 진실이 모습을 드러냈다.

1936년 봄 어느 날 박팔양은 이상과 술을 마시다가 우연히 즉석 게임을 시작한다. 게임은 시인들답게 시어를 놓고 즉석에서 시를 만드는 것이었다. 이 둘은 밤이 새도록 술을 마시며 시어 대결을 한다. 그러던 중 이상이 한 가지 제안을 한다. 자신의 시 「진 단 0:1」을 펼치며 열 개의 시어를 대각선으로 넣은 시를 만들자고 한 것이다. 그리고 그 시어가 바로 '삼번 아해가 창에서 들벌에 실린다'이었다. 박팔양은 아무런 의심 없이 이 시어를 대각선으로 넣은 시를 만들었고 그 시가 바로 「시냇물」이다. 이상은 곧바로 이 시를 동인지 《시와 소설》에 실었고 이후 세상에 알려진 것이다. 이 사실을 알게 된 순간 등골이 오싹해졌다. 이것이 바로 이상의 미로 「건축무한육면각체」의 7행을 해석할 수 있는 단서인 것이다.

7행은 두 번째 관문에 도착하는 미로의 부비트랩을 설명한 내용이다. 그것을 정확히 설명할 수는 없다. 실제로 미로 속에 들어가야만 확인할 수 있다.

한 가지 확실한 것은 이 미로가 중력을 모티브로 만들어졌다는 것이다. 그리고 그것을 통과하기 위해서는 삼번 아해, 즉 세 번째 장소(이상은 자신의 미로를 아해라고 부르고 있다)에 도착하면 나타나는 창(이것이 구체적인 창인지 아니면 창으로 볼 수 있는 또 다른 무엇인지는 설명할 도리가 없다. 몸으로 맞닥뜨리는 수밖에)으로 몸을 날려야 한다. 그리하면 그곳에 있던 들벌(이상이 들벌을 언급한 것은 벌은 중력에 반하여 하늘을 날 수 있기 때문이라고 생각된다)에 몸을 싣게 될 것이라는 뜻이다. 그 들벌이 두 번째 관문을 통과하여 다음 장소로 데려다줄 것임을 의미하고 있다.

「건축무한육면각체」 8행은 미로를 통과하면 나타나는 관문의 모습을 설명한 것이라고 생각된다. 그곳은 시에서 묘사한 대로 서양의 모습과 동양의 모습이 조화를 이룬 공간이라 생각된다. 여기에 다음 미로로 연결되는 중요한 단서가 들어 있다. 그것은 마지막 단어인 동양의 가을이다. 현혹적인 마르세이유로부터 시작된 코티의 향수 따위에 현혹되어선 안 된다는 뜻이다. 다음 통로로 가기 위해선 동양의 가을을 선택하라. 그러면 새로운 문이 열릴 것이다.

한 가지를 명심해야 할 것이다. 중력으로 이루어진 공간에서 중력에 몸을 맡겨라. 그리하면 하늘을 나는 들벌이 새로운 공간으로 데려다줄 것이다. 만약 중력을 두려워해 달아나려 한다면 목숨을 잃을 것이다.

이것이 장경식이 작성한 두 번째 미로의 단서였다. 그는 첫 번째 미로가 중력을 모티브로 만들어졌다고 설명하고 있었다. 모래 지옥을 의미하는 것이다. 나는 진작 장경식의 조언을 확인하지 않은 스스로를 자책하며 단서를 곱씹어보았다.

그는 세 번째 장소에서 나타나게 될 창에서 들벌에 몸을 실어야 한다고 설명했다. 그리고 다음 미로로 연결된 통로가 동양의 가을이라고 암시하고 있었다. 다음 통로가 있을 만한 곳을 찾는 게 우선이었다. 나는 주위를 유심히 살폈다. 정원에는 흥례문과 근정문 외에 또 다른 문이 있었다. 유화문이었다. 그것은 본래 경복궁 빈청으로 연결된 문이었다. 그런데 그것은 서양식으로 지어진 두 개의 대문과는 달리 일본풍 이리모야 처마를 하고 있었다. 그리고 처마에는 가을을 상징하는 단풍잎이 수놓아져 있었다. 장경식이 말한 동양의 가을이었다. 하지만 유화문으로 이어지는 길은 없었다. 유화문과 어도 사이에는 모래 지옥이 버티고 있었다.

"삼번 아해를 찾아야 해."

나는 지나온 어도를 돌아보며 장경식이 말한 세 번째 장소를 찾기 시작했다. 하지만 어도 어디에도 세 번째 장소라고 할 만한 곳은 없었다. 영제교가 어도를 둘로 나누고 있었지만 특별히 단서가 될 만한 건 눈에 띄지 않았다.

"분명 여기 어딘가에 단서가 있어."

인내심을 가지고 지나온 길을 되돌아갔다. 영제교를 건너던 중 나는 다리를 둘러싼 네 마리의 고마이누상 앞에 멈췄다. 이전에 실제 영제교를 건너다가 보게 된 희미한 기억 때문이었다. 실제 영제교에 있었던 네 마리의 천록 중 한 마리가 웃음을 자아낼 정도로 해학적인 모습을 하고 있었다. 네 마리 중 세 마리는 근엄한 표정으로 금천을 주시하고 있었는데 나머지 한 마리가 우스꽝스럽게 혓바닥을 내밀고 있었다. 그 녀석이 세 번째 천록이다.

나는 모조 영제교에 있는 세 번째 고마이누를 바라봤다. 녀석은 나머지들처럼 근엄한 얼굴을 하고 있었다. 그런데 자세히 보니 녀석의 입이 반쯤 벌려져 있고 그 안에 혀처럼 생긴 레버가 보였다. 나는 다가가 세 번째 고마이누 입속에 손을 넣어 레버를 당겼다. 그러자 급류가 흐르던 금천에 한 사람이 지날 수 있는 징검다리가 나타났다. 뿐만 아니라 징검다리가 이어진 모래 지옥에서 유화문으로 향하는 길이 모습을 드러냈다. 삼번 아해란 장소를 말하는 것이 아니라 세 번째 천록을 가리킨 것이었다. 창이란 영제교 난간의 창을 의미했다. 나는 영제교 난간으로 난 창을 통해 금천 위로 고개를 내민 징검다리로 들어섰다. 그리고 천천히 금천을 지나 모래 지옥을 통과했다.

"시인답게 이상은 유머를 알아."

모래 지옥을 지나 도착한 유화문은 단출했다. 나는 식은땀을 닦으며 잠시 숨을 돌리려 했다. 그 순간 유화문이 자동으로 열렸다. 그와 동시에 방금 지나온 비밀의 길이 모래 지옥 속으로 모습을 감췄다. 미로는 내게 쉴 틈도 주지 않으려는 모양이었다. 나는 어쩔 수 없이 두 번째 미로로 들어섰다.

유화문 너머에는 시멘트 벽으로 둘러싸인 지루한 미로가 펼쳐져 있었다. 나는 미로를 따라 걷기 시작했다. 미로는 지난번과는 달리 길지 않았다. 약 십여 미터를 지나자 미로가 끝나고 세 번째 관문이 나타났다. 그것은 처음으로 등장한 완전한 건물이었는데 지금까지 건물 중 가장 일본적인 양식으로 지어져 있었다.

입구에는 일본 신사에서 신성 구역을 표시하는 '天' 자 모형의 조형물 도리이鳥居가 서 있었으며 그 뒤로 마치 교토의 청수사를 옮겨놓은 듯 천수각 형태의 처마에 온통 주홍색 단청이 칠해진 일본식 건물이 서 있었다. 입구를 받치고 있던 투구 형태의 목조 처마에는 금도금으로 장식이 된 일본풍 십이지신이 조각되어 있었고 입구 양옆에는 마네키네코라 불리는 고양이 석상이 날카롭게 노려보고 있었다. 건물 내부로 이어진 문에는 사각의 벚꽃이 반복된 일본 특유의 만포공영 문양이 장식되어 있었고 처마에는 물고기 풍경이 매달려 있었다. 나를 놀라게 만들었던 것은 다름 아닌 현판이었다. 현판에는 "사정전事政殿"이라는 글자가 선명하게 적혀 있었다. 사정전은 임금이 대신들과 국사를 논하던 곳이다.

일제는 그런 경건한 장소를 일본 신사풍으로 개조한 것이다.

"이 인간들 정말 집요하구만."

일제의 치밀함에 혀를 내두르면서 사정전 안으로 들어갔다. 문은 이전과는 달리 직접 열어야만 했다. 내가 들어서자 철컹하는 날카로운 쇳소리와 함께 철창이 입구를 막았다. 한 번 발을 들인 이상 미로를 풀기 전엔 빠져나갈 수 없었다.

완전히 독 안에 든 생쥐 꼴이었다. 나는 천천히 사정전을 둘러봤다. 면적이 꽤 넓었는데 중간중간 대들보를 받치고 있던 기둥을 제외하고는 하나로 트인 공간이었다. 중앙에는 임금이 자리하던 용상이 놓여 있었고, 그 뒤로 해와 달을 상징하는 일월오악 병풍이 있어야 할 자리에는 일본의 무인 가문을 대표하는 각종 문양이 펼쳐져 있었다. 가장 놀라운 건 사정전 전체가 벚꽃으로 뒤덮여 있다는 것이었다. 흰색 벚꽃 문양이 천장을 온통 수놓고 있었다. 그 문양이 바닥에 윤기 있게 칠해져 있던 푸른 옻칠에 반사되어 사정전 내부 전체가 달빛에 빛나는 흰 벚꽃밭처럼 보였다. 그런데 자세히 보니 천장에 장식된 벚꽃 문양은 일반적인 문양이 아니었다. 날카로운 칼날이 번뜩이는 부비트랩이었다. 여차하면 수백 수천의 벚꽃이 날아와 내 몸을 갈기갈기 찢을 수도 있었다.

안을 살피던 나는 특이한 물건을 발견했다. 근정전에 있어야 할 칠보대향로가 이곳에 있었다. 황동 표면에 칠보를 입힌 향로로 어린아이 키만큼이나 컸다. 푸른색 바탕에 노란색과 분홍색으로 연꽃 문양이 수놓아져 있었고 세 개의 다리에는 사천왕 얼굴이 조각되어 있었다. 이상한 건 본래 두 개의 단으로 구성되어 있어야 할 향로가 아래 단은 보이지 않고 상단만 있었다. 옆에는 앙부일구가 있었다. 앙부일구는 세종 때 개발된 그림자를 이용해 시간을 알려주던 최초의 공중시계로 반구형의 솥 안에 이십사절기를 나타내던 위선과 시각을 나타내는 경선이 표시되어 있고 그 주위로 열두 시간을 가리키던 십이 간지子畜寅卯辰巳午未申酉戌亥가 적혀 있었다. 나는 지난번 실수를 반복하지 않기 위해 지체 않고 세 번째 봉투를 꺼냈다.

총서 세 번째 장. 작성자 국태환

어느 날 우연히 나는 한 권의 일기장을 손에 넣었다. 그것은 그야말로 기적 같은 일이었는데 지인으로부터 소개받은 한 사람이 중요한 계기가 되었다. 그는 바로 이상의 가장 절친한 친구이자 화가였던 서산 구본웅의 친인척이었다. 그는 내가 쓰는 이상 김해경의 논문에(그들은 내가 이상의 연대기를 작성하고 있는 줄 알았다) 도움이 되길 바란다며 낡은 일기장 하나를 건네줬다. 이상의 애인이었던 금홍의 일기였다. 나는 너무도 기쁜 마음에 그 자리에서 읽기 시작했다. 그것은 금홍이 이상을 처음 만난 백두온천에서부터 작성한 글이었다. 세상에 알려지지 않았던 이상의 생활을 엿볼 수 있는 귀중한 자료였다. 그런데 그중 놀라운 구절이 있었다. 다음은 금홍의 일기 내용 중 일부이다.

"그이는 내 몸에 손을 대는 걸 두려워하는 천치다. 나는 그럴수록 우 씨와 더욱 가깝게 몸을 섞는다. 오늘도 우 씨와 더불어 독탕에 들어갔다. 그이더러 보라는 듯이 일부러 문간에 우 씨의 신발과 내 신발을 부부처럼 나란히 세워놓고. 나는 그이가 돌아온 인기척을 듣고 더욱 크게 신음 소리를 냈다. 하지만 그이는 병신같이 아무 짓도 하지 못한다.

우 씨가 돌아가고 난 후 방에 들어갔을 때 그이는 곤히 잠들어 있었다. 방안에 술 냄새가 진동을 했다. 어디선가 징하게 퍼마시고 돌아온 게다. 나는 우 씨에게 받은 십 원짜리 지폐를 그이 머리맡에 놓고 옆에 누웠다. 그러면 영락없이 그이의 잠꼬대가 시작된다. 그이의 잠꼬대는 언제나 똑같다.

백호야. 소금을 뿌려라. 옥상정원의 메밀꽃은 소금을 뿌려주지 않으면 시들고 만다. 소금을 뿌려라.

이 무슨 해괴한 잠꼬대란 말인가. 밸 볼일도 없는 시인 주제에 자면서도 시를 쓰네."

일기를 읽는 순간 나는 무릎을 쳤다. 그것은 바로 이상이 무의식중에 건축무한육면각체 미로의 단서를 내뱉은 것이다.

이것은 구인회 초기 회원이었던 이효석의 「메밀꽃 필 무렵」에 「건축무한육면각체」 제 9, 10행의 단서가 들어 있음을 의미한다.

快晴의空中에鵬遊하는Z伯號. 蛔蟲良藥이라고씌어져있다.

屋上庭園. 원후를흉내내이고있는마드무아젤.

나는 이 단서를 바탕으로 이효석의 「메밀꽃 필 무렵」을 조사하기 시작했다. 그 와중에 나는 재밌는 부분을 발견하게 됐다. 바로 어렵게 구한 교정본 때문이었다. 교정본이라 함은 총독부 검열 이전 교정을 위해 임의로 뽑은 것이다. 거기에는 출간본과 다른 부분이 담겨 있었다. 첫 번째 출판본과 상이한 부분은 등장인물 장돌뱅이 동이의 이름이었다. 동이의 이름이 교정본에는 기중으로 등재되어 있다. 이는 《조광》에 소설을 실을 때 누군가에 의해 의도적으로 바뀐 것이다. 나는 그가 이상이라고 추측하고 있다. 그리고 또 다른 부분은 다음 구절이다.

"길은 지금 긴 산허리에 걸려 있다. 밤중을 지난 무렵인지 죽은듯이 고요한 속에서 짐승 같은 달의 숨소리가 손에 잡힐 듯이 들리며 콩 포기와 옥수수 잎새가 한층 달에 푸르게 젖었다. 산허리는 온통 메밀밭이어서 피기 시작한 꽃이 소금을 뿌린 듯이 흐뭇한 달빛에 숨이 막힐 지경이다. 붉은 대궁이 향기같이 애잔하고 나귀들의 걸음도 시원하다.(이상 출판본)"

다음은 교정본의 내용이다.

"길은 어느덧 언덕에 다다랐다. 밤중을 지난 무렵인지 죽은 듯이 고요한 속에 요마 같은 달의 숨소리가 손에 잡힐 듯이 들리며 콩 포기와 옥수수 잎새가 한층 달에 푸르게 젖었다. 주변은 온통 메밀밭이어서 피기 시작한 꽃이 눈을 뿌린 듯이 흐뭇한 달빛에 숨이 막힐 지경이다. 붉은 줄기가 향기같이 애잔하고 나귀들의 걸음도 시원하다."

위에서 보는 바와 같이 총 다섯 개의 구절이 바뀐 것을 알 수 있다. 바로 「건축무한육면각체」 9, 10행을 해석하기 위한 단서를 남기기 위해 이상이 임의로 바꿔 출간한 것이다.

위의 내용과 금홍의 일기를 바탕으로 「건축무한육면각체」 9, 10행을 해석하면 다음과 같은 단서가 나타난다.

9행은 세 번째 관문을 통과하기 위한 실마리이다. 쾌청의 공중이란 세 번째 관문에 도달하기 위해 거쳐야 하는 미로의 천장 부분을 묘사한 글이다. 수십 미터 지하에 건설한 미로에 어떻게 쾌청한 공중이 나타날 수 있을지는 나로서도 상상이 안 간다. 하지만 이상의 상상력이라면 분명 우리의 선입견을 뛰어넘는 공간을 만들었으리라. 그리고 그 공간은 다섯 개의 관문 중 산허리, 즉 중간 단계에 해당한다는 것을 알리기 위해 이상은 이효석의 「메밀꽃 필 무렵」 교정본에서 첫 번째 밑줄 그은 내용으로 바꾼 것이다.

"길은 지금 긴 산허리에 걸려 있다."

그러한 쾌청 공중에 있는 첫 번째 단서가 Z伯號이다. 여기서 백호는 은유적으로 사용된 것으로 보인다. 伯號를 한자 그대로 뜻풀이하면 우두머리 이름, 즉 첫 번째 이름이라는 뜻이 된다. 하지만 이것은 일상적으로 사용되는 단어가 아니다. 이것은 이상이 만든 단어인 것이다. 그러므로 이곳을 통과하기 위해서는 적절한 이름을 대야만 한다. 그 첫 번째 이름은 Z로 시작하는 것이다. 뿐만 아니라 백호는 중의적으로 사용되고 있다.

짐승 백호이다. 고로 첫 번째 미로를 통과하려면 Z로 시작되는 짐승의 이름을 기억해내야 한다. 명심할 것은 여기서의 짐승이 하얀 호랑이를 의미한다고 생각하면 오산이라는 것이다. 이상이 말한 짐승은 다음 구절에 등장한다. 바로 "원후를 흉내내이고 있는 마드무아젤"이다. 원후란 원숭이를 뜻한다.

Z로 시작되는 원숭이의 이름을 기억해내라.

미로에 들어서면 달빛이 푸르게 비치는 메밀꽃밭이 나타날 것이다. 하지만 이것은 언뜻 보기에 메밀꽃밭이지 실은 무서운 흉기가 숨어 있는 부비트랩이다. 이곳을 통과하기 위해선 '회충양약'이 필요하다. 그 양약은 소금이다. 두 번째 미로를 통과하기 위해서는 지참금으로 소금을 가지고 있어야 한다. 그리하면 문이 열리고 붉은 대궁이 나타날 것이다.

위의 밑줄 중 마지막 부분인 "붉은 대궁" 역시 중의적 표현이다.

대궁이란 줄기를 뜻하기도 하지만 실은 거대한 붉은 궁전을 의미한다. 그 궁전에는 원숭이를 흉내 내고 있는 마드무아젤이 잠자는 숲속의 공주처럼 칠십 년의 세월 동안 기다리고 있을 것이다.

이효석의 「메밀꽃 필 무렵」에서 말하는 메밀꽃은 사정전 천장과 바닥을 수놓고 있던 흰 벚꽃을 가리킨다. 국태환은 총서에서 두 가지 단서를 제시했다. 첫 번째는 Z로 시작되는 원숭이의 이름, 두 번째는 회충양약으로 사용될 소금이었다. 나는 이곳에 도착하기 전 총서에서 필요로 하는 물품을 구입하면서 가장 먼저 소금을 샀다. 하지만 대체 소금이 관문을 통과하는 데 어떤 용도로 사용될지는 상상도 할 수 없었다. 막상 이곳에 도착해서도 이상이 잠꼬대까지 하며 외치던 소금의 용도는 알 수가 없었다. 나는 일단 첫 번째 단서를 찾기로 했다. 이곳에 원숭이의 이름이 있는 곳은 단 한 곳뿐이었다. 앙부일구다.

앙부일구에는 열세 개의 선으로 이루어진 계절선과 시각선이 교차하며 반구형 주변을 빙 둘러 십이 간지가 적혀 있었다. 그중 원숭이를 가리키는 글자는 '申'이었다. 나는 앙부일구로 다가갔다. '申' 자는 쉽게 찾을 수 있었다. 하지만 중요한 건 Z가 의미하는 것이었다. 나는 차분히 국태환의 총서 내용을 상기하며 추리를 시작했다.

"왜 하필이면 알파벳 Z를 사용했을까."

나는 앙부일구 반구에 그어진 열세 개의 계절선을 응시했다.

"Z는 알파벳의 마지막 글자. 알파벳은 총 26개. 26은 13의 배수……."

나는 혹시나 하는 심정으로 앙부일구가 움직이는지 살펴보았다. 예상은 적중했다. 앙부일구는 실제와는 달리 반구를 중심으로 회전할 수 있게 설치되어 있었다. 그렇다면 이것은 어쩌면 시간을 가리키는 것일지도 모를 일이었다. 나는 앙부일구 반구에 그려진 가로 세로 열세 개의 선 중 마지막 13이 서로 교차하는 곳의 간지를 살펴봤다. 아니나 다를까 13이 교차하는 곳에는 '申' 자가 버티고 있었다. 하지만 앙부일구를 작동시키려면 빛이 필요했다. 하지만 이곳은 지하 백 미터 아래다. 그때 「메밀꽃 필 무렵」의 등장인물 중 이상이 직접 이름을 바꾼 동이가 떠올랐다.

"동이……. 동쪽의 큰 활을 쏘는 사람들……."

나는 앙부일구의 오른편을 바라봤다. 정동향에 병풍처럼 버티고 있던 그림 하나가 있었다. 활을 든 무사였다. 무사 앞에는 금으로 만들어진 촛대가 있었다. 주저할 이유가 없었다. 나는 촛대로 다가가 불을 붙였다. 그러자 시간을 가리키는 중앙의 일침에 그림자가 생겼다. 나는 앙부일구로 달려와 일침의 그림자가 마지막 13이 교차하는 '申' 자를 향하도록 회전시켰다.

그림자가 '申' 자를 가리키자 뭔가가 작동되는 둔탁한 소리가 사정전 내에 울려 퍼졌다. 옥좌 앞에 놓여 있던 칠보대향로에서 들려오는 소리였다. 육중한 향로가 위로 움직이더니 아래 숨어 있던 하단이 모습을 드러냈다. 그제야 칠보대향로가 온전한 모습을 갖추었다. 나는 향로로 다가가 살펴보았다. 그런데 향로 하단에는 기존의 칠보대향로와 다른 점이 있었다. 향 대신 물이 차 있다는 점이다. 그뿐만 아니라 향로 안에는 물 위에 또 다른 작은 향로가 떠 있었다. 작은 향로에는 중앙에 청동관이 있었는데 상단과 연결되어 있었다.

"꽃밭에 소금을 뿌려야 꽃이 시들지 않는다?"

나는 가방에서 소금을 꺼내 중앙의 작은 향로에 부었다. 물에 소금은 녹기 시작하더니 이내 용해되어 사라졌다. 나는 무슨 일이 일어나길 기대하며 향로를 응시했다. 작은 향로의 물이 불어나기 시작했다. 물은 점점 불어나 결국 향로를 채우고는 청동관을 타고 상단 향로로 올라갔다.

"삼투압이야. 이번 미로의 해법은 삼투압이었어!"

나는 상단으로 미친듯이 빨려 올라가는 물을 보며 소리쳤다. 이상이 말한 소금은 삼투압을 이용하라는 말이었다. 중앙 향로의 물이 염화나트륨 때문에 농도가 올라가게 되면 주변의 물이 농도를 맞추기 위해 유입되면서 향로의 물이 불어나는 것이다. 그러면 향로의 용량을 초과하면서 파이프를 타고 상단으로 이동해 기계가 작동되는 원리였다. 이윽고 상단에 물이 모두 차자 칠보대향로가 가라앉기 시작했다. 사방을 철통같이 막고 있던 철창이 스르르 내려가며 용상 뒤로 다음 미로로 이어지는 통로가 나타났다.

"이상이라는 사람 정말 굉장해."

건축 설계뿐만 아니라 물리를 이용해 미로를 작동시키게 만든 이상에게 감탄하며 네 번째 미로로 발걸음을 옮겼다.

그다음에는 더욱 놀라운 미로가 나를 기다리고 있었다.

경회루였다. 경회루 역시 이전 건물들과 마찬가지로 일본풍으로 지어져 있었다. 사각의 커다란 연못이 앞에 놓여 있었고 그 위로 마흔여덟 개의 두리기둥을 갖춘 경회루가 보였다. 연못에는 조경을 위해 만든 인공 섬이 있었고 그 위에 일본식 정원이 펼쳐져 있었다. 연회를 베풀던 경회루 2층에는 삼 단문이 설치되어 있었고, 뒤편으로 강녕전과 연결된 자시문이 자리하고 있었다. 온통 자줏빛으로 칠해져 있었다. 「메밀꽃 필 무렵」에 등장하는 붉은 대궁이다. 나를 더욱 놀라게 만든 건 연못을 가득 메우고 있는 액체였다. 새하얀 산성 김을 내뿜는 황산이었다. 거대한 경회루 연못을 시커먼 황산이 메우고 있었다. 코를 찌르는 황산 냄새에 머리가 아찔했다. 위협적인 풍경이었다. 근처만 가도 온몸이 녹아내릴 것만 같았다. 나는 코를 틀어막으며 네 번째 봉투를 개봉했다.

총서 네 번째 장. 작성자 이연

「건축무한육면각체」 11, 12행

彎曲된直線을直線으로疾走하는落體公式.

時計文字盤에XII에내리워진一個의浸水된黃昏.

이 행의 단서가 들어 있는 작가의 작품은 바로 김기림의 「기상도」이다. 「기상도」 6장 '올빼미의 주문'에는 예상대로 이상이 직접 쓴 구절이 포함되어 있었다. 11행의 "만곡된 직선"이라는 말은 얼핏 들어서는 말이 안 된다. 구부러진 직선이라니. 그것은 바람을 설명하기 위해 은유적으로 표현한 것이다. 바람은 그 어떤 상황에도 직선을 이룰 수 없다. 그것은 제아무리 가두려고 해도 가둘 수 없고 만지려 해도 만질 수 없다. 그것은 어떠한 형태로도 성형되지 않는다. 하지만 그것이 기압과 만나면 순식간에 어마어마한 힘을 발휘하게 된다. 거기에 폭우가 동반된다면 그 힘은 배가된다. 태풍처럼.

「기상도」 6장 '올빼미의 주문'은 바로 이 태풍이 몰아치는 극한의 상황을 은유적으로 묘사한 글이다. 5장이 본격적인 태풍이 강습했을 때를 그린 것이라면 6장 '올빼미의 주문'은 태풍이 지나간 후 폐허가 된 모습을 그린 것이다. 그중에서도 내가 주목한 행은 바로 10행부터 21행까지다. 여기에 이상의 단서가 숨어 있다. 행은 10행에서 14행, 15에서 21행으로 나뉘어 있다.

「기상도」 올빼미의 주문 10~21행

나는 갑자기 신발을 찾아 신고
도망할 자세를 가춘다 길이 없다
돌아서 등불을 비틀어 죽인다
그는 비둘기처럼 거짓말쟁이였다
황홀한 불빛의 榮華의 그늘에는
몸을 조려 없애는 기름의 十字架가 있음을
등불도 비들기도 말한 일이 없다

나는 信者의 숭내를 내서 무릎을 꿇어본다
믿을 수 있는 神이나 모신 것처럼
다음에는 旗빨처럼 호화롭게 웃어버린다
대체 이 疲困을 피할 하루밤 酒幕은
아라비아의 아라스카의 어느 가시밭에도 없으리라
戀愛와 같이 싱겁게 나를 떠난 希望은
지금 또 어디서 復讐를 준비하고 있느냐
나의 머리에 별의 꽃다발을 두었다가

거두어간 것은 누구의 변덕이냐
밤이 간 뒤엔 새벽이 온다는 宇宙의 法則은
누구의 실없는 장난이냐
東方의 傳說처럼 믿을 수 없는
아마도 失敗한 實驗이냐

얼핏 이것은 아무런 단서도 들어 있지 않은 것처럼 보인다.

하지만 이 시에 들어 있는 한자를 한글로 바꾸고 이상의 「건축무한육면각체」처럼 띄어쓰기를 하지 않고 붙여 쓰면 이야기는 달라진다.

나는갑자기신발을찾아신고
도망할자세를가춘다길이없다
돌아서등불을비틀어죽인다
그는비둘기처럼거짓말쟁이였다
황홀안불빛의영화의그늘에는
몸을조려없애는기름의십자가가있음을
등불도비들기도말한일이없다
나는신자의숭내를내서무릎을꿇어본다
믿을수있는신이나모신것처럼

다음에는기빨처럼호화롭게웃어버린다
대체이피곤을피할하루밤주막은
아라비아의아라스카의어느가시밭에도없으리라.
연애와같이싱겁게나를떠난희망은
지금또어디서복수를준비하고있으리라
나의머리에별의꽃다발을두었다가
거두어간것은누구의변덕이냐
밤이간뒤엔새벽이온다는우주의법칙은
누구의실없는장난이냐
동방의전설처럼믿을수없는
아마도실패한실험이냐

새로 등장하게 되는 단어들이 다음 미로로 들어갈 수 있는 방법을 말해주고 있다. 이것을 연결하여보면 이러한 글이 된다.

자기 신발을 찾아 신고 도망할 자세를 갖춰라.
홀 안 불빛의 불도비들 나모신처럼
라비아의 아라스를 떠난 희망을 준비하고 있으리라.

여기서 자신의 신발이란 이상이 준비해둔 신발을 의미한다. 그것이 구체적으로 신발을 의미하는지는 알 수 없다. 하지만 신발이란 어딘가로 가기 위해 신는 것이다. 그것을 취해야 한다는 뜻이다.

다음으로 등장하는 불도비는 佛徒俾라는 도깨비를 의미한다. 이 귀신은 진시황이 서복에게 수천 명의 선남선녀를 데리고 찾으라고 명했던 불로초를 키우는 도깨비들이다. 이들은 불로초로 술을 담가 마셨던 것으로 유명하다. 이들이 신었던 신발이 비파나무로 만든 나모신이다.

이 신에 주목할 필요가 있다. 나모신은 전설에 따르면 물위를 걸을 수 있고 불에도 타지 않으며 폭풍우를 만들 수 있는 힘이 들어 있다. 태풍을 건널 수 있는 신발이다. 이 신이 이상이 준비해둔 신발이며 다음 미로로 통하는 문을 열기 위해 이상이 숨겨둔 장치가 들어 있는 곳을 의미하고 있다. 이것을 찾아 열면 라비아의 아라스가 나타난다. 라비아는 코란에 등장하는 성녀로 신에게서 아라스라는 증표를 받아 승천한다. 고로 장치를 작동시키려면 라비아의 증표, 즉 아라스가 필요하다. 아라스의 형태는 6행에서 암시하고 있다. 십자가이다. 장치에 십자가를 각인시키면 비로소 다음 미로의 통로가 열리게 된다.

하지만 「건축무한육면각체」 12행에는 또 하나의 전제가 필요함을 암시하고 있다. 그것은 시간이다. "시계 문자반에 12에 드리워진 일개의 침수된 황혼." 이것은 정확한 시간에 장치를 작동시키지 않으면 부비트랩이 작동하여 재앙이 일어남을 암시하고 있다.

명심하라. 불도비의 나모신은 시계 문자반이 정각 12시를 가리킬 때 작동시켜야만 무사히 그곳을 빠져나갈 수 있으리라.

나는 「건축무한육면각체」 11, 12행을 해석한 이연의 보고서를 되뇌며 경회루에서 불도비의 나모신을 찾기 시작했다. 지금까지의 미로를 헤쳐나가는 방법 중 가장 예상하기 쉬운 해석이었다. 하지만 이상의 상상력이 워낙 기발했기에 마음을 놓을 순 없었다.

경회루 본체로 향했다. 불도비의 나모신이 있을 가장 적당한 장소였다. 실제 경회루는 보존을 이유로 출입을 통제했기 때문에 모조이긴 했지만 내부로 들어가보기는 처음이었다. 경회루 1층은 본체를 지탱하는 마흔여덟 개의 기둥과 본체 양쪽 끝에 설치된 2층으로 이어진 계단이 전부였다. 그 주위로 십이지신이 새겨진 돌난간이 둘러싸고 있었지만 특별한 것은 없었다. 나는 계단을 올라 2층으로 향했다.

2층은 중앙에 임금이 자리하던 세 칸의 정당과 열두 개의 창호로 구획이 나누어진 열두 칸의 방이 있었다. 창호를 올리면 2층 전체가 하나의 공간으로 이어지는 구조였다. 천장에는 본래 있던 연화 무늬 단청 대신 일본 고대 설화를 형상화한 그림이 그려져 있었다. 천신으로부터 삼종신기를 건네받는 초대 일본 천황의 모습이었다. 어디에도 불도비의 모습은 보이지 않았다.

불도비는 상상속의 귀신이기 때문에 시대와 지역에 따라 조금씩 다른데 지옥을 지키는 사천왕과 상당 부분 흡사한 모습을 지니고 있다. 우락부락한 인상에 불처럼 타오르는 수염을 지니고 있고 중국식 갑옷을 입는다. 한 손에는 창이나 칼을 들고 있으며 다른 손에는 얼후라고 하는 중국의 악기를 들고 있다. 불도비가 신고 있는 나모신은 시대와 지역을 불문하고 모두 같은 모습으로 신발 양옆에 태풍을 상징하는 구름 모양의 장식이 달려 있고 앞부분에는 타오르는 불 문양이 붉게 그려져 있다.

하지만 경회루 어디에도 나모신은커녕 버려진 고무신 하나 보이지 않았다. 나는 이연이 말한 두 번째 단서부터 살펴야겠다고 생각했다. 해석에서 말한 다른 단서는 12시를 가리키는 시계 문자반이었다. 물론 괘종시계 같은 게 경회루 현판에 걸려 있을 리 없었다.

"분명히 은유적인 표현이야. 다른 뭔가를 가리키고 있는 거야."

경회루를 돌아보기 시작했다. 창호를 열고 각 칸을 지나며 이연의 해석을 반복해서 읽었다.

"자기 신발을 찾아 신고 도망갈 자세를 갖춰라. 홀 안 불빛의 불도비들 나모신처럼. 라비아의 아라스를 떠난 희망을 준비하고 있으리라. 불도비의 나모신은 시계 문자반이 정각 12시를 가리킬 때 작동시켜야만 무사히 그곳을 빠져나갈 수 있으리라."

중앙의 정당을 거쳐 열두 개의 방을 지나며 어딘가 있을 실마리를 찾았다. 그러던 중 열두 번째 방에 멈춰 섰다. 어두운 창문 너머로 희미한 불빛이 보였다. 나는 불빛이 스며드는 창문을 열어보았다. 경회루 앞에 펼쳐진 연못 전체가 한눈에 들어왔다. 그리고 지금까지 발견 못 한 누각 하나가 눈에 띄었다. 연못을 사이에 두고 경회루 반대편에 자리잡고 있었는데 불빛은 그 누각에서 비롯되고 있었다. 이연이 말한 홀 안의 불빛이었다. 나는 누각을 유심히 살펴보았다. 누각은 황산 연못 중앙에 떠 있는 자그마한 정자였다. 실마리가 숨어 있을 만한 장소였다. 하지만 여기서 누각을 가려면 황산 연못을 건너야만 했다.

"건널 만한 방법이 있을 거야."

나는 머리를 쥐어짰다.

"자기 신발을 찾아 신어라. 자기 신발……."

불빛을 보며 실마리를 찾던 나는 누각의 불빛이 경회루의 어느 지점을 가리키고 있다는 걸 발견했다. 불빛이 가리키는 곳을 살폈다. 불빛은 경회루 중앙의 정당正堂을 비추고 있었다. 나는 정당으로 달려갔다. 정당에는 임금이 앉는 옥좌가 자리하고 있었는데 불빛은 옥좌 아래의 받침대를 가리키고 있었다. 나무로 만들어진 받침대에는 아무런 장식도 되어 있지 않고 주변 마루에 비해 약 삼십 센티미터 정도 솟아 있었다. 그런데 불빛이 비추는 곳에 손잡이가 달린 사각 뚜껑이 있었다. 뚜껑을 열어보았다. 먼지가 뽀얗게 앉은 철제 레버가 나타났다. 지체 않고 레버를 잡아당겼다. 잠시 후 진동과 함께 돌무더기가 움직이는 둔탁한 소리가 들렸다. 진동은 경회루 1층에서 울려왔다. 서둘러 계단을 지나 1층으로 달려갔다. 그러자 지금까지 모습을 감추고 있던 새로운 뭔가가 나타났다.

금으로 도금된 나룻배였다. 나룻배는 경회루 연못과 이어져 있던 화강암 둔덕에 숨겨져 있었는데 레버를 움직이자 돌무더기가 열리며 모습을 드러낸 것이다. 나룻배는 임금이 뱃놀이를 즐길 때 사용되던 당시 모습을 재현한 것이었다. 직사각형의 배 중앙에 임금이 자리하던 용상이 있고 용상 위에 누각처럼 지붕이 씌워져 있었다. 배 전체가 금으로 덮여 바닥은 물론 용상과 지붕까지 번쩍번쩍 빛났다.

나룻배는 모습을 드러내자 자연스럽게 황산 연못에 띄워졌다. 나는 그제야 왜 배를 금으로 도금했는지 알 수 있었다. 금은 유일하게 황산에 녹지 않는 금속이다. 김을 내뿜으며 이글거리는 황산 위에서도 배는 아무렇지 않게 둥실 떠 있었다. 이 배가 바로 나모신이었다. 이연의 설명에 의하면 나모신은 물 위를 걸을 수 있고 불에도 타지 않는다고 했다. 이 배가 그랬다. 이글이글 불타는 황산 연못 위에서도 멀쩡했다. 나는 서둘러 배에 올랐다. 배 뒷부분에는 노가 있어 배를 저어 누각으로 향할 수 있었다. 나는 어설픈 실력으로 노를 젓기 시작했다. 황산이 내뿜는 역한 냄새와 뜨거운 열기가 주위를 감쌌지만 도금된 이상의 배를 타고 무사히 누각까지 도착할 수 있었다.

배에서 내리자 나는 곧바로 누각을 살펴보았다. 누각은 일본풍 사각 지붕에 여섯 개의 기둥과 벽면을 가지고 있었는데

서너 명이 들어설 수 있는 작은 크기였다. 살펴봤지만 일단 외부에는 특별한 것이 없었다. 문을 열고 누각 안으로 들어갔다. 그러자 그렇게 찾던 불도비가 나를 기다리고 있었다. 불도비는 이 미터 크기로 묵직한 철로 만들어져 있었는데 자료에서 봤던 모습 그대로였다. 한 손에는 중국식 기타인 얼후를 들고 있었고 다른 손에는 서슬이 퍼렇게 날이 선 칼을 들고 있었다. 중국식 투구와 갑옷으로 무장하고 있었고 부리부리한 눈매에 『삼국지』의 장비처럼 송곳 수염을 기르고 있었다.

"이제 남은 건 라비아의 아라스야."

나는 이곳을 빠져나갈 마지막 단서를 찾기 시작했다. 그리고 그 단서는 분명 눈앞에 버티고 서 있는 불도비에 있을 게 틀림없었다. 그 예상은 적중했다. 불도비가 들고 있는 얼후의 손잡이 부분에 좌우상하로 움직일 수 있는 경첩이 달려 있었다. 나는 이연의 해석을 다시 살펴보았다.

"라비아의 증표는 「기상도」 6행에 암시하고 있는 십자가라고 했어."

나는 얼후의 손잡이 부분을 잡고 아래로 움직이려고 했다. 그때 주변과 전혀 어울리지 않는 물체가 띄었다. 그것은 포스트잇이었다. 노란색 포스트잇이 얼후 옆 부분에 붙어 있었다. 얼후를 작동하려다 말고 포스트잇을 집어 들었다.

이것은 디코이, 눈속임이다. 반대편 손에 다음 미로를 열 장치가 있다.

놀랍게도 은표가 남긴 메모였다.

"역시 은표는 죽지 않았어. 여기 어딘가 살아 있어."

다행이었다. 이곳을 먼저 통과한 사람은 은표였다. 게다가 은표는 뒤쫓아 들어올 나를 위해 친절히 조언까지 적어놓았다. 좋은 신호였다. 나는 은표의 악필이 적힌 포스트잇을 행운의 부적처럼 주머니에 넣고 불도비 반대편 손을 살폈다.

커다란 칼을 든 손이 하늘을 향해 뻗어 있었다. 나는 무의식적으로 칼을 뽑았다. 칼이 불도비의 손에서 빠졌다. 칼 손잡이에 불도비의 손과 연결된 철심이 박혀 있었다.

"만곡된 직선을 직선으로 질주하는 낙체 공식."

나는 칼을 대각선 방향으로 움직여보았다. 잔잔했던 황산 연못에 작은 파문이 일기 시작했다. 나는 또다시 칼을 반대편 대각선으로 움직여 십자가 형태를 만들었다. 그러자 놀라운 일이 벌어졌다. 연못을 가득 메우고 있던 황산이 욕조에서 물이 빠지듯 줄어들기 시작했다. 썰물처럼 빠지던 황산은 이윽고 연못에서 완전히 모습을 감췄다. 연못 바닥에 모습을 감추고 있던 통로가 모습을 드러냈다. 연못 중앙에는 화강암으로 만들어진 두 마리 용이 똬리를 튼 채 앉아 있었는데 그 안에 지하로 연결된 통로가 있었다. 나는 이전에 경회루 연못에서 청룡상이 발견됐다는 기사를 읽은 적이 있었다. 기사는 관악산에서 밀려오는 불의 기운을 누르기 위해 대원군이 직접 넣었다고 전하고 있었다. 이상은 그것마저 철저히 이용하고 있었다.

나는 넋을 잃고 황산이 빠진 연못을 바라보았다. 이상의 미로는 내가 상상했던 것 이상으로 굉장했다. 실제 미로에 들어서자 그가 이 미로를 설계하면서 느꼈을 희열을 공감할 수 있었다. 분명 이 미로는 이상이 만든 최고의 건축물이었다. 하지만 이것을 완성하는 순간 그가 평생을 짊어지고 가야 할 고통 역시 완성되었다.

"할말이 없군."

나는 아직도 김을 내뿜는 연못을 지나며 중얼댔다. 용을 지나자 화강암으로 이루어진 석실 문이 나타났다. 석실 문은 황산이 빠져나가자 스스로 입을 열었는데 놀라운 사실은 석실 문 내부로 이어진 계단에는 황산이 전혀 남아 있지 않았다는 것이다. 나는 지하로 이어진 계단으로 천천히 발을 내디뎠다.

두 마리 용을 지나 들어선 지하 통로는 고대 왕릉의 석실처럼 화강암으로 이루어져 있었다. 계단을 얼마쯤 내려가자 쿠르르릉 하는 굉음을 내며 석실 문이 닫혔다. 잠시 후 쏴 하는 소리와 함께 황산이 다시 연못을 채우는 소리가 들려왔다. 혹시나 황산이 새지 않을까 걱정을 했지만 석실 문은 완벽하게 방수되고 있었다. 계단을 내려가자 또 다른 공간이 펼쳐졌다. 그것은 오래된 왕릉 내부를 연상케 했는데 원형으로 된 석실을 중심으로 사방으로 네 개의 통로가 연결되어 있었다. 석실 벽에는 석굴암에서 봄 직한 사천왕상이 부조로 조각되어 있었고 천장 모퉁이마다 화강암으로 정교하게 조각된 십이지신상이 장식되어 있었다. 석실은 약 백 평 정도로 이제껏 지나온 공간들에 비하면 작은 편이었는데 중앙에 움푹 팬 반원의 반석이 놓여 있었고 천장에도 똑같은 반원형의 반석이 마주보며 붙어 있었다.

나는 먼저 반석을 살펴보았다. 바닥에 박혀 있는 반석은 가까이서 보자 얼굴이 비칠 정도로 잘 연마되어 있었고 완벽한 반구를 형성하고 있었다. 천장에 붙어 있는 것도 마찬가지였다. 두 개의 반구는 얼핏 보기에도 정확하게 서로를 마주보고 있었다. 둘을 붙이면 완벽한 구가 만들어질 것 같았다.

"이번엔 또 뭐야?"

지난번 미로에서 혼쭐이 난 나는 푸념하듯 소리쳤다. 그러자 신기한 일이 벌어졌다. 목소리가 메아리처럼 주위 벽에 반향되더니 여덟 개의 통로를 타고 저멀리 이어졌다. 「건축무한육면각체」 13, 14행의 미로였다. 나는 다섯 번째 봉투를 펼쳐 들었다. 김도훈의 보고서였다.

총서 다섯 번째 장. 작성자 김도훈

이상이 13행과 14행을 해석하기 위해 선택한 작품은 정지용의 「향수」였다. 시대적인 차이를 생각한다면 이상은 건축무한육면각체를 건설하기 이전 정지용의 시에 흠뻑 매료되어 있던 것으로 보인다. 이상은 정지용이 관여했던 《가톨릭청년》에 시(「꽃나무」, 「거울」, 「이런 시」)를 발표하면서부터 그는 국어 사용자가 되었고 한국 문단에 수용되는 결과를 낳았다. 이상은 '나의 애송시'라는 앙케이트에서 지용의 시 「유리창」과 「말」 중간에 나오는 "검정콩 푸렁콩을 주마"라는 대목이 한량없이 매력적이었다고 고백함으로써 지용에 대한 개인적인 흠모를 드러내고 있다. 그런 이상이 지용의 시 중 가장 유명한 「향수」를 고른 것이다.

정지용의 「향수」는 이상이 미로를 설계하기 삼 년 전인 1927년 《조선지광》에 발표된 시이다. 그는 이 시를 바탕으로 자신만의 독특한 상상력을 가미해 네 번째 미로의 관문을 설계했다. 정지용의 시 중 백미로 꼽히는 「향수」가 대중적으로 널리 알려진 것도 이 시를 선택하게 된 동기로 보인다.

하지만 이 시를 해석하기 위해서는 이상의 또 다른 시 한 편이 필요하다. 그것은 「삼차각설계도」이다. 내가 이것을 발견한 데는 이상의 인터뷰가 주요하게 작용했다. 다음은 1934년 《조광》에 게재되던 해에 쓴 이무영의 논평 중 일부분이다.

"「삼차각설계도」는 지용의 「향수」를 흠모하며 그린 도면에 지나지 않는다."

이것은 이상의 시 「삼차각설계도」를 보고 이무영이 물은 질문에 대한 이상의 답변이었다. 이 글에는 그가 「향수」를 바탕으로 네 번째 관문을 설계했으며 그것을 해석하기 위해서는 「삼차각설계도」가 필요하다는 뜻을 내포하고 있다.

정지용의 「향수」

넓은 벌 동쪽 끝으로
옛이야기 지줄대는 실개천이 회돌아 나가고,
얼룩백이 황소가
해설피 금빛 게으른 울음을 우는 곳

그 곳이 참하 꿈엔들 잊힐 리야.

질화로에 재가 식어지면
뷔인 밭에 밤바람 소리 말을 달리고,
엷은 졸음에 겨운 늙으신 아버지가
짚베개를 돋아 고이시는 곳,

그 곳이 참하 꿈엔들 잊힐 리야.

흙에서 자란 내 마음
파아란 하늘 빛이 그립어
함부로 쏜 화살을 찾으려
풀섶 이슬에 함추름 휘적시든 곳,

그 곳이 참하 꿈엔들 잊힐 리야.

전설바다에 춤추는 밤물결 같은
검은 귀밑머리 날리는 어린 누이와
아무렇지도 않고 여쁠 것도 없는

사철 발벗은 아해가
따가운 햇살을 등에 지고 이삭 줏던 곳

그 곳이 참하 꿈엔들 잊힐 리야.

하늘에는 석근 별
알 수도 없는 모래성으로 발을 옮기고
서리 까마귀 우지짖고 지나가는 초라한 지붕,
흐릿한 불빛에 돌아앉아 도란도란거리는 곳,

그 곳이 참하 꿈엔들 잊힐 리야.

위의 내용은 단편적으로 보면 어린 시절 고향에 대한 그리움을 표현하고 있는 듯 보인다. 하지만 「삼차각설계도」의 '선에관한각서2'의 내용과 대조해보면 그것이 막연한 고향을 뜻하는 것이 아닌 특정한 공간을 가리키고 있다는 것을 발견할 수 있다.

「삼차각설계도」(선에관한각서2)

1+3

3+1

3+1 1+3

1+3 3+1

1+3 1+3

3+1 3+1

3+1

1+3

여기서 숫자는 정지용의 「향수」의 각 행을 가리키는 것이다. (반복 어구인 "그 곳이 참하 꿈엔들 잊힐 리야"는 행에서 제외한다.)

첫 번째 '1+3'과 '3+1'은 전체 구절을 의미한다.

첫 번째 구절을 위해 나머지 세 구절이 존재한다는 뜻이다.

마지막 부분에 반복되는 '3+1'과 '1+3'은 앞의 세 구절이 다시 마지막 구절을 위해 존재한다는 걸 의미한다.

중간에 두 번 반복하여 적은 숫자들은 각 구절이 첫 번째 구절 첫 번째 행과 마지막 구절 마지막 행을 가리키고 있다는 것을 뜻한다. 고로 「향수」에서 키워드는 첫 번째 행과 마지막 행이다.

"넓은 벌 동쪽 끝으로 흐릿한 불빛이 보이는 곳"

그 중간에 있는 모든 행들은 그곳으로 가는 동안 미로 속에서 방향을 잃지 않도록 제시하는 단서와 부비트랩을 구체적으로 일러주고 있다. 한마디로 동쪽 끝 불빛이 보이는 곳으로 가려면 첫 번째 미로에서 실개천을 지나 황소 울음이 들리는 방향으로 길을 잡아야 하며 두 번째 미로에 도달하게 되면 바람소리가 들리는 곳을 지나 짚베개가 돋아 있는 곳으로 향해야 한다는 것을 의미한다.

그리하면 「건축무한육면각체」 13행에 등장하는 작살문 방에 도달하게 된다.

그곳에는 13행에 언급한 바와 같이 네 개의 관문이 설치된 건축물이 있다. 그것을 통과해야만 다음 미로로 들어갈 수 있다. 그곳에 부비트랩이 설치되어 있다.

향수의 세 번째 구절이 부비트랩을 통과할 수 있는 방법이다. 나는 시에 적힌 그대로 작살을 이용했으리라 추측한다. 그 작살을 피하려면 「향수」 세 번째 구절에 적힌 대로 파아란 하늘이 보이는 곳에서 풀섶 이슬이 적셔 있는 곳을 찾아야 한다. 그리하면 마지막 행에 나오는 흐릿한 불빛이 보이는 곳이 나타날 것이다.

위의 시어들은 분명 모호하고 은유적이다. 하지만 이 시어들이 분명 13행을 통과하는 데 결정적인 역할을 하리라 확신한다. 이상의 상상력을 감안했을 때 어쩌면 실제로 황소 울음과 실개천이 미로 안에 펼쳐져 있을지도 모를 일이다. 마치 진시왕의 무덤 속에 만들어진 인공 우주처럼. 암흑 속의 미로에서 넓은 벌 동쪽 끝 흐릿한 불빛이 새어 나오는 곳을 찾아라. 그곳에 다음 미로로 이어지는 길이 있다. 그러면 네 번째 관문에 도착하게 된다. 이곳을 통과하기 위해서는 「건축무한육면각체」 14행을 유의해야 한다.

"식당 문깐에 방금 도달한 자웅 같은 붕우가 헤어진다."

여기서 자웅 같은 붕우란 자신의 모습을 가리킨다. 네 번째 관문은 방에 들어선 사람의 시각을 유린하여 혼란을 유발할 것이다. 진짜 자신의 모습을 찾아야 한다. 그것이 다음 통로로 갈 수 있는 유일한 방법이다. 하지만 그곳에 있는 물건들을 함부로 만져선 안 된다. 보기에는 평범하고 하찮은 것들 모두가 이상이 만든 함정이다.

김도훈은 다섯 번째 미로를 통과하기 위해서 소리를 찾아야 한다고 적고 있다. 나는 석실 여기저기를 돌아다니며 소리를 질러보았다. 장소에 따라 음량의 차이는 있었지만 특별한 점은 없었다. 나는 마지막으로 반석 위에서 소리를 내보았다.

그러자 신기한 일이 벌어졌다. 내 목소리가 네 개의 통로마다 다르게 울렸다. 어떤 통로는 멀어질수록 목소리가 가늘고 날카로워졌고 어떤 통로는 공룡 울음소리처럼 굵게 뭉개졌다. 어떤 통로는 소리가 퍼지며 일그러졌고 어떤 통로는 여러 사람이 돌림노래를 하는 것처럼 겹치며 멀어졌다. 그것은 각각의 통로의 구조와 연관이 있었는데 어떤 것은 갈수록 통로가 좁아졌고 어떤 것은 마디처럼 일정 구간마다 뒤틀려 있었다. 이것이 다음 미로로 이어진 통로를 찾는 단서였다.

김도훈은 첫 번째로 황소 울음소리를 찾아야 한다고 했다. 나는 다시 한번 반석 위에서 소리를 질렀다. 그리고 각각의 통로에서 들려오는 소리를 유심히 들었다. 첫 번째 통로에서 들리는 소리는 테이프가 늘어졌을 때 나는 소리와 흡사했다. 나는 다시 소리를 내서 두 번째 통로의 소리를 들어보았다. 이번에는 점점 얇아지더니 헬륨을 마셨을 때와 비슷하게 일그러졌다. 세 번째 통로를 경청했다. 그러자 통로를 통과하는 소리가 벽에 반사되며 울리더니 마지막엔 웅 하며 마치 황소가 울부짖는 것처럼 변했다. 나는 혹시나 하는 마음에 네 번째 통로의 소리를 들어봤다. 그런데 네 번째 통로에도 목소리가 반향되더니 황소울음과 비슷한 소리가 들려왔다. 나는 다시 한번 두 통로에서 들려오는 소리를 비교했다. 하지만 이번에도 분간을 하기 힘들 정도로 비슷한 소리가 들려왔다. 선택을 해야 했다.

"난 넥타이도 잘 못 고르는데. 젠장."

망설이던 나는 하는 수 없이 네 번째 통로로 들어섰다. 황소 울음에 더 가깝다고 생각했던 것이다. 얼마를 걷자 길이 막히며 문이 나타났다. 이 철문에는 손잡이도 붙어 있지 않았다. 부비트랩이 있을지도 몰랐기에 조심스럽게 문을 열었다. 그러자 통로가 좁아지며 저만치 또 다른 문이 보였다. 이번 문에는 삼족오가 부조로 장식되어 있었다. 나는 천천히 두 번째 문을 열고 다음 통로로 들어서려 했다. 그런데 그 순간 불길한 예감이 스쳐지나갔다. 「건축무한육면각체」의 13행이 떠올랐기 때문이다.

"도어의 내부의 도어의 내부의 조롱의 내부의 카나리아의 내부의 작살문방의 내부의 인사?"

문은 이미 반 이상 열린 상태였다. 순간 나는 몸을 던져 바닥에 엎드렸다. 아니나 다를까 문이 열리자마자 쉭 소리와 함께 커다란 작살들이 내 머리 위를 스치고 번개처럼 지나갔다. 날아간 작살은 둔탁한 소리를 내며 철문에 박혔다. 하마터면 온몸에 구멍이 날 뻔했다. 문 저편에는 여러 마리의 삼족오 동상이 입을 벌린 채 노려보고 있었다. 삼족오의 입속에 작살을 발사하는 장치가 숨어 있었다. 나는 콩알만 해진 간을 쓸어내리며 재빨리 네 번째 통로를 빠져나왔다. 그리고 세 번째 통로로 들어섰다. 통로를 지나는 내내 방금 전 머리를 스쳐간 작살의 촉감이 남아 있었다. 오늘만 죽을 고비를 두 번이나 넘겼다. 앞으로 또 어떤 위험이 남아 있을지 알 수 없었다.

통로는 약 십여 미터가량 이어져 있었다. 통로를 지나자 원형 석실이 나타났다. 중앙의 반원형 반석과 사방으로 이어진 네 개의 통로뿐만 아니라 벽에 조각된 사천왕상까지 모든 게 똑같은 석실이었다. 나는 다시 반석 위에 서서 소리를 냈다. 역시 각각의 통로를 타고 지나며 각기 다른 소리가 울려 퍼졌다. 김도훈은 두 번째 관문을 통과하기 위해서는 바람 소리를 따라가야 한다고 적고 있었다. 나는 각 통로마다 울려오는 소리를 유심히 들어보았다. 바람 소리가 들려오는 곳은 두 번째 통로였다. 실제 바람 소리와는 차이가 있었다. 소리가 주변에 흡수되며 흐릿하게 변했다고 표현하는 게 적당하다. 하지만 분명 마지막에는 한여름 버드나무 가지를 스쳐지나는 바람 소리와 흡사했다.

나는 두 번째 통로로 들어섰다. 나는 실수를 반복하지 않기 위해 한 걸음 한 걸음 조심스럽게 내디뎠다. 다행히 아무 일도 일어나지 않았다. 얼마쯤 지나자 저편에서 희미한 불빛이 보였다. 김도훈이 말한 다음 통로로 이어지는 곳이었다. 나는 천천히 불빛을 향해 다가갔다.

빛이 흘러나온 곳은 통로 끝에 연결된 방이었다. 그것은 실제 방이었는데 다섯 개의 디딤돌 위로 연화 무늬 창살로 만들어진 미닫이문이 나타났다. 문 위로 단청이 수놓여 있었고 그 앞에 현판이 달려 있었다. 交泰殿. 왕비가 거처하던 교태전이었다. 이상하게도 다른 건물과는 달리 건물을 전부 짓지 않고 입구와 문만이 연결되어 있었다. 다른 곳으로는 이동할 수 없게 되어 있었다.

조심스럽게 문을 열어보았다. 문 너머에는 아담한 방이 있었다. 그것은 실제 교태전의 내부를 재현한 방이었는데 삼십여 평 되는 방안에 왕비가 사용하던 침상과 책 반닫이, 문갑 등 실제 가구들이 배치되어 있었다. 심지어 앉은뱅이책상 옆에는 봉황 무늬가 수놓인 비단 방석과 나비 문양을 한 촛대까지 놓여 있었다. 빛은 촛대 위에 꽂혀 있던 양초에서 비롯된 것이었다. 양초는 파라핀이 아닌 형광 물질로 만들어져 있어 초 자체가 빛을 발하고 있었다. 미로의 일부라고는 믿기지 않는 아늑한 공간이었다.

"한숨 자고 가라고 만들어놓은 건가?"

방심할 수는 없었다. 아직 다섯 번째 미로가 끝나지 않았기 때문이다. 나는 만약을 대비하며 조심스럽게 방안을 살폈다. 그런데 한 가지 눈에 띄는 게 있었다. 방안에 지나치게 많은 거울이 있었다. 조선 시대에 사용했던 것을 재현한 것으로 청동 표면을 연마해서 만들어진 거울들이었다. 몸단장할 때 사용하던 경대 외에도 모든 가구마다 각양각색의 거울들이 놓여 있었다. 문갑 위에는 팔각형으로 된 신수경이, 이층롱에는 반 자는 족히 넘을 화상경이 붙어 있었다. 그런 것들이 방을 둘러 총 열한 개가 놓여 있었다. 수상했다. 나는 김도훈의 총서 내용을 떠올려보았다. 그는 이곳을 빠져나가려면 진짜 나를 찾아야 한다고 했다.

"진짜 나를 찾으라니. 난 여기 있는데……."

나는 거울에 비친 여러 모습을 살피며 특이한 점을 찾아보았다. 교태전에서 사용하던 거울과 다른 점이 있었다. 거울에 비친 모습들이 일그러져 있었다. 어떤 것은 옆으로 퍼져 보였고 어떤 것은 위로 길게 늘어져 보였다. 또 한 가지 특이한 점은 각각의 거울들이 대칭으로 놓여 있어 거울에 비친 상이 무한대로 복제되고 있었다. 각 거울마다 왜곡된 수많은 내가 나를 바라보고 있었다. 이 안에 답이 있을 것 같았다.

"진짜 나라……. 대체 뭘 의미하는 거지?"

나는 점점 복제되어 불어나고 있는 나 사이를 돌아다녔다.

거울에서 특별한 단서를 찾을 수 없다면 방안에 있는 가구들밖에 없었다. 여러 개의 서랍이 가구에 붙어 있었지만 함부로 열어볼 수도 없는 노릇이었다. 만약 서랍을 잘못 열었다가 이상이 숨겨놓은 예상치 못한 함정에 걸려들지도 모를 일이다. 그때였다. 정신없이 늘어서던 내 모습 중 얼핏 멀쩡한 내 모습이 보였다. 나는 다시 거울마다 내 모습을 비춰보았다. 문갑 위에 놓여 있던 경대와 화상경 사이에 비친 내 모습 중 멀쩡한 내가 나를 바라보고 있었다. 그것은 거울 양면에 반복적으로 반사되어 복제된 것들 중 하나였는데 이상에 의해 계산된 굴절률을 가진 거울 때문이었다.

한쪽 벽면에는 계산된 굴절률로 만들어진 볼록거울이 장착된다. 그리고 반대편에는 역시 계산된 각도의 오목거울이 달린다. 이 두 거울이 서로에 맺힌 상을 반사할 때마다 점점 제 모습을 갖춰가다가 결국 완전한 형태를 갖게 된다. 거울에 비친 나는 여섯 번 반사된 모습이었다. 이것이 김도훈이 말한 "진짜 나"였다. 상당히 기묘한 느낌이었다. 일그러진 내 모습이 점차 제 모습을 갖추며 멀어지고 있었다. 그리고 여섯 번째 완전한 모습을 지나 다시 왜곡되었다. 그 모습을 계속 보고 있자니 우울해졌다. 마치 잘못된 유전자 실험으로 복제된 나를 우연히 길에서 만난 기분이었다. 내 안에 있는 여러 모습이 백일하에 드러난 느낌이었다.

"이 방에 계속 있다가는 정신병원에 가겠는걸."

나는 정신을 차리고 다음 통로를 열 방법을 찾기 시작했다. 김도훈이 말한 진짜 나는 찾았다. 하지만 그렇다고 특별한 장치가 있는 것은 아니었다.

"이 자리가 단서이긴 한데."

나는 그 자리에 서서 방을 둘러보기 시작했다. 방 자체에는 더이상 특이한 점은 찾아볼 수 없었다. 나는 거울에 비친 모습들을 유심히 살펴보았다. 그런데 책 반닫이 옆에 놓여 있는 경대에 지금까지 없던 물체가 반사되고 있었다. 왕비의 침상 옆에 놓여 있는 이층롱에 설치된 화상경이었다. 청동경이라고 생각했던 이 거울은 바라보는 각도에 따라 내부가 보이는 이중 거울이었다. 화상경 속에는 이제껏 보이지 않던 레버가 숨겨져 있었다. 나는 이층롱으로 달려가 화상경 주위를 살펴보았다. 예상대로 화상경과 이층롱 문 사이에 작은 틈이 있었다. 살며시 틈 사이로 손을 넣어 화상경을 열었다. 그러자 그 안에 숨어 있던 레버가 나타났다. 레버를 당겼다. 교태전이 진동하기 시작하더니 잠시 후 방 전체가 회전했다. 천천히 회전하던 방은 구십 도를 돌더니 이윽고 멈추었다. 나는 들어왔던 문으로 다가가 조심스럽게 열어보았다. 그러자 이전과는 다른 통로가 펼쳐져 있었다. 드디어 다섯 번째 미로를 빠져나온 것이다.

나는 교태전을 빠져나와 새로운 통로로 들어섰다. 방을 나서자 교태전은 굉음을 내며 다시 원래 있던 자리로 돌아갔다. 방금 전 나왔던 연꽃 문양 미닫이문 대신 시멘트로 막힌 벽이 그 자리를 대신하고 있었다. 이제 미로의 마지막 관문으로 치닫고 있었다. 봉투에도 여섯 번째 단서만이 남아 있었다.

"하나 남았다. 힘을 내자."

은표와의 재회를 기대하며 통로를 걸었다. 통로는 그다지 길지 않았다. 십여 미터를 걷자 새로운 공간이 나를 기다리고 있었다. 그런데 공간에 들어선 나는 경악을 금할 수 없었다.

"이런 세상에……."

그곳은 마치 시계탑 내부를 연상시켰다. 거대한 톱니바퀴들이 이리저리 맞물려 있었고 그 주위를 수많은 파이프들이 톱니바퀴와 연결되어 시멘트 벽 속으로 이어졌다. 그 나머지 공간을 빛바랜 시멘트 벽이 채웠다. 톱니바퀴들과 연결된 기계들은 시뻘겋게 녹이 슬어 끝이 보이지 않는 천장 어둠 속으로 끝없이 이어져 있었다. 그런데 나를 경악케 했던 것은 다름 아닌 그곳에 널려 있던 인골들이었다. 수백 수천 인골들이 자갈을 깔아놓은 것처럼 그곳을 가득 메우고 있었다. 나는 움직일 수가 없었다. 태어나 이렇게 많은 시체를 본 건 처음이었다.

"이 많은 시체들이 왜 여기 있는 거지?"

인골들을 살펴보던 나는 쉽게 이들의 정체를 알 수 있었다. 그들은 대부분 흰 한복을 입고 있었는데 어떤 이는 통곡을 하는 듯 무릎을 꿇고 죽어 있었고 어떤 이는 자포자기한 모습으로 벽에 기대어 죽음을 맞이했다. 어떤 이는 손톱이 빠질 정도로 벽을 긁다가 죽음을 맞이했고 어떤 이는 자살을 했는지 가슴에 비수가 꽂혀 있었다. 모두 손에는 삽이나 곡괭이 같은 작업 도구가 들려 있었다. 이 미로를 건설했던 인부들이었다. 그들은 미로를 건설하고는 일제에 버림받아 고대 진시황의 병마용처럼 함께 묻힌 것이다. 소름 끼치는 일이었다. 일제는 이 미로의 진실을 은폐하기 위해 미로를 완공하자마자 뚜껑을 닫고 생매장을 한 것이다. 방안 전체에 이들의 통곡 소리가 배어 있었다.

"명함을 짓밟는 군용 장화……. 가구를 질주하는 조화금련……."

이상이 말한 「건축무한육면각체」 16행은 바로 이 모습을 표현하고 있었다. 힘없는 나라에 태어났다는 이유만으로 이들은 자신의 무덤조차 갖지 못한 채 지하에서 죽어가야 했다.

나는 시체 사이를 지나며 죽은 이들에게 경의를 표하듯 그들의 모습을 일일이 머릿속에 각인했다. 그리고 다짐했다. 꼭 이 미로를 통과해서 살아 돌아가리라. 그래서 모든 걸 세상에 낱낱이 공개하리라. 그게 죄 없이 죽어간 이들의 한을 조금이나마 풀어주는 길이었다.

다음 미로로 이어진 통로는 인부들의 시신을 지나자 나타났다. 두터운 시멘트 문이었는데 이미 열려 있었다. 아마도 입구를 찾던 인부들이 열어놓은 모양이었다. 나는 인부들이 죽음을 대가로 열어놓은 문으로 들어섰다.

최후의 미로는 마지막답게 이제껏 어떤 미로보다 거대했다. 하지만 지금까지 지나온 어떤 미로보다 단순했다. 계단의 미로였다. 내가 들어선 곳은 미로의 시작 부분이었는데 발코니처럼 입구에서 튀어나와 있었고 그 위와 아래로 거대한 공간이 펼쳐져 있었다. 그리고 입구부터 사방으로 수많은 계단이 이어졌다.

계단은 마치 그물처럼 거대한 공간을 가로지르며 어지럽게 연결되어 있었다. 「건축무한육면각체」 17, 18행이 가리키는 미로였다. 나는 마지막 봉투를 펼쳤다.

총서 여섯 번째 장. 작성자 강길준

이상의 미로는 궁극적으로 네 개의 관문으로 이루어져 있다. 그리고 그 관문은 이차원이 아닌 입체적 공간에 분포되어 있는 것으로 보인다. 그것은 「건축무한육면각체」 17행과 18행을 살펴보면 알 수 있다.

위에서내려오고밑에서올라가고위에서내려오고밑에서올라간사람은밑에서올라가지아니한위에서내려오지아니한밑에서올라가지아니한위에서내려오지아니한사람.

저여자의下半은저남자의上半에恰似하다.(나는哀憐한邂逅에哀憐하는나)

이것은 수많은 층과 공간이 혼재되어 있는 모습을 그린 것이다. 하지만 결국 하나의 유기체처럼 서로 뒤엉켜 일개의 순환적인 형태로 만들어져 있음을 의미한다. 뿐만 아니라 이 행은 중의적으로 사용되고 있다. 미로의 마지막 장소, 즉 비밀의 궁극적 핵심에 다가가기 위해 통과해야 할 마지막 미로의 단서를 포함하고 있다. 이 행을 해석하기 위해서는 구인회 회원이었던 박태원의 소설 『소설가 구보씨의 일일』에서 이상이 하융이라는 필명으로 직접 그린 삽화가 필요하다.

이 그림을 얼핏 보면 목이 잘린 여인이 울고 있는 듯이 보인다.

그녀의 몸은 다리를 꼰 채 허공에 앉아 있고 그녀의 얼굴은 펼쳐진 노트 위에 잘려진 채 울고 있다. 그 아래 의미심장한 만년필이 어딘가를 가리키며 놓여 있다.

이 그림에는 또 다른 누군가가 숨겨져 있다. 그녀의 몸 옆에 있는 검은 사각형 안을 유심히 볼 필요가 있다. 검은 사각형을 확대해보면 그 안에는 안경을 낀 채 등이 굽은 남자(이 사람은 이상의 지인이었던 구본웅을 모델로 그린 것으로 보인다)가 여자의 자궁을 들고 웃는 모습이 나타난다. 이것이 마지막 미로를 통과하기 위한 마지막 단서이다.

17행은 계단으로 된 원형 미로를 가리킨다. 이 계단 미로는 입체적으로 연결되어 뫼비우스의 띠처럼 끊임없이 제자리를 맴돌게 만들어져 있다. 하지만 이 행에 또 다른 단서가 숨어 있다. 처음 들어선 입구가 미로의 핵심으로 들어설 수 있는 통로인 것이다. 위에서 내려오고 밑에서 올라가고 다시 위에서 내려오고 밑에서 올라가지 아니한 자는 바로 그 자리에 서 있는 사람을 뜻한다. 고로 계단 미로에 현혹돼선 안 된다.

그곳에서 다른 곳으로 통하는 문을 열기 위해서는 18행이 필요하다. 18행은 음양의 조화를 뜻하고 있다. 이것이 다음

곳으로 가기 위한 열쇠이다. 삽화에도 이것은 명확하게 드러난다. 밝은 곳에서 울고 있는 여인은 음을 뜻하며 어둠 속에서 웃고 있는 남자는 양을 가리킨다. 미로를 통과하려면 양과 음을 만나게 해야 한다는 뜻이다. 그리고 음과 양이 만나게 하려면 영혼이 필요하다. 영혼은 말에서 비롯된다. 음과 양을 만나게 하려면 그 말을 찾아라. 이상은 말을 계단 어딘가에 심어놓았을 것이다.

삽화는 위치까지 친절히 설명해주고 있다. 바로 만년필이 가리키는 책상이다. 책상에는 마치 자의 눈금처럼 일곱 개의 홈이 그려져 있다. 일곱 번째 계단에 이상의 말이 숨어 있음을 가르쳐주고 있는 것이다. 일곱 번째 계단에서 이상의 말을 찾아라. 그리하면 마지막 문이 열릴 것이다. 명심할 것은 절대 이상의 말을 곧이곧대로 믿어선 안 된다. 그는 언어의 연금술사이다. 그것을 잊어선 안 된다.

그는 미로의 계단에 현혹되어서는 안 된다고 설명하고 있었다. 「건축무한육면각체」 17행에서 표현한 것처럼 위에서 내려오고 아래서 올라가면 제자리에 돌아오게 되는 것처럼 통로는 내가 도착한 자리가 바로 다음 통로라고 설명했다. 그리고 이 미로를 빠져나가기 위한 또 다른 단서는 18행에서 표현한 것처럼 음양의 조화를 찾아야 한다고 했다. 이상이 『소설가 구보씨의 일일』 삽화에 남겨놓은 일곱 번째 계단에 숨겨진 말이 다음 통로를 여는 단서였다.

일곱 번째 계단을 찾는 것이 우선이었다. 입구에서 시작된 계단은 세 개로 나뉘어 다른 계단으로 이어졌다. 계단은 일반적인 계단보다 훨씬 길었는데 계단 끝에 사각의 층계참이 있어 다시 세 개의 계단과 연결되었다. 계단은 임의로 위와 아래로 이어져 미로를 더욱 혼란스럽게 만들었다. 나는 일단 세 개의 계단 중 가운데 계단을 내려가보기로 했다. 워낙 복잡하게 얽혀 있었기 때문에 길을 잃지 않기 위해 나는 동화에 나오는 방법을 쓰기로 했다. 헨젤과 그레텔이 사용한 방법이다. 나는 빵 부스러기 대신 다이어리의 종이를 찢어 지나온 계단마다 던져놓았다. 쥐가 있다고 해도 종이를 먹지는 않을 것이다. 첫 번째 계단에 내려서서 주위를 살펴보았다. 층계참 가운데 음각으로 글자가 새겨져 있었다. 그것은 '愚' 자였다. 다른 층계참에도 각기 다른 글자가 새겨져 있었다. 강길준이 설명한 이상의 말은 이것을 가리킨 것이었다. 하지만 이상의 말이 구체적으로 무엇을 의미하는지는 알 수 없었다. 나는 일단 층계참의 글자들을 좀더 살펴보기로 했다. 다시 시작점으로 돌아갔다. 어리석은 사람이 되고 싶지는 않았다. 두 번째로는 왼쪽으로 이어진 계단을 택했다. 계단을 내려가자 역시 한자가 바닥에 새겨져 있었다. 이번에는 '哀' 자였다.

"슬플 애哀라."

이상과 어울릴 만한 단어였다. 나쁘지 않았다. 나는 두 번째 층에 서서 또다시 계단 중 하나를 선택해야 했다. 다시 왼쪽 계단을 선택했다. 그러자 이번에는 '埾' 자가 나타났다. 그다지 좋은 징조가 아니었다. 나는 다시 두 번째 층으로 올라가 가운데 계단으로 내려갔다. 이번에는 '憐' 자가 나를 기다리고 있었다.

"불쌍히 여길 련憐?"

순간 이 글자들이 단어를 형성하고 있다는 걸 깨달았다. 지나온 글자를 조합하자 애련哀憐이라는 단어가 만들어졌다. 뇌리를 스치는 문장이 있었다.

"나는 애련한 해후에 애련해하는 나……."

「건축무한육면각체」 18행에 나오는 글이었다. 계단의 미로를 통과하기 위한 결정적인 단서였다. 이상은 지나온 계단의 글자로 자신이 원하는 문장을 만들어주길 바라고 있었다. 다음 계단을 살펴보았다. 첫 번째는 '喩' 자가 놓여 있었다. 두 번째는 '星' 자가 새겨 있었다. 그리고 세 번째는 '之' 자가 기다리고 있었다.

"之는 어조사야. 그렇다면 애련한?"

예상은 적중했다. 나는 주저 않고 之를 선택했다. 이제 남은 단어는 邂逅였다. '邂' 자를 찾아보았다. 아니나 다를까 두 번째 중간층에 '邂' 자가 선명히 새겨져 있었다. 확실한 목표가 생기자 나머지 글자를 찾는 건 쉬웠다. '哀憐之邂逅'까지 조합하는 데 성공했다. 그런데 문제가 있었다. 「건축무한육면각체」 18행의 글자를 모두 한자로 바꾸면 열두 자였다.

我之哀憐之邂逅之哀憐之我

하지만 강길준은 일곱 번째 계단에 출구를 열 단서가 들어 있다고 했다. 게다가 첫 번째 계단 어디에도 나를 뜻하는 '我' 자는 없었다. 난감했다. 나는 다시 문장을 살폈다. 반복된 단어가 세 개나 있었다. '我' 자와 哀憐, 그리고 '之' 자였다.

"일단 첫 번째 한자 我는 계단에 없었으니까 제쳐두고 나머지 중 반복된 한자를 제거하고 나면…… 애련한 해후의 나!"

위의 조건을 만족시키면서 문장이 되는 것은 그것이 유일했다.

哀憐之邂逅之我

이 문장을 가지고 앞으로 나아가보기로 했다. 예상대로 다음 중간층에 '之' 자가 있었다.

"이제 남은 건 '我' 자뿐이야. 그것만 찾으면 미로를 통과할 수 있어."

나는 들뜬 마음으로 다음 층에서 '我' 자를 찾기 시작했다. 첫 번째 계단에는 '晩' 자가 있었다. 다음 계단으로 향했다. 그곳에는 '僕' 자가 있었다. 역시 아니었다.

"한자 공부한 게 이럴 때 쓰일 줄 누가 상상이나 했겠어."

마지막 세 번째 층계참으로 향했다. 그곳에는 내가 찾던 '我' 자가 미소를 지으며 나를 기다리고 있었다. 이제 녀석을 밟고 서면 게임은 끝난다. 문이 열리면 꽃다발과 함께 축포를 터뜨릴 일만 남았다. 나는 만면에 미소를 지으며 당당하게 '我' 자 위에 올라서려고 했다. 그때였다. 순간 강길준의 총서에 씌어 있던 마지막 글이 경고등처럼 떠올랐다.

명심할 것은 절대 이상의 말을 곧이곧대로 믿어선 안 된다. 그는 언어의 연금술사이다. 그것을 잊어선 안 된다.

글자에서 발을 떼었다. 다시 한번 신중히 생각했다. 그러고 보니 비밀 총서를 갖고 있긴 했지만 마지막 미로를 너무 쉽게 통과하고 있었다. 나는 지나온 글자들을 다시 되짚어보았다.

"哀憐과 邂逅는 이상이 직접 남겨놓은 단어야. 之 역시 어법에 맞아. 그렇다면 남은 건……."

나는 가장 쉬운 글자인 我에서 큰 실수를 저지를 뻔했다는 걸 깨달았다. 한자가 중의적으로 사용된다는 걸 간과하고 있었다. 방금 지나온 '僕' 자는 하인을 뜻하기도 하지만 상대방에게 자신을 낮출 때 사용하는 나란 뜻도 포함되어 있었다. 그렇다면 '我' 자와 '僕' 자, 이 둘 중에서 하나를 선택해야만 했다.

"겸손한 뜻의 나와 단순한 의미의 나……. 이상이라면 둘 중 어떤 단어를 사용했을까?"

그야말로 이상을 잘 아는 지인이 아니면 알 수 없는 문제였다. 그에게는 극단적인 양면이 존재했다. 점잖은 엘리트 건축기사이면서 기존 문학에 혁신적인 수사를 사용한 문학계의 테러리스트였다. 난봉꾼이기도 했지만 모든 여인으로부터 버림받은 심약한 사내이기도 했다.

계단 아래를 바라봤다. 천길 낭떠러지가 시커먼 입을 벌리고 나를 기다리고 있었다. 이제 선택할 단어에 따라 생과 사가 갈렸다. 나는 두 글자를 번갈아 바라보며 이상의 입장이 되어보려고 노력했다.

"나는 이상 김해경이다. 이 건축물을 설계한 장본인이다. 나는 이 건축물을 사랑하지만 동시에 증오한다. 나는 미로를 통과할 마지막 단어로 나 자신을 선택했다. 그렇다면 나는 어떤 사람인가? 떳떳하게 나라고 말할 수 있는 당당한 사람인가, 아니면 하인처럼 고개를 숙이고 겸허해야 할 인간인가."

나는 두 단어를 바라보다가 두 번째 계단으로 내려섰다. 나는 결국 고개를 들지 못한 이상이 되기로 결정한 것이다. 심호흡을 하고 이상과 나, 그리고 은표의 운명을 거머쥔 단어, '僕' 자 위에 올라섰다. 잠시 후 놀라운 일이 벌어졌다. 방 전체가 진동하며 거대한 톱니바퀴 도는 소리가 들렸다. 그리고 내가 들어선 계단이 처음 들어온 입구를 향해 이동했다. 드디어 계단이 입구와 연결됐다. 나는 다시 처음의 자리로 돌아와 있었다. 입구를 바라봤다. 그러자 입구에 변화가 생겼다. 입구는 마치 겉과 속이 따로 노는 큐브처럼, 방금 전 나온 입구가 엘리베이터처럼 수직으로 이동하더니 숨겨진 또 다른 통로와 연결되었다. 입구는 위로 이어진 계단과 연결되어 있었다. 이것이 「건축무한육면각체」 18행이 암시한 내용이었다.

"저 여자의 하반은 저 남자의 상반에 흡사하다……."

드디어 모든 미로를 통과한 것이다. 눈앞에 펼쳐진 계단을 올라가면 반세기 동안 감춰졌던 비밀이 모습을 드러낼 것이다. 나는 호흡을 진정시키며 천천히 계단을 올랐다.

미로의 핵심으로 들어서던 나는 공간에서 흘러나오는 이상한 기운에 잠시 멈출 수밖에 없었다. 그것은 이제껏 느껴본 적 없는 기괴한 기운이었다. 지난 반세기동안 어디로도 가지 못한 영혼들의 울부짖음처럼 사무쳐 있었는데 온몸에 한기가 느껴질 정도로 애절했다. 깊이를 알 수 없는 슬픔과 원한의 집결체였다. 기운에 휩싸인 나는 뼛속까지 두려움에 떨며 계단 중간에서 멈출 수밖에 없었다. 그 기운은 주위를 돌며 나를 판단이라도 하듯 내 머리와 마음을 읽더니 이내 어디론가 사라져버렸다. 기운이 사라지자 나는 그 자리에 주저앉아 구토를 했다. 위장에는 이미 아무것도 남아 있지 않았기 때문에 위액만 흘러나왔다.

"대체 그게 뭐였지?"

방금 몸을 통과한 이상한 기운을 떠올리며 다시 계단을 오르기 시작했다.

내가 들어선 곳은 경복궁의 중심이자 조선 왕조 오백 년 동안 이 나라 왕이 정사를 관장하던 경복궁의 핵심 근정전이었다. 신성해야 할 근정전의 첫 인상은 철옹성처럼 지어진 거대한 감옥을 연상시켰다. 그랬다. 그것은 분명 뭔가를 가둬두기 위한 감옥이었다.

근정전은 조선 건축의 백미라고 불리는 우리나라 최고의 건축물이다. 조선의 정전 건축 중 가장 장대한 규모를 자랑하는 건축물로 신성함을 표현하기 위해 수직성을 강조한 겹처마가 거대하게 하늘을 향해 뻗어 있었다. 상하월대의 난간엄지기둥에는 모두 서른여섯 마리의 돌짐승이 사방을 노려보며 근정전을 지키고 있었다. 사신인 청룡과 백호, 주작과 현무가 각각 한 쌍씩, 그리고 개, 돼지를 제외한 십이지신들로 구성되어 있었다. 앞마당에는 근정문까지 도열한 품계석이 일렬로 배치되어 있고 임금이 행차하던 어도에는 청룡이 기품 있게 내려다보았다. 한마디로 조선을 대표하는 최고의 궁궐 건축인 것이다.

그런데 지금 내 앞에 버티고 선 모조 근정전은 사지가 절단되고 거세된 채 쇠사슬에 묶여 있었다. 지붕은 일본식 이리모야 양식을 하고 있었는데 그나마 대부분의 장식은 사라지고 단순한 처마만이 남아 있었으며 단청 문양이 있어야 할 추녀에는 검은색과 흰색으로 칠해진 철제 기둥만이 자리를 차지하고 있었다. 상하월대의 사신과 십이지신은 온데간데없고 일본식 사자가 근정전 방향으로 돌아서서 노려보고 있었으며 품계석은 묘비석처럼 검은 화강암으로 대체되어 있었다. 가장 흉물스러운 것은 근정전을 둘러싼 벽이었다. 시뻘겋게 녹이 슨 거대한 철벽에는 창문은커녕 작은 공기구멍 하나 뚫려 있지 않았고 이음새에는 용접한 흔적이 흉터처럼 남아 있었다. 기구한 형태로 바뀌어버린 근정전을, 잿빛 시멘트 벽이 사면은 물론이고 천장이며 바닥까지 온통 둘러싸고 있었다. 감옥이 따로 없었다.

나는 의아했다. 대체 일제는 이 안에 무엇을 숨겼기에 이 거대한 미로를 경복궁 지하에 건설한 것일까. 대조선미래책략도라는 계획까지 수립하면서 찾아낸 한반도 진룡에 무슨 짓을 한 것일까. 두려움과 호기심이 섞인 감정을 안고 기괴한 근정전을 향해 천천히 다가갔다.

주위는 온통 음습한 공기가 둘러싸고 있었으며 퀴퀴한 냄새가 사방에 진동했다. 나는 월대의 계단을 올라 모조 근정전으로 접근했다. 가까이서 보자 근정전을 받치고 있던 철벽은 더욱 흉물스러웠다. 지하수가 흘러내린 자리에는 피를 흘린 것처럼 붉게 흔적이 남아 있었고 마무리도 않고 용접한 모서리는 종기가 생긴 것처럼 이리저리 튀어나와 있었다. 월대 난간에는 탈출을 막기라도 하듯 굵고 날카로운 철책이 둘러쳐져 있고 월대 바닥에는 귀신이 쳐들어오기라도 하는지 온통 붉은 부적들로 도배되어 있었다.

근정전 주변을 둘러보았지만 은표의 흔적을 발견할 수 없었다. 남은 건 근정전 내부뿐이었다. 모조 근정전 주위를 돌며 안으로 들어갈 입구를 찾았다. 앞면과 옆면은 창문도 없이 거대한 철판으로 가로막혀 있었다. 나는 근정전 뒤로 향했다. 뒤로 돌아가자 철제문이 나타났다. 철제문 역시 창문이나 장식 따윈 없었고 한 사람이 들어올릴 수 없을 정도로 육중한 자물쇠가 달려 있었는데 이미 열려 있었다. 누군가 나보다 먼저 들어간 것이다. 가방에서 주머니칼을 꺼내 들고 문으로 다가갔다. 철문으로 들어서려던 나는 움찔 멈춰 섰다. 철문 바닥에 핏자국이 보였다. 핏자국은 근정전 안으로 이어졌다. 혈흔을 살펴보았다. 완전히 굳어 있지 않았다. 생긴 지 얼마 되지 않은 게 틀림없었다.

"은표?"

가슴이 철렁 내려앉았다. 너무 늦어버린지도 모른다. 나는 서둘러 근정전 안으로 달려 들어갔다. 근정전 안에 들어서자 또 다른 철문이 나타났다. 탱크가 쳐들어온다고 해도 막아낼 수 있을 방호벽이었다. 두 번째 철문 역시 열려 있었다. 나는 근정전의 중심으로 들어섰다.

그곳은 불길한 어둠으로 가득 메워져 있었다. 이미 어둠에 동공이 익숙해져 있었는데도 장님이 된 것처럼 아무것도 알아볼 수가 없었다. 그리고 추웠다. 한겨울이 닥친 것처럼 한기가 근정전 안을 채우고 있었다. 입에서 입김이 나올 정도였다. 옷깃을 여미며 들고 있던 손전등으로 내부를 비추어보았다. 불빛에 모습을 드러낸 내부를 보고 나는 의아하지 않을 수 없었다. 그 안을 가득 메우고 있던 것은 고타니의 보물도 아니었고 진룡을 막기 위해 박아놓은 거대한 철심도 아니었다. 근정전 안을 메우고 있던 것은 수십 개의 궤짝이었다. 사람이 들어갈 만한 크기로 모두 단단한 오동나무로 만들어져 있었다. 그런 궤짝이 중앙의 복도 좌우로 빼곡히 쌓여 있었다.

"대체 이게 뭐지?"

나는 궁금증을 참지 못하고 가장 가까운 궤짝으로 다가가 살펴보았다. 궤짝은 안에 부정한 귀신을 가둬두었는지 뚜껑을 빙 둘러가며 붉은 부적으로 봉인되어 있었는데 뚜껑 한켠에 글자가 적힌 종이가 붙어 있었다. 나는 손전등으로 종이를 비춰보았다.

종이에는 궤짝을 책임지고 운반한 군인의 관등성명과 지장이 찍혀 있었고 그 아래 내용물에 관한 간단한 글이 적혀 있었다.

關東軍 第十七 師團 五十二 聯隊 少佐 黑川泰男

發掘地 京畿道 驪州, 朝鮮 四代 王

“경기도 여주, 조선 사대 왕?”

아직까지도 안의 내용물을 상상할 수가 없었다. 확인하려면 열어보는 수밖에 없었다. 주머니칼을 밀어넣고 뚜껑을 열었다. 잠시 후 쿵 하는 둔탁한 소리와 함께 밀봉되어 있던 궤짝이 열리며 내부 모습이 드러났다. 안의 내용물을 확인하고 놀라서 잠시 동안 숨을 쉴 수가 없었다. 이윽고 호흡이 정상으로 돌아온 나는 다시 내용물을 확인해야만 했다. 안에 들어 있는 건 금빛 비단 곤룡포를 입고 자줏빛 익선관을 쓴 유골이었다. 곤룡포에는 승천하는 용 문양이 화려하게 수놓아져 있었다.

“곤룡포를 입었다는 건 임금이라는 건데 설마 조선 사대 왕이라면…… 말도 안 돼. 그럴 리가…….”

지금 내 앞에 놓여 있는 유골은 한글을 창제한 세종대왕의 용체였다. 믿을 수 없었다. 세종대왕은 분명 경기도 여주의 영릉에 안치되어 있어야 했다. 그곳은 사적으로 분류되어 국가의 관리를 받고 있는 곳이다. 그런데 그분의 용체가 왜 여기 놓여 있단 말인가. 나는 도저히 믿을 수 없어 다른 유골들도 살펴보았다. 다음에 놓여 있던 유골에는 "朝鮮 三代 王"이라고 적혀 있었다. 태종의 용체였다. 나는 미친듯이 유골들을 살펴보기 시작했다. 놀랍게도 이 철로 만들어진 감옥 안에는 고종과 순종을 제외한 조선 왕조 25대 왕의 용체가 전부 모여 있었다.

"이런 개 같은 새끼들이 있나!"

나는 끓어오르는 분노를 참지 못하고 소리쳤다. 그것이 전부가 아니었다. 이 저주받을 공간에는 조선 왕조 이외에 지난 반만년 동안 이 땅에서 재위했던 모든 임금들의 유골이 모여 있었다. 이것이 일제의 대조선미래책략도의 핵심이었다. 일제는 이 나라의 미래를 파괴하기 위해 진룡에 영혼조차 빠져나갈 수 없는 거대한 미로를 건설하고 그 중심에 이 나라 모든 왕들의 유골을 가둬놓았다. 우리가 그동안 국가 유적지로 분류해 보존한 왕릉은 안이 텅 빈 무덤이었던 것이다. 경을 치고 통곡할 노릇이었다.

나는 애국자가 아니었다. 애국자가 되고 싶지도 않았고 될 생각도 없었다. 나는 그저 취직 걱정을 하는 평범한 이 땅의 대학생일 뿐이었다. 그런데 일제가 벌여놓은 통탄할 만행을 목격하자 이 순간 내 안에 이제껏 한 번도 겪어본 적 없는 격렬한 분노가 끓어올랐다. 나는 폭발 직전의 분노를 움켜쥐고 어찌할 바를 모른 채 어둠 속에 갇혀 있는 선조들의 유골을 응시하며 부들부들 떨었다.

그때였다. 어디선가 신음 소리가 들려왔다. 방금 전 입구에 떨어져 있던 혈흔이 떠올랐다. 신음 소리는 어둠을 타고 다시 이어졌다. 소리는 유골들 사이로 난 통로 저편에서 들려왔다. 소리가 나는 방향으로 달려갔다. 은표였다. 피투성이가 된 채 밧줄에 묶여 매달려 있었다.

"은표야, 이게 어떻게 된 거야? 괜찮아?"

은표는 의식을 잃은 상태였다. 가쁜 숨을 몰아쉬며 피를 토할 뿐이었다.

"금방 내려줄게. 조금만 기다려."

나는 주머니칼을 꺼내 밧줄을 잘랐다. 허공에 매달려 있던 은표의 몸이 바닥으로 떨어졌다. 물통을 꺼내 은표의 입가를 축였다.

"은표야, 정신 차려. 이제 내가 왔으니까 괜찮아."

은표의 옆구리에는 총알이 관통한 상처가 나 있었다. 피를 많이 흘려 의식을 잃은 모양이었다. 은표를 빨리 병원으로 데려가야 했다. 한시가 급했다.

"여길 나가자, 은표야."

은표를 부축해 일으켜 세우려고 했다. 그때였다.

"나가는 길은 알고 있나?"

어둠을 뚫고 음침한 목소리가 들려왔다. 나는 반사적으로 돌아섰다.

"누구냐?"

손전등을 비춰봤지만 아무도 없었다. 근정전 내부에 불길한 정적이 흘렀다. 나는 주머니칼을 움켜쥐며 어둠을 경계했다.

"숨어 있지 말고 모습을 드러내라!"

어둠을 향해 소리쳤다. 상대는 반응이 없었다. 그때 반대편에서 인기척이 들렸다. 나는 칼로 사방을 경계하며 손전등을 비춰보았다. 누군가 유골이 들어 있는 궤짝 저편으로 빠르게 모습을 감추었다.

"이가령?"

내가 소리쳤다. 어둠 속에서 누군가 낮게 웃는 소리가 들렸다. 웃음소리가 들리는 방향을 비춰보았다. 그 순간 내 앞으로 쿵 하며 누군가 떨어졌다. 나는 움찔 놀라 뒤로 물러섰다. 잔뜩 겁에 질려 바닥에 떨어진 누군가를 향해 칼을 겨누었다. 하지만 그는 꿈쩍도 않고 바닥에 쓰러져 있었다. 손전등으로 그를 비춰보았다. 그것은 피투성이가 된 채 죽어 있는 시체였다. 나는 다가가 시체를 살펴보았다. 육십 대 후반의 노인이었다. 그는 이마에 총을 맞아 눈을 뜬 채 죽어 있었다. 그때 시체 위로 한 장의 주민등록증이 떨어졌다. 개편되기 전 낡은 주민등록증이었다. 나는 주민등록증을 살펴보았다.

"남인기!"

죽은 노인은 일곱 명의 요원 중 한 명이었던 남인기였다.

"타인의 생명으로 목숨을 연장한 한심한 인간이지."

어둠 속의 목소리는 차갑고 냉철했다.

"당신이야말로 다른 사람의 생명 따윈 안중에도 없는 한심한 인간 아닌가, 이가령!"

어둠을 향해 소리쳤다. 그러자 커다란 웃음소리가 근정전 여기저기 메아리치며 울렸다.

"아직도 정신을 못 차렸군. 그자가 바로 네가 말한 이가령이다."

어둠 속의 누군가가 가소롭다는 듯 소리쳤다.

"뭐라고? 이 사람이 이가령이라고?"

놈은 어둠 속에서 바람처럼 이동하며 나를 유린했다.

"말도 안 되는 소리 하지 말고 당당하게 모습을 드러내라!"

그때였다. 어디선가 주먹이 얼굴로 날아들었다. 나는 예상치 못한 기습에 주머니칼을 떨어뜨리고 나가떨어졌다. 아픔을 느낄 여유도 없이 몸을 일으키는데 어둠 속에서 놈이 다가왔다. 놈은 떨어뜨린 칼을 주워 들며 모습을 드러냈다. 그는 짧은 머리에 돌처럼 단단한 인상이었는데 며칠째 이곳에 갇혀 있었는지 야윈 얼굴을 덥수룩하게 수염이 덮고 있었다. 오른쪽 뺨에는 깊은 상처가 있었다.

"다카하시?"

내 입에서 무의식적으로 그 이름이 흘러나왔다. 그는 말없이 어깨에 메고 있던 소총을 겨누었다. 태평양전쟁 당시 사용된 38식 소총이었다.

"이런 곳에서 첫인사를 하게 되다니 운명적이군."

묵직한 목소리가 근정전 안에 울려 퍼졌다.

"역시 당신이 범인이었군."

내가 입가에 흐르는 피를 닦으며 말했다.

"그런데 어째서 이 사람이 이가령이란 거지?"

다카하시가 한심하다는 듯 나를 바라보다가 입을 열었다.

"순진한 것들. 아직도 눈치 못 챘단 말이냐? 이가령이란 인물은 그자가 만들어낸 가상의 인물이야. 존재하지 않는단 말이다."

나는 그제야 이가령에 관한 퍼즐 조각을 맞출 수 있었다.

어째서 그의 신원을 찾을 수 없었는지, 왜 요원들의 접촉을 허용 안 했는지, 왜 남인기가 요원들의 모임에 참석하지 않았는지 알 수 있었다. 그는 남인기라는 동료 요원으로 가장하여 나머지 요원들의 동태를 쉽게 감시했고 이가령이라는 가상의 인물로 이들의 주의를 돌렸던 것이다. 요원들은 각자 이가령의 얼굴을 알고 있었지만 공유할 수 없었기에 유령 같은 존재로 남을 수 있었고 각각의 요원들을 협박할 수 있었다. 하지만 모두가 참석한 모임에는 나설 수 없었으며 이들이 감춰둔 총서의 위치를 알아내기 위해 은표를 이용했다. 그리고 고타니의 보물을 손에 넣는 순간 이가령이라는 인물에게 모든 책임을 떠맡기고 유유히 사라질 심산이었던 것이다. 하지만 교활한 그 역시 다카하시의 손아귀에서 벗어날 수는 없었다.

"이제 이해가 가나? 어리석은 조센진."

다카하시는 차분히 주머니에서 낯익은 탄환을 꺼냈다. 38식 소총 탄환이었다.

"대체 왜 그런 짓을 했지? 당신은 일본 대사관의 정식 직원이잖아."

그의 입가에 보일 듯 말 듯한 미소가 떴다.

"그게 내 임무였으니까."

"임무?"

장전을 마친 다카하시가 나를 바라봤다.

“그래. 난 제국의 군인이고 천황 폐하로부터 이곳의 비밀을 지키라는 임무를 받았다.”

“설마 지난 칠십 년간 당신이 이곳을 지켰다는 말인가?”

“그럴 리가. 이미 두 명의 제국 전사가 임무를 다하고 사라졌지. 나는 세 번째다.”

“전쟁은 끝났어. 그런데 어째서 아직까지 이곳을 지키는 거지?”

내 말에 다카하시는 잠시 생각에 잠겼다.

“나도 처음 임무를 받았을 때 그것이 의문이었다. 대조선 미래책략도는 오십 년 전에 종결된 계획이었으니까. 그리고 이곳에서 생활을 하면서 더욱 그 이유가 궁금해졌다.”

그는 하찮은 짐승을 보듯 나를 보고 있었다.

“위대한 대 일본 제국이 너희 같은 하찮은 놈들이 사는 나라에 왜 이런 수고를 아끼지 않았는지 말이야.”

“그게 무슨 말이지? 왜 우리나라가 하찮은 나라라는 거냐?”

그의 입가에 비웃는 듯한 미소가 떴다.

“나는 한 나라가 대국으로 성장하기 위해서는 국민들의 기본적인 성향이 가장 중요하다고 본다. 우리 일본 제국이 대국으로 성장한 것이 바로 그 좋은 예야. 우리는 위대한 민족이다. 지구상에 어떤 민족도 이루지 못한 것을 이룬 민족이다. 모든 국민이 천황 폐하를 섬기고 맡은 바 임무에 최선을 다한다. 전쟁 전에도 그렇고 전후에도 마찬가지야. 우리는 천황 폐하와 국가를 위해서라면 전투기를 몰고 항공모함으로 뛰어들 용기를 지니고 있지. 폐허가 된 잿더미 속에서 일어나 오십 년 만에 세계 최고의 나라를 만들기도 했다.

너희는 어떠냐? 내가 이곳에서 이십여 년을 살며 알게 된 너희는 간단한 기초 질서조차 지키지 못하는 하찮은 민족이다. 제대로 된 물건 하나 발명하지 못하는 변변치 않은 족속이야. 고생해서 진실되게 얻기보다는 남의 눈치나 보고 대충 묻어가려는 쓰레기 같은 존재들이다. 그것이 너희들의 본모습이다. 너희들은 우리가 식민 지배 시절 너희 나라를 망쳐놨다고 떠들어대지만 해방 이후 니들 몰골을 봐라. 해방된 지 십 년도 안 돼 니들끼리 치고받고 죽이고. 그야말로 가관이 아니었더냐.

그뿐이냐. 전쟁이 끝나고 나서는 또 몇 번이나 쿠데타가 일어났느냐. 광주에서 죽은 그 많은 사람들은 누가 죽였더냐? 그들을 죽인 이유는 무엇이었냐? 그러고도 너희들은 그들을 처단하지도 못하는 한심한 인간들이다. 너희들은 우리나라의 속국으로 남았어야 했다. 그래서 우리의 지도를 받아 새롭게 황국신민으로 태어났어야 했어. 그런데 대체 너희 따위가 뭐가 무섭다고 이런 건축물을 지어놓고 반세기 동안 비밀리에 지켜야 했는지 나로서는 이해할 수 없었다."

그는 지난 삼십 년간 뱃속에 담고 있던 이물질을 뱉어내듯 이야기하고 있었다.

"하지만 너희 둘은 흥미로웠다. 지금까지 봐왔던 조센진과는 달랐어. 예상보다 훌륭했어. 특히 은표라는 저 친구. 상당히 인상적이었다. 나는 너희가 이곳을 찾을 수 있으리라 생각지 않았다. 너희 나라에서 내로라하는 석학들도 삼십 년이 지나도록 발견 못 한 이곳을 너희가 찾으리라고는 꿈에도 생각 못 했다. 그런데 놀랍게도 너희는 이곳을 향해 한 발자국씩 다가왔다. 그 모습을 보다 보니 나도 호기심이 생기더군."

"그래서 우리를 죽이지 않고 살려둔 거로군. 당신도 궁금했으니까. 이곳이 어떤 곳인지 보고 싶었을 테니까."

내가 반격을 하듯 되물었다.

"그래. 나도 평생을 바쳐가며 지킨 곳을 한 번쯤은 보고 싶었다."

"그래서 은표를 죽이지 않고 뒤따라 들어왔군."

내 말에 다카하시가 미소를 지었다. 그는 능숙한 자세로 우리를 겨눴다.

"너희를 죽이는 데 조금의 가책도 느끼지 않는다. 이것은 내 임무니까. 다음 생에는 대 일본 제국의 신민으로 태어나길 바란다."

그는 사망한 요원에게 한 것과 마찬가지로 십여 미터 전방에서 내 미간을 겨누었다.

"고통을 느끼진 않을 것이다. 나는 일등 저격수 출신이니까."

"우리를 죽이면 당신도 이곳에 갇혀 죽게 될 텐데. 그래도 괜찮은가?"

내가 노려보며 말했지만 다카하시는 흔들리는 기색이 전혀 없었다.

"어차피 내 정체는 밝혀졌다. 지금쯤 그 지저분한 형사가 내 뒤를 쫓고 있을 것이다. 너희들과 함께 이곳에서 천황 폐하로부터 받은 임무를 완수하고 묻히겠다. 그러면 또 다른 전사가 천황 폐하의 명을 받고 이곳을 지킬 것이다. 이것이 군인의 길이다."

그는 굳은 표정으로 노리쇠를 장전했다. 나는 그에게 대항할 방법을 찾아보았지만 아무것도 없었다. 이제 죽는 길만 남았다. 눈을 질끈 감았다.

그때였다.

"그런데 왜 이런 하찮은 나라를 그렇게 두려워했을까."

은표였다. 은표가 정신을 차리고 비틀비틀 일어서고 있었다. 은표의 말에 다카하시는 방아쇠를 당기려다 말고 멈췄다.

"왜 너희들은 이런 거대한 미로를 남의 나라 궁궐 밑에 쥐새끼처럼 몰래 만들어놓은 거지?"

다카하시의 표정이 굳었다.

"그래. 당신 말대로 우리에게는 부족한 부분이 있다. 나도 동감이다. 하지만 당신의 말에는 커다란 약점이 있다. 당신은 당신이 보고 싶은 것만 봤어. 그것이 너희가 가진 치명적인 약점이다. 당신이 보지 못한 훌륭한 점이 우리 민족에는 있다. 창의력이 없는 민족이라고? 웃기지 마라. 우리는 세계 최고의 문자를 발명한 민족이다. 너희들의 가나처럼 한자 없이는 표기가 불가능한 반쪽짜리 문자가 아니야. 이 세상 모든 발음을 표기할 수 있는 위대한 문자이다.

너희들이 오십 년 동안 세계 최고의 나라를 만들었다고 하지만 우리 역시 마찬가지다. 우리야말로 너희들이 짓밟고 간 폐허 속에서 일어난 민족이다. 우리는 지난 반만 년 동안 수천 번의 침략을 받고도 살아남은 위대한 민족이다. 우리가 자중지란을 일으키는 하찮은 민족이라고? 너희야말로 단 한 번의 외침도 없는 역사 동안 너희들끼리 치고받으며 살육을 벌이지 않았느냐. 너희가 언제부터 아시아의 맹주였냐. 그것은 백 년도 되지 않는 시간이다. 오백 년 전만 해도 너희들은 하찮은 자기 쪼가리 하나도 못 만들어 우리 도공들을 납치해가던 미개인이었다. 너희들이 매일 아침 먹는 된장국조차 우리나라가 전해준 문화다. 왜 너희가 역사를 왜곡하고 있지도 않은 유적을 만들어놓고 한반도보다 먼저 청동기시대가 도래했다는 국가적인 쇼를 했겠느냐.

물론 너희들에게 훌륭한 부분이 있다는 걸 인정한다. 그리고 너희가 이룬 것들에 대해 경의를 표한다. 하지만 너희는 손바닥으로 해를 가리려는 어리석은 민족이다. 과거 동양의 문화 변방국으로서의 콤플렉스를 어찌할 줄 모르는 불쌍한 민족이다. 서양의 문물을 받아 자기 것인 양 자랑하고 다니는 게 너희의 본모습이다. 서양과 동양 그 어디에도 속할 수 없는 떠돌이 민족이다. 그게 바로 너희가 이 건축물을 지은 이유다. 그게 바로 네가 너희 왕의 명을 받아 무고한 사람들을 죽여가며 이곳을 지키려는 이유라고. 나는 너희가 지은 이 건축물을 보면서 한없이 슬펐다. 이 미로야말로 순리를 벗어나면서까지 알량한 자신을 지키려는 너희들의 본모습이자 반세기가 지나도 역사의 그늘에 가려서 살아가는 우리의 모습이다. 너희는 조용히 섬에서 살았어야 했다."

은표의 말에 다카하시의 얼굴이 일그러졌다. 그는 일격에 급소를 찔린 듯 총을 든 손을 떨고 있었다.

"죽기 전 푸념으로 들어주지. 아직 더 하고 싶은 말이 남아 있나?"

그 순간 은표의 눈이 빛났다.

"마지막으로 한 가지 충고하고 싶은 게 있다."

충고라는 말에 다카하시의 인상이 더욱 구겨졌다.

"그래. 얼마든지 해봐라."

은표가 의미심장하게 다카하시를 노려보며 입을 열었다.

"이상의 「건축무한육면각체」를 읽은 적이 있는가?"

은표의 말에 다카하시가 잠시 멈칫했다.

"물론이다."

"그럼 마지막 세 행을 기억하는가?"

다카하시는 대답을 하지 못하고 머뭇거렸다. 그러자 은표가 회심의 미소를 지으며 말했다.

"사각이 난 케이스가 걷기 시작이다. 소름 끼치는 일이다. 라지에이터의 근방에서 승천하는 굿바이. 바깥은 우중. 발광어류의 군집이동. 이것이 뭘 뜻하는지 아는가?"

다카하시가 대답을 못 하고 머뭇거렸다. 그러자 은표가 단호하게 대답했다.

"그것이 너희가 태평양전쟁에서 진 이유이자 너희가 지닌 치명적인 약점이다. 너희는 스스로의 교만에 빠져 언제나 중요한 것을 놓치고 만다. 너는 이곳을 지키기 이전에 이곳을 만든 이상에 관해 더 많은 연구를 해야 했다."

"하고 싶은 얘기가 뭐냐?"

은표가 서서히 근정전 중앙 기둥으로 다가가며 내게 준비하라는 신호를 보냈다.

"마지막 세 행은 바로 이상이 언젠가 이곳을 찾게 될 우리를 위해 비장의 무기를 준비했다는 뜻이다!"

이 말과 동시에 은표는 근정전 중앙 기둥에 달려 있던 레버를 당겼다. 그러자 쿠구구궁 하며 근정전 전체가 흔들리기 시작했다. 천장이 무너지며 파편들이 비처럼 쏟아져 내렸다.

"형! 뛰어!"

갑작스러운 상황에 다카하시가 당황한 틈을 타 은표가 내 손을 잡고 달리기 시작했다. 뒤늦게 정신을 차린 다카하시가 총을 발사했지만 총알은 엉뚱한 곳에 박혔다. 나는 은표를 부축하며 입구를 향해 죽을힘을 다해 달렸다. 다카하시가 뒤쫓아 오고 있었다. 그에게서 이전의 신사적인 모습은 찾아볼 수 없었다. 그는 마치 정신병자처럼 괴성을 지르며 우리에게 마구 총을 쏘아댔다. 입구를 얼마 안 남겨놓고 은표가 쓰러졌다. 너무 오랫동안 출혈해서 기력이 남아 있지 않았던 것이다.

"입구를 향해 달려. 형이라도 살아."

은표가 상처를 부여잡으며 소리쳤다.

"무슨 소리야. 내가 혼자 살려고 여기까지 온 줄 알아. 일어나. 힘을 내라고!"

지진은 점점 강도를 더해갔고 천장이 붕괴되고 있었다. 사방에서 균열이 생기고 부서진 벽돌 조각이 사방에서 떨어졌다. 나는 있는 힘껏 은표를 일으켜 세우려고 했다. 그때였다. 다카하시가 우리 앞을 막고 섰다.

"너희 조센진은 끝까지 교활하군. 그런 장치가 있을 줄 누가 상상이나 했겠나? 하지만 나는 대일본제국의 군인이다. 무슨 일이 있어도 임무를 완수한다. 죽어라, 조센진."

다카하시가 우리를 향해 방아쇠를 당기려는 순간이었다. 갑자기 옆에 쌓여 있던 궤짝이 무너져 내렸다. 궤짝은 다카하시를 향해 무자비하게 떨어졌다. 그의 비명 소리가 근정전 안에 울려 퍼졌다. 잠시 후 그의 모습은 선조들의 유골이 든 궤짝 더미 속으로 사라졌다. 어쩐 일인지 무너진 궤짝들이 모두 다카하시를 향해 있었다. 우리는 상처 하나 없이 멀쩡했다.

마치 선조들이 마지막 순간 우리를 지켜준 것 같았다. 나는 넋을 잃고 그 모습을 바라보고 있었다.

"언제까지 그러고 있을 거야?"

은표의 목소리에 나는 정신을 차리고 근정전을 빠져나가기 시작했다. 우리가 나오자마자 모조 근정전은 거대한 굉음을 내며 붕괴했다. 거대한 지붕이 무너져 내리고 기둥이 쓰러졌다. 우리는 파편을 피하려고 몸을 숙였다. 하지만 그게 끝이 아니었다. 미로 전체가 붕괴되고 있었다.

"어떻게든 좀 해봐! 나가는 길도 알 거 아냐!"

내가 바닥을 뒹굴며 소리쳤다. 하지만 은표는 동요하지 않고 차분히 내게 무너진 근정전을 가리켰다. 나는 어이없는 표정으로 은표가 가리키는 곳을 바라봤다. 그곳에 우리가 생각지 못했던 장관이 펼쳐졌다. 무너진 근정전의 파편들은 교묘하게 얽혀 천장으로 이어지는 계단 형태를 띠고 있었던 것이다. 그것은 무너진 천장 파편과 더불어 통로를 만들었다. 뿐만 아니라 내부의 유골을 보호하기라도 하듯 중앙의 공간을 비워놓은 채 무너진 네 철판이 서로를 지탱하고 있었다.

"이상은 근정전을 설계할 때 이 상황을 대비해 우리가 빠져나갈 수 있도록 통로를 만들어놓은 거야. 우리뿐만 아니라 우리 조상들까지도……."

은표의 말 그대로였다. 이상은 언젠가 이곳이 발견될 걸 대비해 모든 걸 준비해놓았던 것이다. 나는 할말을 잃고 그의 천재성에 경의를 표했다.

"지금은 감탄하고 있을 때가 아니야. 어서 가자고."

우리는 이상이 만든 계단을 밟고 천장으로 이어진 통로로 들어갔다. 마지막 통로로 들어가는 순간 저멀리 나머지 미로가 붕괴되며 진동이 전해져 왔다. 통로에는 계단이 있었다. 우리는 부서져 내리는 미로를 피해 미친듯이 계단을 올랐다. 통로는 위로 이어지다가 다시 수평으로 방향을 틀고 있었다.

"서둘러!"

우리는 수평 통로를 달리기 시작했다. 하지만 얼마 가지 못해 통로가 끝나고 물로 가득찬 공간이 나타났다. 막다른 곳이었다.

"이제 어쩌지?"

방법은 하나뿐이었다.

"바깥은 우중. 발광어류의 군집이동."

은표가 이 말을 남기고 먼저 물로 뛰어들었다.

"그럼 우리가 발광어류란 말이야?"

나도 어쩔 수 없이 가슴 가득 공기를 담은 후 물속으로 뛰어들었다. 웅덩이는 생각보다 깊고 넓었다. 물속은 어둡고 외부의 소음이 차단되어 고요했다. 우리는 밑바닥을 뒤지기 시작했다. 통로는 바닥 한가운데 있었다. 그것은 벽돌로 만들어진 하수구 크기의 구멍이었는데 한 사람이 겨우 통과할 수 있는 크기였다. 우리는 있는 힘을 다해 구멍 속으로 헤엄쳐 들어갔다. 그 안은 앞을 분간할 수 없을 만큼 어두웠다. 우리는 턱까지 차오르는 숨을 참으며 앞으로 계속 나아갔다. 얼마를 갔을까. 더이상 참을 수 없을 만큼 숨이 차올랐을 때 눈앞에 연녹색 빛줄기가 나타났다. 드디어 수로의 끝에 도달한 것이다. 우리는 빛의 근원을 향해 남은 힘을 다해 헤엄쳐갔다. 수로를 빠져나오자 갑자기 주위를 빛이 감싸며 잉어떼가 나타났다. 그들은 빛을 발하는 신비한 어류처럼 아름다웠다. 우리는 발광어류를 지나 수면 위로 올라갔다.

"푸아!"

먼저 올라온 사람은 나였다. 잠시 후 은표가 올라왔다. 우리는 가쁜 숨을 돌리고 주위를 둘러봤다. 경회루 연못이었다. 살아남은 것이다. 안도의 한숨이 자연스레 흘러나왔다. 그때 사방이 진동하며 바닥으로부터 굉음이 울렸다. 미로가 완전히 무너진 모양이었다. 우리는 녹초가 되어 연못가로 기어 올라왔다. 저멀리 아침 해가 떠오르고 있었다. 우리는 신선한 새벽 공기를 마시며 일출을 보았다. 지금처럼 아침 햇살이 감사한 적은 없었다.

"유골들은 무사할까?"

내가 아침 햇살에 기지개를 켜는 서울을 바라보며 말했다.

"아마도……."

우리는 다시 잠자코 뜨는 해를 바라보았다. 세상은 너무나 평화로웠다. 방금 전 지옥과도 같은 미로에서 돌아왔다는 게 믿기지 않았다.

"유적지에서 수영하는 건 경범죄에 해당해."

우리는 깜짝 놀라 돌아봤다. 자시문 앞에서 문 형사가 어이없다는 듯 우리를 바라보고 있었다.

"그런 게 아니에요. 그러니까 제 말은……."

나는 어디서부터 설명을 해야 할지 감을 잡을 수 없었다.

"설명할 필요 없어. 이상의 미로에 다녀오는 길이겠지?"

우리는 동시에 고개를 끄덕였다.

"그래, 고타니의 보물은 있던가?"

우리는 동시에 고개를 저었다.

"아깝구먼. 구경이나 해볼까 했는데. 그런데 혹시 다카하시라는 친구 본 적 있어? 이 친구 며칠 전부터 얼굴을 볼 수가 없어서 말이야."

우리는 서로의 얼굴을 바라보며 미소를 지었다.

"앞으로 그 사람 보기 힘드실 겁니다. 저 아래서 자고 있거든요."

은표가 말했다. 문 형사가 난감한 표정을 지었다.

"이 사건을 어떻게 보고해야 하지. 저 아래 이상의 미로가 있는데 유력한 용의자가 그 안에 묻혀 있다. 대체 누가 믿겠냐고. 또 나만 미친놈 소리를 듣겠군. 그나저나 자넨 병원부터 가야겠는걸."

문 형사가 은표의 상처를 살피며 말했다. 무심히 상처를 들춰본 문 형사의 표정이 굳었다. 상처가 생각보다 심각했기 때문이다.

"정말 이상의 미로가 있던가?"

문 형사가 자신의 옷을 찢어 은표의 상처를 지혈하며 진지하게 물었다. 은표는 말없이 미소를 지을 뿐이었다.

"이 상처는 38식 소총에서 발사된 탄환 때문이겠지?"

이번에도 은표는 말을 아꼈다. 그러자 문 형사가 고개를 저으며 말했다.

"정말 알 수 없는 세상이군."

문 형사의 얼굴에 허탈한 미소가 떠올랐다.

"문 형사님, 가끔 진실은 우리의 상식을 뛰어넘은 곳에 있기도 합니다."

문 형사의 부축을 받아 일어서며 은표가 말했다.

"아참. 오늘이 며칠이지?"

갑자기 불길한 생각이 든 내가 물었다.

"오늘? 8월 15일. 광복절이네."

문 형사가 시계를 보며 대답했다.

"어이구! 내일이 졸업논문 마감인데 어떡하지!"

이제야 현실로 돌아온 내가 소리쳤다.

"한 해 더 다니는 것도 나쁘지 않잖아? 졸업하고 별로 할 일도 없으면서."

은표가 장난스럽게 대꾸했다.

"뭐야? 이 녀석 기껏 구해줬더니."

은표가 큰 소리로 웃었다. 나도 따라 웃었다. 우리 웃음소리가 경복궁 경내에 울려 퍼졌다. 우리는 문 형사와 함께 광화문을 향해 걸었다.

"형. 그나저나 내 직업이 뭔지는 알아냈어?"

"글쎄, 그게 아직 말이야."

"이제 끝났어. 내 소원은 메일로 보낼 테니 일주일 안에 해결해놓도록."

"무슨 소리야. 아직 소설이 안 끝났는데."

유쾌하게 떠들며 도심으로 향하던 우리 저편으로 새날이

밝아왔다. 하늘에 먹구름이 물러가고 인왕산 뒤편부터 서광이 비쳐오기 시작했다. 마치 우리나라의 앞날을 비춰주는 것처럼 밝고 투명했다. 평생 못 잊을 광경이었다.

에필로그

얼마 후 신문 사회면에 기사가 났다. 기사는 경복궁 복원에 관한 것이었는데 일제에 의해 옮겨졌던 광화문을 제자리로 돌려놓기 위해 공사가 끝날 때까지 장막을 설치한다는 내용이었다.

그와 함께 일본 대사가 본국으로 송환되고 새로운 대사가 임명됐다는 기사도 신문 귀퉁이에 자그마하게 게재되어 있었다. 나는 이 모든 게 칠십 년 만에 밝혀진 이상의 미로 때문이라는 걸 알고 있었다. 우리는 그 일이 있은 후 국가정보원과 외무부를 오가며 수십 장의 조서를 작성했다. 우리는 이연과의 약속대로 모든 진실이 사람들에게 알려지길 바랐지만 세상은 만만치 않았다. 정부는 북핵이 걸려 있는 상황에서 일본과의 관계가 악화되기를 원치 않았다. 하지만 이런 대어를 손 놓고 보낼 만큼 어리석지도 않을 것이다.

"잘하면 연말쯤 일왕이 위안부 할머니들에게 고개를 숙일지도 모르겠군."

나는 가을 햇살이 완연한 한강을 바라보며 지하철에 몸을 실은 채 당산대교를 건너고 있었다. 결국 졸업논문을 제출하지 못했다. 은표 말대로 어차피 당장 졸업한다 해도 특별히 할 일도 없었다. 불과 몇 달이 지났지만 지난여름 일어났던 일들이 꿈처럼 느껴졌다.

"은표 녀석, 지금쯤 어디 있을까? 아프리카 수단? 아님 이집트? 풍토병이나 걸리지 말아야 할 텐데."

은표는 정보원 조사가 끝나자마자 짐을 싸들고 세계 여행을 떠났다. 내게 남긴 메일에는 언제 돌아올지 모른다는 말뿐이었다.

떠나기 직전 녀석은 이제껏 본 적 없는 평화로운 미소를 머금고 있었다. 이번일이 녀석의 마음속에 응어리졌던 뭔가를 해소한 모양이었다. 나는 새로운 학기 수강 신청에 교직 과정을 추가했다. 아무리 생각해도 나는 소설가가 되기에는 재능이 부족했다. 그래서 동기들과 여러 번 술자리를 갖고 지도

교수와 상담한 결과 선생님이 되기로 결심한 것이다. 결정에 중요한 영향을 끼친 건 역시 고등학교 담임이셨던 간디 선생님이었다. 이번 사건을 거치고 나니 선생님의 마지막 말씀이 더욱 가슴에 와 닿았던 것이다.

선생님은 말씀하셨다.

"세상을 지키고 만들어가는 것은 보이지 않는 것들이다. 난 여러분이 보이지 않는 것들의 중요성을 느꼈으면 했다. 그리고 나는 여러분들의 보이지 않는 것을 존중하려고 노력했다."

이 말은 시간이 지나도 퇴색되지 않는 진리였다. 시간이 갈수록 더욱 빛을 발하는 진실이었다. 그리고 이제는 내가 다음 세대에게 온몸으로 겪은 나만의 진리를 전하고 싶다.

"중요한 것은 보이지 않는다."

이것이 내가 하고 싶은 말이다.

- 끝 -

건축무한육면각체 2

1판 1쇄 2016년 12월 9일
1판 2쇄 2021년 10월 20일

지은이 장용민

책임편집 임저호 | **편집** 지혜림
표지디자인 이경란 | **본문조판** 최미영
저작권 김지영 이영은 김하림
마케팅 정민호 정진아 김혜연 정유선
홍보 김희숙 함유지 김현지 이소정 이미희 박지원
제작 강신은 김동욱 임현식 | **제작처** 인쇄 한영문화사 제본 경일제책

펴낸곳 (주)문학동네 | **펴낸이** 염현숙
출판등록 1993년 10월 22일 제406-2003-000045호
임프린트 엘릭시르

주소 10881 경기도 파주시 회동길 210
문의 031-955-8892(편집) 031-955-8896(마케팅) 031-955-8855(팩스)
전자우편 editor@elmys.co.kr | **홈페이지** www.elmys.co.kr

엘릭시르는 출판그룹 문학동네의 임프린트입니다.

이 도서의 국립중앙도서관 출판예정도서목록(CIP)은
서지정보유통지원시스템 홈페이지(http://seoji.nl.go.kr)와
국가자료종합목록 구축시스템(http://kolisnet.nl.go.kr)에서 이용하실 수 있습니다.
(CIP제어번호: CIP2016028394)